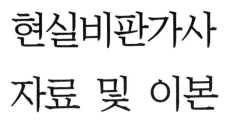

# 현실비판가사
# 자료 및 이본

고 순 희

**박문사**

　현실비판가사는 필자에게는 인생의 주제이다. 필자의 박사학위 논문이 '현실비판가사 연구'였는데, 이 논문을 쓴 것은 지금으로부터 자그만치 27여 년 전이었다. 그 당시 필자에게 삼정문란기의 현실을 담은 현실비판가사는 매력적인 주제로 다가왔다. 각 작품의 이본을 구하러 돌아다니면서 신나게 박사논문을 썼던 기억이 아직도 생생하다.

　박사 이후 필자는 아직 읽혀지지 않았거나 연구되지 않은 가사문학 필사본이 매우 많다는 사실을 알고, 가사문학 필사본을 읽어나가기 시작했다. 가사문학 필사본을 영인한 가사자료집이 출간되었고, 한국가사문학관에서 필사본을 수집하여 필사본의 jpg 파일을 홈페이지 상에 계속해서 올려주었기 때문에 필사본을 읽는 연구 환경은 날로 좋아졌다. 필사본을 읽을 때 유독 필자가 관심을 두고 정리에 몰두한 것은 역사, 사회의 현실을 내용 안에 수용하고 있는 작품이었다. 그리하여 필자의 평생 연구 주제는 역사, 사회 현실에 대응한 가사문학 작품에 관한 것이 되었다. 현실비판가사가 필자의 평생 연구 주제를 결정한 셈이다. 그런 의미에서 현실비판가사는 필자에게 인생의 주제가 아닐 수 없다.

　현실비판가사로 박사논문을 썼음에도 불구하고 『현실비판가사 연구』와 『현실비판가사 자료 및 이본』을 이제서야 책으로 출간하게 되었다. 이렇게 늦게 책이 나오게 된 이유는 무엇보다도 필자의 게으름 때문이었다. 그런데 변명을 좀 하자면 박사논문에서는 현실비판가사를 유형적으로 다루었다. 그래서 처음에는 각 작품마다 작품론을 보충하여 책으로 출간해야겠다고 생각해 출간을 미루었다. 이것은 지도교수님이셨던 성기옥 교수님의 권고이기도 했다. 그리고 당시 필자는 〈거창가〉의 작가를 구체적으로 밝힐 수 있는 실마리가 어딘가에 있을 거라는 생각을 떨쳐버릴 수가 없었다. 〈거창가〉의 작가를 구체적으로 밝힐 수만 있다면 보다 충실한 작품론이 될 수 있을 것 같았다.

그런데 시간이 지나자 〈거창가〉의 작가를 찾는 것은 포기하게 되고 작품론도 얼추 쓰게 되었지만, 여전히 책을 출간하지 못했다. 왜냐하면 새로운 이본이 띄엄띄엄 발굴되고 있어 그 이본들을 책에 수용해야겠다는 욕심이 생겼기 때문이었다. 그렇게 차일피일 출간을 미루어오다가 더 이상 출간을 미룰 수 없어 최근에 작품론과 유형론을 완성하였다. 그런데 책의 출간을 결정한 무렵 새로운 현실비판가사 〈민탄가〉가 발굴되었다. 〈민탄가〉는 매우 중요한 의미를 지니는 현실비판가사였다. 그리하여 이에 관한 작품론을 학회지에 게재한 이후 이 책에 싣느라 이 책의 출간이 더욱 늦어지게 된 것이다. 게으름 탓에 책의 출간이 늦어져도 너무 늦어진 것이지만, 한편으로 게으름 탓에 책에서 작품마다 많은 이본을 싣고 새로운 현실비판가사 〈민탄가〉도 다루게 되었으므로 그나마 위안이 된다.

『현실비판가사 연구』에서는 현전하고 있는 현실비판가사 〈갑민가〉, 〈합강정가〉, 〈향산별곡〉, 〈거창가〉, 〈민탄가〉 등과 함께 실전 현

실비판가사도 다루었다. 그리고 부록을 두어 〈태평사〉를 따로 다루
었다. 〈거창가〉의 거의 모든 이본이 〈태평사〉를 내용의 전반부에 배
치하고 있어 〈거창가〉와 관련하여 매우 중요한 작품이기 때문이다.
『현실비판가사 자료 및 이본』에서는 현전하고 있는 현실비판가사
의 이본들을 실었다. 현재까지 확인된 〈갑민가〉 2편, 〈합강정가〉 10
편, 〈향산별곡〉 5편, 〈거창가〉 17편, 〈민탄가〉 1편의 이본을 실었다.
〈거창가〉는 '거창가' 혹은 '아림가'라는 제목을 달고 유통되었던 이
본이 22편이나 되지만, 이 가운데 5편은 '거창가'라는 제목에도 불
구하고 〈태평사〉 부분만 남아 있는 것이다. 그리하여 이 책에서는
〈거창가〉의 본사설이 들어 있는 이본 17편만 실었다.

　이 책이 출간되기까지 많은 분들의 도움이 있었다. 먼저 은퇴하
신 김대행 교수님께 감사의 마음을 전한다. 교수님께서는 박사논
문을 지도해주시다가 서울대학으로 자리를 옮기셨다. 제자의 좋은
논문을 위해 호된 질책을 아끼시지 않으셨는데, 너무 늦게 감사의
마음을 전하게 되어 송구스럽다. 그리고 늦은 제자이지만 애정을
가지고 제자의 연구를 지켜봐주신 성기옥 지도교수님께 감사의 말
씀을 드린다. 이 책의 출간을 독려해주셨는데, 이제야 책을 보여드
리게 되었다.

　이 책의 출간에 즈음하여 지난 일이 생각나 한 사람에게는 꼭 고
마움을 전해야 할 것 같다. 후배 김수경 교수는 당시 어설픈 선배를
위해 박사논문의 워드 작업을 대신 해주었다. 꿈만 같은 일이지만

정말 그때 그랬다. 그때 후배가 대신하여 컴퓨터에 입력한 박사논문을 대폭 수정하여 이제 책으로 출간하자니 바보 같은 후배의 착함과 우직함이 기억의 심연에서 불쑥 솟아 나온다.

책의 출간을 애써주신 박문사의 권석동 이사님께도 감사의 마음을 전한다. 그리고 까다로운『현실비판가사 연구』의 편집을 꼼꼼하게 손을 보아 일품의 책을 만들어주신 최인노 선생님과 역시나 까다로운『현실비판가사 자료 및 이본』의 편집을 한 치의 오차도 없이 말끔하게 이루어주신 박인려 선생님께 감사의 마음을 전한다. 이분들의 노고가 없었다면 이 책의 출간은 어려웠을 것이다.

그리고 끝으로 언제나 어미의 연구 작업을 이해하려 노력하며 곁에서 묵묵히 지켜봐준 아들에게 감사와 사랑의 마음을 전한다.

2018년 2월 9일
햇살 가득한 연구실에서
저자 고순희 씀

머리말 / 3

제1장 **甲民歌** ································· 9

　1. 해동가곡본 ····························· 9
　2. 청성잡기본 ··························· 16

제2장 **合江亭歌** ····························· 23

　1. 윤성근본 ····························· 23
　2. 아악부가집본 ························· 28
　3. 가집본 ······························· 33
　4. 악부본 ······························· 38
　5. 삼족당본 ····························· 40
　6. 전가보장본 ··························· 45
　7. 홍길동전본 ··························· 49
　8. 목동가본 ····························· 54
　9. 가사소리본 ··························· 58
　10. 쌍녀록본 ··························· 62

제3장 **香山別曲** ····························· 67

　1. 정재호본 ····························· 67
　2. 강전섭본1 ··························· 79
　3. 강전섭본2 ··························· 91
　4. 가사소리본 ························· 103
　5. 만언사본 ··························· 114

제4장  **居昌歌** ················································ 119

  1. 이현조본A ··········································· 119
  2. 이현조본B ··········································· 137
  3. 임기중본A ··········································· 152
  4. 김준영본 ············································ 170
  5. 류탁일본A ··········································· 188
  6. 김일근본A ··········································· 205
  7. 김일근본B ··········································· 215
  8. 박순호본 ············································ 224
  9. 김현구본 ············································ 238
  10. 소창본 ············································· 257
  11. 연세대본 ··········································· 265
  12. 청낭결본 ··········································· 282
  13. 창악대강본 ········································· 292
  14. 한국가사문학관본A ································· 295
  15. 한국가사문학관본B ································· 314
  16. 한국가사문학관본C ································· 333
  17. 한국가사문학관본D ································· 345

제5장  **民歎歌** ················································ 353

  1. 유일본 ············································· 353

제1장

# 甲民歌

## 01 해동가곡본

　서울대학교 도서관 가람문고의 『海東歌曲』에 실려 있는 이본으로, 필사본 원문은 『역대가사문학전집』 제6권[1]에 영인되어 있다. 줄글체로 띄어쓰기가 없으며, '네 行힝色식 보아니 軍군士亽逃도亡망 네로고나'와 같이 매 한자마다 한글음을 하기(下記)한 국한문병용체로 기사되었다. 여기서는 1음보 단위로 띄어쓰기를 하고 4음보를 한 행으로 구분하여 옮겨 적었다. 그리고 국한문병용체는 원문 그대로를 옮겨 적었다.

---

1　임기중 편, 『역대가사문학전집』 제6권, 동서문화원, 1987, 5~17쪽.

〈甲갑民민歌가〉

어져어져 저긔가는 저스롬ㅇ

네行힝色식 보아니 軍군士亽逃도亡망 네로고나

腰뇨上상으로 볼죽시면 뵈젹숨이 깃몬남고

허리아릭 구버보니 헌줌방이 노닥노닥

곱장할미 압희가고 전틱밧이 뒤예간듯

十십里니길을 할닉가니 멋닉가셔 업쳐디리

내고을의 兩양班반사롬 他타道도他타官관 온겨살면

賤천이되기 상亽여든 本본土토軍군丁졍 슬타ㅎ고

亽닉쪼ᄒᆞ 逃도亡방ㅎ면 一일國국一일土토 혼人인心심의

根근本본숨겨 살녀ᄒᆞᆫ들 어듸간들 면홀손가

ᄎ라리 네亽던곳의 아모케나 ᄲᆞᆯ희박여

七칠八팔月월의 採치蔘숨ㅎ고 九구十십月월의 狍돈皮피 잡아

公공債치身신役역 갑흔후의 그남저지 두엇ᄃᆞᆨ

咸함興홍北북靑쳥 洪홍原원장亽 도라드러 潛줌賣미홀제

厚후價ᄀᆞ밧고 파ᄅᆞ니여 살기됴혼 너른곳의

家가舍亽田뎐土토 곳쳐亽고 家가庄장汁즙物물 장몬ᄒᆞ여

父부母모妻쳐子亽 保보全전ᄒᆞ고 새즐거믈 누리려문

어와 生싱員원인듸 哨초官관인지 그딕말슴 그만두고

이닉말슴 드러보소 이닉쪼혼 甲갑民민이라

이짜의셔 生싱長장ᄒᆞ니 이쩐일을 모를소냐

우리祖조上상 南남中듕兩양班반 進딘士亽及급第뎨 連연綿면ᄒᆞ여

金금章댱玉퓍 빗기ᄎᆞ고 侍시從죵臣신을 ᄃᆞ니다가

猜싀忌긔人인의 참소입어 全젼家가徙亽邊변 ᄒᆞ온후의

國국內ᄂᆡ極극邊변 이짜의서 七칠八팔代ᄃᆡ을 스ᄅᆞ오니

先션蔭음이어 ᄒᆞ난일이 邑읍中듕구실 첫지로ᄃᆞ

드러ᄀᆞ면 座좌首수別별監감 나ᄀᆞ셔는 風풍憲헌監감官관

有유司亽ᄉᆞ掌쟝儀의 치지ᄂᆞ면 톄면보와 亽양터니

애슬푸다 내시절의 怨원讎슈人인의 謀모害히로서

軍군士亽降강定뎡 되단말ᄀᆞ 내ᄒᆞᆫ몸이 허러나니

左좌右우前젼後후 數수多다ᄃᆞ一일家ᄀᆞ 次ᄎᆞ次ᄎᆞ充튱軍군되거고야

累누代ᄃᆡ奉봉祀亽 이니몸은 홀일업시 민와잇고

시름업슨 諸졔族똑人인은 ᄌᆞ최업시 逃도亡방ᄒᆞ고

여러스룸 모든身신役역 내ᄒᆞᆫ몸의 모도무니

ᄒᆞᆫ몸身신役역 三슴兩양五오戔젼 狗돈皮피二이張쟝 依의法법이라

十십二이人인名명 업는구실 合합쳐보면 四亽十십六뉵兩양

年연復부年연의 맛ᄐᆞ무니 石셕崇슝인들 當당ᄒᆞᆯ소냐

약간농亽 全젼廢폐ᄒᆞ고 採ᄎᆡ蔘슴ᄒᆞ려 入닙山ᄉᆞᆫᄒᆞ여

虛허項항嶺영 寶보泰티山ᄉᆞᆫ을 돌고돌아 ᄎᆞ즈보니

人인蔘슴싹슨 전혀업고 五오加ᄀᆞ닙히 날소긴다

홀일업시 空공返반ᄒᆞ여 八팔九구月월 苦고椒추바람

안고도라 入입山ᄉᆞᄒᆞ여 狛돈皮피山ᄉᆞ行ᄒᆡᆼ ᄒᆞ랴ᄒᆞ고
白빅頭두山ᄉᆞ 등의디고 分분界계江강下ᄒᆞ 나려가셔
살이썻거 누디치고 익갈나무 우등놉고
ᄒᆞᄂᆞ님게 축수ᄒᆞ며 山ᄉᆞ神신임게 발원ᄒᆞ여
물치츌을 ᄀᆞ초곳고 ᄉᆞ망일기 원망ᄒᆞ되
니精뎡誠셩이 不불及급ᄒᆞᆫ디 ᄉᆞ망실이 아니붓니
뷘손으로 도라서니 三숨池디淵연이 잘참이라
立닙冬동지ᄂᆞᆫ 三숨日일後후의 一일夜야雪설이 ᄉᆞ못오니
대ᄌᆞ깁희 ᄒᆞ마너머 四ᄉᆞ五오步보을 못옴길티
糧양盡딘ᄒᆞ고 衣의薄박ᄒᆞ니 압희근심 다썰티고
목슘슬려 욕심ᄒᆞ여 至디死ᄉᆞ爲위限ᄒᆞᆫ 길을허여
人인家가處처를 ᄎᆞᄌᆞ오니 釖검川천巨거里이 첫목이라
雞계初초鳴명이 이윽ᄒᆞ고 人인家ᄀᆞ 寂적寂적 ᄒᆞᆫ줌일네
집을ᄎᆞᄌᆞ 드러가니 魂혼飛비魄빅散ᄉᆞ 半반주검이
言언不불出츌口구 너머지니 더온구돌 ᄋᆞ론목의
송장갓치 누엇ᄃᆞᄀᆞ 人인事ᄉᆞ收수拾습 ᄒᆞ온후의
두발ᄉᆞᆾ흘 구버보니 열ᄀᆞ락이 간디업니
艱간辛신調됴理리 生성命명ᄒᆞ여 쇠게실려 도라오니
八팔十십當당年연 우리老노母모 마됴ᄂᆞ와 일던몰슴
ᄉᆞᄅᆞ왓ᄃᆞ 니ᄌᆞ식아 ᄉᆞ망업시 도라온들
모단 身신役녁 걱뎡ᄒᆞ랴 田전土토家ᄀᆞ 庄장 盡진賣미ᄒᆞ여

---

2  원 필사본에는 金(좌)에 刃(우)이 합쳐진 한자로 기록되어 있다. 뒤에 '검'이라는
   음을 중시하여 일단 '釖'이라는 한자로 옮겼다. 청성잡기본에도 이와 똑같이 쓰
   여 있는데, 다만 이 이본에서는 음을 '건'이라 달아놓았다.

四ᄉ十십六뉵兩양 돈ᄀ디고 疤포記긔所소 ᄎᄌ가니

中듕軍군把ᄑ摠통 號호令령ᄒ되 우리使ᄉ道도 分분부內

니의

各각哨툐軍군의 諸졔身신役역을 狍돈皮피外외예 븟디몰라

官관령如녀此ᄎ 至디嚴엄ᄒ니 ᄒ릴업서 退ᄒ놋ᄃ

돈ᄀ디고 물너ᄂ와 原원情뎡디어 발괄ᄒ니

勿물위煩번訴소 題뎨辭ᄉᄒ고 軍군奴노將댱校교 差치使

ᄉ노아

星셩火화ᄀ티 지촉ᄒ니 老노父부母모의 遠원行힝治치裝댱

八팔升승네匹필 두엇더니 八팔兩양돈을 비러븟고

파라다가 치와니니 五오十십餘녀兩냥 되거고야

三슴水슈各각鎭딘 두로도라 二니十십六뉵張댱 狍돈皮피

ᄉ니

十십餘여日일 將쟝近근이라 星셩火화ᄀ텻 官관家ᄀ分분

付부

次ᄎ知디ᄌᄇ ᄀ도왓니 불상ᄒᄉ 病병든妻쳐는

囹영圄오中듕의 더디여셔 結결項항致치死ᄉ ᄒ단말ᄀ

니집門문前뎐 도라드니 어미불너 우는소리

九구天텬의 ᄉ못ᄒ고 의디업슨 老노父부母모는

不불省셩人인事ᄉ 누어시니 氣긔絶뎔ᄒ온 틋시로ᄃ

여러身신役역 밧친후의 屍시體체ᄎᄌ 장ᄉᄒ고

祠ᄉ廟묘뫼셔 ᄶ희뭇고 이ᄯᆫ토록 痛통哭곡ᄒ니

無知微物 뭇鳥됴雀이 저도ᄯ혼 셜니운다

13

막즁邊변地디 우리人인生싱 나른百빅姓셩 되여나서
軍군士스슬트 逃도亡망ᄒ면 化화外외民민이 되려니와
ᄒ몸의 여러身신役역 무드가 홀세업서
ᄯ금년니 도르오니 流유離리無무定뎡 ᄒ노미라
나라님기 알외즈니 九구重듕天쳔門문 머러잇고
堯뇨舜슌갓틋 우리聖셩主쥬 日일月월갓티 발그신들
불沾聖셩化화 이극邊변의 覆복盆분下ᄒ라 빗췰소냐
그디ᄯᅩᄒᆞ 니말듯소 他트官관消소息식 드러보게
北북靑텽府부使ᄉ 뉘실런고 姓셩名명은즘간 이저잇니
許허多다軍군丁뎡 安안保보ᄒ고 白빅骨골逃도亡망 解해
怨원일리
各각隊디哨초官관 諸제身신役역을 大디小소民민戶호 分
분徵징ᄒ니
만ᄒ면 닷돈푼수 저그며는 서돈이라
隣인邑읍百빅姓셩 이말듯고 남負부女녀戴디 모다드니
軍군丁뎡虛허伍오 업서지고 民민戶호漸졈漸졈 느러간다
나도ᄯᅩᄒᆞ 이말듯고 우리고을 軍군丁졍身신역役
北북靑쳥一일例례 ᄒ여디라 營영門문議의送숑 뎡졍튼말가
本본邑읍맛겨 題뎨辭ᄉ맛다 本본官관衙ᄋ의 붓치온즉
不불問문是시非비 올여미고 刑형問문一일次ᄎ 맛돈말ᄀ
千쳔辛신萬만苦고 노녀ᄂᆞ셔 故고鄕향生싱涯이 다썰치고
닌리親친舊구 ᄒ직업시 扶부老노携휴幼子ᄌ夜야半반의
厚후峙틔嶺령路노 빗겨두고 金금昌챵嶺령을 허위너머

14

端단川천싸을 바라지나 星셩岱디山손을 너머서면
北북靑쳥싸이 긔아닌가 居거處쳐好호否부 다썰치고
모돈가속 안보ᄒ고 身신役역업슨 군士ᄉ되세
니곳身신役역 이러ᄒ면 離이親친棄기墓묘 ᄒ올소냐
비닉이다 비닉이다 하나님게 비닉이다
忠충君군愛이民민 北북靑쳥원님 우리고을 빌이시면
軍군丁뎡塗도炭탄 그려다가 軒헌陛폐上상의 올이리라
그디쏘ᄒ 明명年연잇써 妻쳐子ᄌ同동生성 거ᄂ리고
이嶺령路노로 잡아들지 긋쎠닉말 씨치리라
니心심中듕의 잇날말슴 橫說竪說 ᄒ려ᄒ면
來日이써 다지나도 半나마 모자라리
日暮忽忽 갈길머니 하직ᄒ고 가노미라


右靑城公莅北靑時甲山民所作謌

# 02 청성잡기본

고려대학교 도서관 소장 『靑城雜記』 3책 맨마지막(47~52장)에 실려 있는 이본이다. 국한문병용체 표기법과 귀글체 2단 편집의 방식으로 기사되어 있다. 한자의 우측에 한글을 병기(倂記)한 국한문병용체로 기사되었는데, 여기서는 한자어구에 한글어구를 하기(下記)한 형태로 옮겨 적었다. 원문에 있는 다소의 오자, 탈자(한글음 생략), 오기(한자와 한글의 기록 위치 혼동) 등은 고치지 않고 있는 그대로를 옮겼다.

〈甲民歌〉

어져어져 져긔가는 져스롬아
네行色힝식 보즈ᄒ니 軍士逃亡군ᄉ도망 네로고나
腰上요샹으로 볼쟉시면 뵈젹숨이 깃만남고
허리아리 굽어보니 헌즘방이 노닥노닥
곱장할미 압희가고 젼퇴바리 뒤예간다
十里십니기를 할너가니 몃니가셔 업쳐지리
니고을의 兩班양반스롬 他道他官타도타관 옴겨살면
賤쳔이되기 常事샹ᄉ여든 본土軍丁本토군졍 실타ᄒ고
ᄌ니쏘ᄒᆞᆫ 逃亡도망ᄒ니 一國一土일국일토 ᄒᆞᆫ인심人心의
근본根本숨겨 살녀ᄒᆞᆫ들 어디간들 면ᄒᆞ쇼야
ᄎᆞ라이 예ᄉ든곳의 아모커나 쑤리바겨

七八月칠팔월의 採蔘칙삼ᄒ고 九十月구십월의 㹠皮돈피 잡아

公債身役공치신역 갑흔후의 그남지져 두엇다가

咸興北靑함흥북쳥 洪原홍원쟝ᄉ 도라드러 潛買줌ᄆᆡ할지

厚價후가밧고 ᄑᆞ라ᄂᆡ여 살기죠흔 너른곳의

家舍田土가ᄉ젼토 곳쳐ᄉ고 家藏什物가쟝집물 쟝만ᄒ여

父母妻子부모쳐ᄌ 保全보젼ᄒ고 싯질긔물 누리려문

어와 生員싱원인지 哨官쵸관인지 긔더말ᄉᆞᆷ 그만두고

이ᄂᆡ말ᄉᆞᆷ 드러보소 이ᄂᆡᄯᅩ흔 甲民갑민이라

잇ᄯᅡ의셔 生長싱쟝ᄒ니 잇ᄯᅡ일을 모롤소냐

우리祖上됴상 南中兩班남듕양반 進士及第진ᄉ급졔 連綿 연면ᄒ여

金章玉佩금쟝옥픠 빗기ᄎ고 侍從臣시동신을 ᄃᆞ니다가

猜忌人ᄉᆡ긔인의 讒訴참소입어 全家徙邊젼가ᄉ변 ᄒ온후의

國內極邊국ᄂᆡ극변 잇ᄯᅡ의셔 七八代칠팔ᄃᆡ을 ᄉᆞ라오니

先蔭션음ᄂᆡ여 ᄒᄂᆞᆫ일이 邑中ᄉᆡᆨ듕구실 쳣지로다

드러가면 座首別監좌슈별감 나가셔ᄂᆞᆫ 憲風監官픙언감관

有司掌議유ᄉ쟝의 ᄎᆞ지나면 體面쳬면보아 ᄉᆞ양터이

이슬포다 너시졀의 怨讐人원슈인의 謀害모히로셔

軍士降定군ᄉ강졍 되단말가 너흔몸이 허러나니

左右前後좌우젼후 數多一家슈다일가 次次充軍ᄎᆞᄎᆞ츙군 되거고나

累代奉祀누디봉ᄉ 이ᄂᆡ몸은 하일업시 미우잇고

시름업슨 諸族人계독인은 즈최업시 逃亡도망ᄒ고

여러스롬 묘돈身役신역 니흔몸이 모도무니

흔몸身役신역 三兩五戔삼양닷돈 狲皮二張돈피이쟝 依法
의법이라

十二人名십이인명 업논구실 合흡쳐보면 四十六兩스십늉양

年復年년부년의 맛타무니 石崇셕슝인들 當당홀소냐

畧干農事약간농스 全廢젼폐ᄒ고 採蔘치숨ᄒ려 入山입산
ᄒ여

虛項嶺허항영 宝泰山보티산을 돌고도라 츠즈보니

人蔘인삼삭슨 젼혀업고 五加오갈입히 날소기디

할일업시 空返공반ᄒ여 八九月팔구월 苦椒고초바람

안고도라 入山입산ᄒ여 狲皮山行돈피산힝 ᄒ려ᄒ고

白頭山빅두산 등의지고 分界江下 ᄂ려가셔

살이썩거 누게치고 익갈나무 우등놋고

하ᄂ님게 祝手ᄒ여 山神산신님게 發願발원ᄒ여

믈치츌을 굿초놋고 스망일기 願望원망ᄒ되

니精誠졍셩이 不及혼지 스망실이 안이붓니

뷘손으로 도라셔니 三池淵삼지연이 잘춤이라

立冬지는 三日삼일후의 一夜雪일야셜이 스못오니

디즈김히 하마너머 四五步스오보을 못온길니

糧盡양진ᄒ고 衣薄의박ᄒ니 압희근심 다썰치고

목슘살여 욕심ᄒ여 至死爲限지스위흔 길을허여

人家處인가쳐을 츠즈오니 鍵[3]川巨里건쳔거리 쳣목이라

鷄鳴初계초명이 이윽ᄒ고 人家寂寂인가젹젹 혼줌일네

집을ᄎᄌ 드러가니 魂飛魄散혼비박산 半반쥬거미

言不出口언불츌구 너머지니 더운구들 아린목의

송쟝갓치 누어다가 人事收拾인ᄉ슈십 ᄒ온후의

두발뭇흘 굽어보이 열가락이 간디업디

艱辛調理간신됴리 生命싱명ᄒ니 쇠게슬여 도라오니

八十當年팔십당년 우리老母노모 마죠나와 일으던말슴

ᄉ라와다 니ᄌ식아 ᄉ망업시 도라온들

모단身役신역 걱정ᄒ랴 田土家庄젼토가쟝 盡買진미ᄒ여

四十六兩ᄉ십뉵양 돈가지고 疤記所파긔소로 ᄎᄌ가니

中軍把摠듕군파총 號令호녕ᄒ되 우리使道ᄉ도 分付內분부니의

各哨軍각초군의 諸身役계신역을 狑皮돈피外예 밧지말나

官令如此관녕여ᄎ 至嚴지엄ᄒ니 ᄒ일업셔 退ᄒ놋다

돈가지고 물너나와 原情원졍지여 발괄ᄒ니

勿爲煩訴물의번소 題辭졔ᄉᄒ고 軍牢將校구노쟝교 差使ᄎᄉ노아

星火셩화갓치 직쵹ᄒ니 老父母노부모의 遠行治裝원힝치쟝

八升팔승네필 두어더니 八兩팔양돈을 비러밧고

파라다가 치와니니 五十餘兩오십여양 되거고야

三水各鎭슴슈각진 두루도라 二十六張니십뉵쟝 狑皮돈피ᄉ니

---

3　원 필사본에는 해동가곡본과 마찬가지로 金에 刃이 합쳐진 한자로 기록되어 있다. 그런데 해동가곡본과는 달리 한글음을 '검'이라 달아놓았다. 여기서는 이 이본의 '건'이라는 음을 중시하여 '鍵'이라고 옮겨 적었다.

19

十餘日십여일 將近쟝근이라 星火셩화갓튼 官家分付관가
분부

次知츠지자바 가도왓니 불상할스 病병든妻쳐은

圉圉中영오즁의 더지여셔 結項致死결항치스 ㅎ단말가

니집門前문젼 들어오니 어미불너 우난소리

九天구텬의 스못ㅎ고 의지업산 老父母노부모난

不省人事불셩인스 누어시이 氣絶긔졀하온 타시로다

열어身役신역 밧친후의 尸體시쳬ㅊᄌ 쟝스ㅎ고

祠廟사묘뫼셔 싸희뭇고 이슨토록 痛哭통곡ㅎ니

無知微物무지미물 뭇烏鵲오죽이 져도쏘한 셜니운다

莫重邊地막즁변지 우리人生인싱 나라百姓빅셩 되야나셔

軍士군스슬타 逃亡도망ㅎ면 化外民화외민니 되련이와

혼몸의 열어身役신역 무다가 할셰업셔

쏘今年금년이 도라오니 流離無定류이무졍 되노미라

나라님게 알외져니 九重天門구즁텬문 머러잇고

堯舜요슌갓탄 우리聖主셩쥬 日月일월갓치 발그신덜

不沾聖化불쳠셩화 이極邊극변에 覆盆下복분ㅎ라 빗칠소냐

그디쏘한 니말듯쇼 他官消息타관소식 들어보게

北靑府使북쳥부스 뉘실넌가 姓名셩명잠간 이져잇니

許多軍丁허다군졍 安保안보ㅎ고 白骨逃亡빅골도망 解怨
히원일니

各隊哨官각디초관 諸身役졔신역을 大小民戶디소미호 分
徵분증ㅎ니

20

마느며난 닷돈푼슈 져그면난 셔돈이라

隣邑百姓인읍빅셩 이말듯고 男負女戴남부여디 모아드니

軍丁虛伍군졍허오 업셔지고 民戶漸漸민호졈졈 느러간다

나도쏘흔 이말듯고 우리고을 軍丁身役군졍신역

北靑一例북쳥일예 흐와지라 營門議送영문의숑 졍탄말가

本邑본읍맛겨 題辭졔ᄉ바다 本官衙본관아의 부치온즉

不問是非불문시비 올여미고 刑問一次셩문일ᄎ 맛단말가

千辛萬苦쳔신만고 뇌여나셔 故鄕生涯고향싱이 다쩔치고

隣里親旧인리친구 하직업시 扶老携幼부로휴뉴 子夜半ᄌ야반의

厚峙領路후치영노 빗겨두고 金昌領금창영을 허위너머

端川단쳔짜을 바로진나 星岱山셩디산을 너머셔면

北靑북쳥짜이 긔안인가 居處好否거쳐호부 다쌀치고

모단家屬가속 安保안보흐고 身役신역업난 軍士군ᄉ되시

니곳身役신역 일어흐면 離親棄墓이친기묘 흐올소냐

비나이다 비나이다 하나님게 비나이다

忠君愛民츙군이민 北靑북쳥원님 우리고을 빌이시면

軍丁塗炭군졍도탄 그려다가 軒陛上헌폐상의 올이이라

그디쏘흔 明年명연잇쎠 妻子同生쳐ᄌ동싱 거ᄂ리고

이領路영노로 잡아들지 굿쎠니말 씨치리라

니心中심듕의 잇난말솜 橫說竪說횡셜수셜 흐려흐면

來日니일잇쎠 다진나도 半반나마 모자라리

日暮忽忽일모총총 갈길머니 하직흐고 가노미라

현실비판가사 자료 및 이본

## 제2장
# 合江亭歌

## 01 윤성근본

常山 이재수 박사가 소장하고 있었던 출처 미상의 필사본에 실려 있는 이본이다. 윤성근이 소개한 자료로[1] 윤성근에 의하면 이 이본 은 이왕직본과 아울러 상산 이재수의 서재에서 얻어 보았다고 하였다. 원문을 구해 보지 못하여 여기서는 윤성근이 논문에서 활자 본으로 소개한 것을 그대로 옮겼다. 국한문 혼용 표기법으로 실려 있으며, 원텍스트가 줄글체인지 귀글체인지 그 기사 형식은 불분 명하다. 가사의 제작 동기가 가사의 본문 앞에 기록되어 있다.

---

1  윤성근, 「合江亭歌研究」, 『어문학』 18호, 한국어문학회, 1968, 83~106쪽.

〈合江亭歌〉


全羅監司 鄭民始, 嘗以壬子九月二十三日(國忌), 大設合
江亭船遊 守令來參者數十邑 費錢數千兩 植炬三十里, 做三
日之宴, 其妓樂威儀之盛, 從可想矣. 湖民不勝其弊, 因投口
名書, 乃傑作也. 民始見之, 大加賞罰, 加考試, 然因膾炙於
世. 有人飜謄掛於崇禮門, 都下人士傳播, 因流入九重, 仍施
流配之律耳.


觀景가세 觀景가세 合江亭에 觀景가시
時維九月 甘三日이 吉日인가 佳節인가
觀風察俗 우리巡相 이날의 船遊ᄒᆞ니
千秋聖節 질거우ᄂ 蒼梧暮雲 悲感ᄒᆞ다
北闕分憂 夢外事라 南州民瘼 니알손가
飮酒船遊 조흘시고 秋事方劇 顧念ᄒᆞ랴
築石塞江 ᄒᆞ올젹이 一月功力 되단말가
鑿山通道 ᄒᆞ올젹이 夷人塚藪 ᄒᆞ단말가
呼冤ᄒᆞ난 져鬼神아 風景조흔 타시로다
범갓탄 우리巡相 生心도 怨望마라
生民塗炭 이러커든 肯恤枯骨 ᄒᆞ올손야
舟楫依幕 온갖差備 밤갓으로 準備ᄒᆞ여
凝香閣 宿所ᄒᆞ고 소여흘예 비을타니
泛泛中流 나려갈졔 江山도 조흘시고

24

巡使의 勝景이요 萬民의 怨讐로다

銀鱗玉尺 주어니야 舟中이 膾烹ᄒ니

人間이 남은 厄運 水國이 밋쳐쏘나

五里芳洲 帳幕안이 浪藉한 져酒肉은

列邑官人 격기로다 浚民膏澤 안일넌가

茶啖床 슈팔넌은 鄕曲愚氓 初見이라

奇異하고 燦爛ᄒ니 千金物價 드단말가

民怨니 徹天한디 風樂이 動地ᄒ니

終日流連 不足ᄒ야 秉燭夜遊 ᄒ난고나

三邑民人 明松火은 水陸이 照耀ᄒ니

赤避江 連環船이 周郎의 헛틴불가

方口堡 나려갈져 十里長江 꼿밧치라

三更月 거의갈제 水曲樓 도라든니

長江去去 三十里에 萬民植炬 ᄒ얏고나

旗幟節鉞 先陪ᄒ고 衙前將校 後陪ᄒ니

아릿따운 潭陽妓生 무삼奉命 ᄒ얏관디

兵曹驛馬 빗겨타고 意氣도 揚揚ᄒ다

承命上使 守令分니 누뉘누뉘 와게신고

南原府使 淳昌守은 支供差使 汨沒ᄒ다

潭陽府使 昌平縣令 妓生領擧 勤幹ᄒ다

年近七十 綾城守은 百里驅馳 잇쓸시고

中貶마진 羅州牧은 阿諂으로 와겨신가

약지못한 咸悅縣監 恐喝은 무삼일고

名家後裔 南平縣監 奔走承風 무삼일고
乃祖高祖 도라보니 貽笑士林 그지업다
任實縣監 谷城倅은 呪癃咀痔 辭讓홀가
礪山府使 全州判官 脅肩諂笑 보기실타
哀殘한 和順同福 生心니나 落後할가
淸河二天 다두언니 明日冀州 뭇도마소
徃來冠盖 相望ᄒ니 道路奔走 몃千人고
水旱의 傷한百姓 方伯秋巡 바리기난
補民不足 너겨더니 除道擧火 弊端일다
水田灾도 못엇겨던 綿田灾□ 擧論ᄒ랴
벌것한 져民田이 白地徵稅 ᄒ난고나
仁慈ᄒ신 우리巡相 일속복사 거렴커든
이지다 우리巡相 조분길을 널니는고
春塘坮 첫던帳幕 辱莫大焉 무삼일고
四方ᄒ고 十里안이 鷄犬조ᄎ 滅種ᄒ니
이노림 다시ᄒ면 이百姓 못살노싀
한사람 豪奢로셔 몃百姓이 이려한고
樂土宴堵 바리더이 할길업시 못살깃다
列邑官人 젹기할졔 每戶이 取錢ᄒ니
大戶이 兩니남고 小戶이 六七錢가
富者도 어렵거던 可矜할ᄉ 貧者로다
이연일 쏘이시면 두말없이 죽으로다
전도風聲 드러보니 치죄行人 한다거던

관홀닌가 너겨더니 飲食道路 타시로다
좋을시고 좋을시고 常平通寶 조흘시고
만니쥬면 無事하고 젹기쥬면 生梗ᄒ다
夕陽이 다져갈제 里丁이 직촉ᄒ니
寒廚이 우난少婦 발구르며 ᄒ난말이
방이품 어든糧食 한두되난 닛겻마는
饌需을 어이ᄒ며 器血도 極貴ᄒ다
압되집이 엇자ᄒ니 歲時借瓻 어렵도다
食祿조타 우리巡相 窨福조타 우리巡相
드러가면 六曹判書 나시면 八道監司
功名니 그지업고 富貴도 거록ᄒ다
罔極ᄒ다 國恩니야 가니업다 聖德이야
제心情이 헐작시면 불판돌 못탈소냐
敎愛ᄒᄂ 져靑襟아 五十三 詩禮鄕이
背恩忘德 ᄒ작시면 覆宗德嗣 ᄒ올니라
一人義士 업단말가 두어라

## 02 아악부가집본

윤성근이 상산본을 소개하면서 같이 소개한 李王職本과 같은 이본이다. 윤성근은 이왕직본을 소개하면서 이 이본이 이왕직 도서관 雅樂部 소장의 『歌集』 전 4권 중 제1권에 실려 있다고 했다. 『雅樂部歌集』[2]은 이왕직 도서관 아악부 소장의 『歌集』(전4권)을 저본으로 하여 1934년경에 새로 편찬된 것이다. 여기에 실린 〈합강정가〉는 윤성근이 소개한 아악부가집본과 비교할 때 한 두 자 정도만 다르다. 따라서 윤성근이 소개한 이왕직본은 별도의 이본으로 치지 않았다. 국한문 혼용 표기법과 줄글체 형식의 기사 방식으로 실려 있다. 가사의 제작 동기가 가사의 원문 앞에 기록되어 있다.

〈合江亭歌〉

全羅監司 鄭民始가 壬子 秋九月에 巡歷 淳昌하야 合江亭에 船遊홀시 妓生 次知 差使員도 잇고 魚物 맛흔 差使員도 잇고 그남은 小小헌 差使員名色이 無數하야 이로 記錄지 못하니 그쩌 全羅道 사람이 이 노리를 지어서 記錄하니 노리 지은 사람의 姓名은 누군지 아지 못.

究景가셰 究景가셰 合亭江에 究景가셰
時維九月 念三日에 吉日인가 佳節인가

---

2 김동욱, 임기중 공편, 『校合 雅樂部歌集』, 태학사, 1982, 175~179쪽.

觀風察俗 우리巡相 이날에 船遊하니

千秋聖節 질거운들 蒼梧暮雲 悲感할사

北關分憂 夢外事나 南州民瘼 너이아닌가

飮酒流連 조흘시고 秋事方劇 顧念하랴

劉石塞江 하올적에 一月工程 드단말가

鑿山通道 하올적에 移民塚仝 하는구나

呼冤하난 져鬼神아 風景의 탓이로다

범갓흔 우리巡相 生心도 怨望마라

廚傳帳幕 온갓差備 밤낫으로 準備하네

銀鱗玉尺 낙가니여 舟中에 膾烹하고

凝香閣 宿所하고 셰여을 비를탄다

泛泛中流 나려가니 江山도 조흘시고

巡相에 風情이요 百姓의 冤讐로다

人間에 남은 厄運 水國 미쳣도다

五里밧 期會亭幕의 狼藉할사 酒肉이야

列邑官吏 격기로다 浚民膏澤 나니신가

茶啖床의 壽瓜蓮은 鄕曲愚氓 初見이라

奇異하고 繁華할사 一床百金 드단말가

民怨은 撤天이오 風樂은 動地하네

終日도 不足하야 秉燭擧火 하단말가

山邑民役 松柄炬의 水陸照耀 하는구나

赤壁江 連火船의 周郞의 지은불가

方席불 니여걸졔 十二江上 쏫밧칠가

三更月 거워갈데 疑香閣 도라드니
長程擧火 三十里에 動民植炬 하단말가
旗牌節鉞 前導하고 衙前將校 後陪할데
아리싸운 潭陽女妓 무삼奉命 하엿난고
鰲驛驛馬 빗겨타고 意氣楊 하는고나
약지못한 咸悅懸監 恐喝은 무삼일고
承命上司 守令분네 누구누구 와게신고
年近七十 綾城倅는 百里驅馳에 갓볼시고
南原府使 淳昌郡守 支供差使 汨沒한다
潭陽府使 昌平懸監 妓生領去 勤幹하다
中貶마즌 羅州收使 阿諂으로 와게신가
名家後裔 南平懸監 追隨承風 무삼일고
酒祖高風 싱각하면 貽羞山林 그지업다
任實懸監 谷城倅는 吮癰舐痔 辭讓할가
益山郡守 全州判官 脅肩諂 보기실타
哀殘할사 和順玉果 生心이나 落後할가
淸河二天 다두엇네 明日去就 뭇도마소
往來冠盖 相望하니 道路奔走 幾千인고
水旱에 傷한百姓 方白秋巡 바라기는
補秋不足 할가더니 承道摘奸 弊端이다
水田災도 못엇거든 면젼이나 擧論할사
쌀가온 百畝田에 白地徵稅 하는구나
仁慈할사 우리主上 一束覆沙 爲念커든

불샹한 齊民田에 조분질 널이란다
各邑色吏 督促하니 鞭朴죠차 狼藉하다
許多한 官人축니 大小戶를 分定하여
四方附近 十里안에 鷄犬이 滅種하네
富者는 可커니와 可憐할사 貧者로다
夕陽은 나려가고 里正은 促飯할뎌
寒廚에 우는少婦 발구르며 하는말삼
방아품에 어든糧食 한두되 잇것만은
荣蔬도 잇건만은 器皿은 뉘게빌고
압뒤집 도라보니 臘月借甑 緣故로다
一村鷄犬 蕩盡하고 戶收斂 하단말가
大戶에는 兩이넘고 小戶에도 六七錢이라
이노름 다시하면 이百姓 못살겐네
樂士에 싱긴사람 太平聖代 죠타하여
安樂業樂工 하옵더니 할일업시 流離하네
한사람의 豪奢로셔 몃사람의 亂離된고
家庄田地 다팔고셔 어디로 가잔말고
비나이다 비나이다 上帝님게 비나이다
우리聖上 仁愛心이 明觀燭불 되게하사
빗최소셔 빗최소셔
前路風聲 들니기는 治罪吏鄕 한다기에
奸女骨인가 여겨더니 飮食道路 탓이로다
奴隷点考 무삼일고 巡令平의 上德일셰

31

飮食은 若流하고 賄賂난 公行하니
죠흘시고 죠흘시고 常平通寶 죠흘시고
만이주면 無事하고 덕게주면 生事하네
春塘臺에 치는帳幕 五木臺에 무삼일고
僭濫한 荊圍中에 較藝하는 靑襟덜아
五十三洲 詩禮鄕에 一人義士 업단말가
食福죠은 우리巡相 官祿죠은 우리巡相
두로시면 六曹判書 나가시면 八道監司
功名도 거록하고 富貴도 그지업다
罔極할사 國恩이야 感激할사 聖德이야
一段臣節 잇거드면 竭力報效 하오리라
背恩忘德 하게되면 殃及子孫 하오리라

# 03 가집본

아악부가집본과 마찬가지로 이왕직 도서관 아악부 소장의 『歌集』 전 4권을 저본으로 하여 1934년경에 새로 편찬한 『歌集』에 실려 있는 이본이다. 아악부가집본과 거의 동일한 이본이다. 필사본 원문은 『역대가사문학전집』 20권과 『한국가사자료집성』 12권에 영인되어 실려 있다.[3] 국한문 혼용 표기법과 줄글체 형식의 기사 방식으로 실려 있다. 가사의 제작 동기가 가사의 원문 앞에 기록되어 있다.

〈合江亭歌〉

全羅監司 鄭民始가 壬子 秋九月에 巡歷 淳昌하야 合江亭에 船遊할새 守令 數十을 불너가지고 差使員을 定할식 妓生 차지 差使員도 잇고 魚物 맛흔 差使員도 잇고 그남은 小小한 差使員 名色이 無數하야 이로 記錄지 못하니 그씨 全羅道 사람이 이 노리를 지어서 記錄하니 노리 지은 사람의 姓名은 누구지 아지 못.

求景가셰 求景가셰 合江亭에 求景가셰
時維九月 念三日에 吉日인가 佳節인가

---

3  김동욱, 임기중 공편, 『校合 歌集』 二, 태학사, 1982, 420~427쪽; 임기중 편, 『역대가사문학전집』 20권, 여강출판사, 1994, 33~40쪽; 단국대율곡기념도서관, 『한국가사자료집성』 12권, 태학사, 418~425쪽.

觀風察俗 우리巡相 이날에 船遊하니
千秋聖節 질거운들 蒼梧暮雲 悲感할사
北闕分憂 夢外事나 南州民瘼 너이아닌가
飮酒流連 조흘시고 秋事方劇 顧念하랴
劉石塞江 하올젹에 一月工程 드단말가
鑿山通道 하올젹에 移民塚墓 하난구나
呼冤하난 져鬼神아 風景의 탓이로다
범갓흔 우리巡相 生心도 怨望마라
廚傳帳幕 온갖差備 밤낫으로 準備하네
銀鱗玉尺 낙가니여 舟中에 膾烹하고
凝香閣 宿所하고 세여을 비를탄다
泛泛中流 나려가니 江山도 조흘시고
巡相의 風情이요 百姓의 冤讐로다
人間에 남은厄運 水國에 밋첫도다
五里밧 期會亭幕의 狼藉할사 酒肉이야
列邑官吏 격기로다 浚民膏澤 아니신가
茶啖床의 壽八蓮은 鄕曲愚氓 初見이라
奇異하고 繁華할사 一床百金 드단말가
民怨은 徹天이요 風樂은 動地하네
終日도 不足하야 秉燭擧火 하단말가
山邑民役 松柄炬의 水陸照耀 하난구나
赤壁江 連火船에 周郞의 지은불가
方席불 내여걸제 十二江上 꼿밧칠다

三更月 거위갈졔 凝香閣 도라드니
長程擧火 三十里에 動民植炬 하단말가
旗牌節鉞 前導하고 衙前將校 後陪할졔
아리따운 潭陽女妓 무삼奉命 하엿난고
鰲驛驛馬 빗겨타고 意氣楊楊 하난고나
약지못한 咸悅縣監 恐喝은 무삼일고
承命上司 守令분네 누구누구 와게신고
年近七十 綾城倅난 百里驅馳에 갓블시고
南原府使 淳昌郡守 支供差使 汨沒한다
潭陽府使 昌平縣監 妓生領去 勤幹하다
中貶마즌 羅州牧使 阿諂으로 와게신가
名家後裔 南平縣監 追隨承風 무삼일고
酒祖高風 싱각하면 貽羞山林 그지업다
任實縣監 谷城倅난 吮癰舐痔 辭讓할가
益山郡守 全州判官 脅肩詔 보기실타
哀殘할사 和順玉果 生心이나 落後할가
淸河二天 다두엇네 明日去就 뭇도마소
徃來冠盖 相望하니 道路奔走 幾千인고
水旱에 傷한百姓 方伯秋巡 바라기난
補秋不足 할가더니 除道摘奸 弊端이다
水田災도 뭇엇거든 면젼이냐 擧論할사
쌀가온 百畝田에 白地徵稅 하는구나
仁慈할사 우리主上 一束覆砂 爲念커든

35

불상한 齊民田에 조분길 널이란다
各邑色吏 督促하니 鞭朴죠차 狼藉하다
許多한 官人츅이 大小戶를 分定하야
四方附近 十里안에 鷄犬이 滅種하네
富者난 可커니와 可憐할사 貧者로다
夕陽은 나려가고 里正은 促飯할졔
寒廚에 우난少婦 발구르며 하는말삼
방아품에 어든糧食 한두되 잇것마는
茱蔬도 잇것만은 器皿은 뉘게빌고
압뒤집 도라보니 臘月借甑 緣故로다
一村鷄犬 蕩盡하고 戶收斂 하단말가
大戶에난 兩이넘고 小戶에도 六七錢이라
이노름 다시하면 이百姓 못살겠네
樂土에 싱긴사람 太平聖代 죠타하여
安業樂土 하옵더니 할일업시 流離하네
한사람의 豪奢로셔 몃사람의 亂離되고
家庄田地 다팔고셔 어듸로 가잔말고
비나이다 비나이다 上帝님게 비나이다
우리聖上 仁愛心이 明觀燭불 되게하사
빗최소셔 빗최소셔
前路風聲 들니기난 治罪吏鄕 한다기에
奸女骨인가 여겨더니 飮食道路 탓이로다
奴隸点考 무삼일고 巡令手의 上德일셰

飮食은 若流하고 賄賂난 公行하니

죠흘시고 죠흘시고 常平通寶 죠흘시고

만이쥬면 無事하고 젹게쥬면 生事하네

春塘臺에 치난帳幕 五木臺에 무삼일고

僭濫한 荊園中에 較藝하난 靑襟들아

五十三洲 詩禮鄕에 一人義士 업단말가

食福죠흔 우리巡相 官祿조흔 우리巡相

두로시면 六曹判書 나가시면 八道監司

功名도 거룩하고 富貴도 그지업다

罔極할사 國恩이야 感激할사 聖德이야

一段臣節 잇거드면 竭力報效 하오리라

背恩忘德 하게되면 殃及子孫 하오리라

# 04 악부본

이왕직 도서관 아악부소장의 『가집』(4권)을 저본으로 하여 1934
년경에 새로 편찬된 『樂府』에 실려 있는 이본이다. 박성의에 의해
그 내용이 간략히 소개된 적이 있다. 필사본 원문은 『역대가사문학
전집』 20권에 영인되어 실려 있으며, 『註解 樂府』에는 간단한 해제
와 함께 실려 있다.[4] 국한문 혼용 표기법과 줄글체 형식의 기사 방
식으로 실려 있다. 작품의 제작 동기가 기록되어 있지 않은 대신 제
목 밑에 세필로 '晉州南江'이라는 기록이 덧붙여져 있다.

⟨合江亭歌⟩

晉州 南江

구경가셰 구경가셰 合江亭(臺) 구경가셰
時維九月 念二日의 佳節인가 吉日인가
觀風察俗 우리巡相 이날의 船遊ᄒ니
千秋聖節 즐거오나 蒼梧暮雲 悲感ᄒ다
飮酒遊山 죠흘시고 秋事方劇 顧念ᄒ랴
北闕分憂 夢外事요 南州民瘼 닉아든가

---

4  김동욱, 임기중 공편, 『樂府』上, 태학사, 1982, 331쪽; 박성의, 「악부 연구」, 『고려
   대학교 60주년 기념 논문집 – 인문과학편』, 고려대학교, 1965, 31쪽; 임기중 편,
   『역대가사문학전집』 20권, 여강출판사, 1994, 32쪽; 이용기 편, 정재호 · 김흥
   규 · 전경욱 주해, 『註解 樂府』, 고려대학교 민족문화연구소 간, 1992, 322쪽.

舟中依布 各差備는 밤나즈로 準備後에

築石塞江 ㅎ올젹의 一月功力 드단말가

鑿山通道 ㅎ올젹의 夷民塚隊 ㅎ단말가

凝香閣 宿所ㅎ고 노여홀에 비를타니

呼冤ㅎ는 져鬼神아 風景의 타시로다

범가튼 우리巡相 生心도 怨忿마라

巡使의 勝景이요 萬民의 怨讐로다

民怨은 撤天ㅎ고 風樂은 動地로다

茶啖床 壽瓠蓮은 鄕谷愚氓 初見일다

奇異ㅎ고 異狀ㅎ다 百金物力 드단말가

아리다온 潭陽女妓 무슴奉命 ㅎ야관디

兵曹驛馬 빗기타고 意氣揚揚 ㅎ는고나

약지못호 咸悅縣監 恐喝은 무스일고

承命上使 守令님늬 누구누구 와겨신고

南原府使 淳昌縣監 支供差使 汨沒ㅎ고

求禮縣監 昌平縣監 妓生差知 勤懇ㅎ다

年近七十 綾城太守 百里驅馳 갓불守

中貶호 羅州牧使 阿諂ㅎ라 와계신가

# 05 삼족당본

『三足堂歌帖』으로 가칭되던 위씨 문중의 전래 가첩에 수록되어
있는 이본으로 이종출이 처음으로 소개했다. 필사본 원문은 『存齋
全書 下』에 실려 있으며, 『역대가사문학전집』 49권에도 영인되어
실려 있다.[5] 순한글 표기법과 2단 귀글체 형식의 기사 방식으로 실
려 있다.

〈합강정선뉴가라〉

귀경가자 귀경가자 합강정 귀경가자
시유구월 염이일은 길일인가 가절인가
관풍찰속 우리순상 이늘의 선유ᄒ니
청추성절 즐거우ᄂ 창오모운 비감ᄒ다
북궐분우 몽외사라 남쥬민막 니아든가
음쥬유산 조흘시고 추사방극 고렴홀가
식강통도 ᄒ올젹의 일월공역 드다말가
착산통도 ᄒ올젹의 어민가식 ᄒ단말가
호원ᄒᄂ 저구신이 풍경의 타시로다

---

5  이종출, 「합강정선유가고」, 『어문학논총』 제7집, 조선대학교 국어국문학연구
   회, 1966. 이종출은 원문 그대로를 소개하되 이해를 돕기 위해 한자어에는 괄호
   를 하여 한자를 써주었다. '삼족당가첩'이라는 이름은 전남 장흥군 관산면 방촌
   리 위계환(삼족당 위세보의 종손)씨가 소장하고 있던 제목 없는 필사본을 이종
   출이 소개하면서 붙인 가칭이다; 『存齋全書 下』, 경인문화사, 1974, 557~563쪽;
   임기중 편, 『역대가사문학전집』 49권, 아세아문화사, 1998, 370~376쪽.

범갓탓 우리슌상 생심이나 원망홀가
밍민도탄 이러홀졔 구듕공우 아올소야
쥬야의 주비ᄒ다 범범즁유 나려갈졔
소럼의 비을타니 수샤의 승경이오
을닌옥쳑 쥬어니여 쥬듕의 회핑ᄒ니
인간의 남은액운 수국의 미ᄂ고나
오리밧 쥬막의 낭자ᄒ 기쥬육은
열읍관인 격기로다 쥰민고택 안이러가
다담상의 수팔연은 향곡우민 쵸견이다
그이ᄒ고 찰난ᄒ다 빅금물가 드단마가
민원이 철쳔ᄒ고 풍악이 동지로다
죵일놀임 부족ᄒ○ 병초야유 ᄒ단말○
삼읍민졍 명송홰ᄂ 천육조요 ᄒ단말가
적벽강 연화션의 쥬유의 질은불가
방석부 나려가졔 십니장강 곳밧치다
월삼경 져어가졔 응학각 도나드니
장졍개개 삼심이의 동민식거 하ᄂ고나
긔치부월 젼배ᄒ고 아젼장교 휴비로다
아름다온 담양지생 무삼봉명 ᄒ엿꽌디
병조마 빗기타고 의긔양양 ᄒ난고나
역지못한 함열현감 공갈은 무삼일고
승명상사 슈령분네 누긔누긔 와겨쩌고
남원부사 순쳔군슈 질응치사 동ᄒ고

41

담양부사 창평현감 지싱영겨 근간ᄒ다
연근치슌 능쥬수난 빅니구치 잇쓸시고
즁폄한 나쥬목사 아첨으로 와겨신가
명가후예 남원부사 추주승풍 무삼닐고
너지고풍 싱각ᄒ니 이소사림 그지업다
님실현감 곡성수난 연옹졋치 사야홀가
연산부사 전쥬판관 협견첨소 보긔슬타
이잔한 화순옥과 싱심이나 낙후할가
청하이천 다도얏네 명일긔쥬 믓도마소
왕니관기 상망ᄒ니 도로분쥬 몃천닌고
수한의 상흔빅성 방빅추순 바라기난
보가부족 할가더니 제도거화 폐단이다
수전재도 못엇쪄던 면전저이 거론할가
우리성상 이민심은 한믓복시 질염커을
별계가 빅물전의 빅지수세 ᄒᄂ고나
불상한 져민전의 조분질 널니거다
각읍관인 동역시의 편박좃차 무삼일고
허다한 관인젹기 디소촌의 분정ᄒ니
사방부근 십니니여 게건이 멸족커다
부자는 가커니와 가연ᄒ다 빈자로다
석양이 다저가고 이장 촉반홀졔
한쥬의 우난소부 발굴으며 ᄒᄂ마리
방이품 어드양식 한되ᄂ 이건마ᄂ

찬소는 어이하며 긔명은 누게빌고
압뒷집 보나보니 납일차증 여뎌로다
촌계도 탕진ㅎ고 호슈럼 ㅎ단말가
뎌호의 양이남고 소호의 육칠젼이라
이노름 다시하면 이빅셩이 못살거다
한사람의 호사로서 몃빅셩의 날니넌고
낙토의 싱긴인상 티평셩뎌 죠ㅎ여
안토안엽 ㅎ옵쩌니 할길업서 유리ㅎ네
가장젼지 진미ㅎ야 어늬말로 갈넌고
비나이다 비나이다 상졔님게 비나이다
우리셩상 인이심이 광명촉이 도야쩌샤
빗최소셔 빗최소셔 이원젼쩨 빗최소셔
젼두풍셩 들니기로 치죄니향 ㅎ다커눌
간활인가 네겨쩌니 음식노림 쑨이로다
노비츌고 무삼일고 순영수의 상덕이다
조할씨고 조할씨고 상평통보 조할씨고
만이주면 무사ㅎ고 젹계주면 싱경ㅎ니
춘당뎌예 첫덧장막 오목뎌예 무삼일고
참암한 형위중에 교묘ㅎ는 저청금아
오십삼쥬 실여향의 일인의사 업다말가
식록조흔 우리순상 괄록조흔 우리순상
드르시면 병죠판서 나오면 팔도방빅
고명도 자락ㅎ고 부구도 그지업다

일단신절 알게드면 갈역보빈 ㅎ오리라
두어라 비은망덕ㅎ면 안급자손 ㅎ오리라

# 06 전가보장본

고서 수장가 박영돈씨에 의해 발굴된 필사본 『傳家寶藏』에 실려 있는 이본이다. 이상보에 의해 그 제목과 소재문헌이 확인되어 필사본을 구해 볼 수 있었는데, 뒤에 필사본 원문이 『역대가사문학전집』 49권에 영인되어 실렸다.[6] 순한글 표기법과 귀글체 2단 편집의 기사 방식으로 실려 있다.

〈합강정선유가〉

구경가즈 구경가즈 합강정 구경가즈
시유구월 념삼일이 길일인가 가절인가
관풍찰속 우리순상 이날에 션유ᄒᆞᆫ니
쳔슈셩졀 즐거오나 창오모운 비감ᄒᆞ다
음쥬유산 조흘시고 츄슈방장 고렴ᄒᆞ랴
북관분우 몽의사라 남쥐민막 너아든가
츅셕식강 ᄒᆞ올젹의 일월공명 되단말가
착산통도 하올젹의 니민총묘 허ᄂᆞᆫ고나
호원ᄒᆞᄂᆞᆫ 져귀신아 풍경의 탓시로다
범갓튼 우리순상 싱심도 원망말아
싱민도탄 일어헐졔 궁흉고휼 ᄒᆞ올소냐

---

6 이상보, 「南哲의 憎歌」, 『한국고전시가 연구·속』, 태학사, 1984, 163쪽; 임기중 편, 『역대가사문학전집』 49권, 아세아문화사, 1998, 377~383쪽.

쥬즁의막 왼갓즈비 쥬야로 준비헐졔
응향각 슉소헌후 소여흘셔 비을타니
범범즁유 니려갈졔 풍경도 조흘시고
슌상의 승경이오 만민의 원쉬로다
은린옥쳑 쥬어니여 쥬즁의 횡힝ㅎ니
인간의 남은잉운 슈즁의 밋것고나
오리밧 쥬졈막의 낭즈흔 져쥬육은
열읍관인 껵이노라 쥰민고퇵 안닐는가
츠담상의 슈팔년은 향곡우민 초견이라
그이ㅎ고 찰난헐스 빅금물짜 드단말가
종일노름 부죡ㅎ야 명촉야유 ㅎ는고나
샴읍민졍 명송화는 쳔뉵의 조요ㅎ다
젹벽강 년화션은 쥬랑의 시론불가
방셕불 니려갈졔 십니장강 꼿빗치라
월샴경 겨워갈젹 응향각 도라드니
장졍거거 샴십니의 동민이 식거ㅎ니
아리짜온 담양녁이 무삼봉명 ㅎ왓관더
병조말 빗기타고 의긔양양 ㅎ드고나
약지못흔 함열현감 공갈은 무삼일고
승명상스 슈령분니 누구누구 와계신고
담양부스 순창군슈 지공차지 골몰ㅎ다
남원부스 창평현녕 기싱녕거 근간ㅎ다
명가후례 남평현감 츄쥬승풍 무삼일고

닉조고풍 싱각ᄒ면 이조사림 그지업다
년근칠십 능셩슈ᄂ 빅니구치 잇쓸시고
즁펌마즌 나쥬목ᄉ 아첨으로 와계신가
이잔ᄒ 화슌옥과 싱심도 낙후헐가
여산부ᄉ 젼쥬판관 협견첩소 보기슬타
임실현감 곡셩수ᄂ 연옹져치 ᄉ양ᄒ랴
왕니간지 상망ᄒ니 도로분쥬 멋쳔닌고
쳥하이쳔 다두엇다 명일긔쥐 뭇도마소
슈한의 상헌빅셩 방빅츄슌 바라기ᄂ
보외부족 ᄒ랴더니 졔로거화 폐단이라
각읍관인 동독헐졔 편박좃차 낭자ᄒ니
ᄉ방무론 십니안의 계견이 멸족컷다
셕양은 다져믈고 이졍은 촉반ᄒ니
한쥬의 우ᄂ소부 발구르며 이른말이
방아품 아츰양식 한되ᄂ 잇것만은
찬물은 엇지ᄒ며 긔명은 뉘계빌고
촌계ᄂ 다진ᄒ고 호슈츄럼 ᄒᄂ고나
디호의ᄂ 양이넘고 소호의ᄂ 뉵칠젼이
이노름 다시ᄒ면 이빅셩 못살건니
가장젼지 다팔고셔 어드러로 가잔말고
비ᄂ이다 비ᄂ이다 ᄒ나이님 비ᄂ이다
우리셩상 이ᄂ임심을 광명촉불 되계ᄒᄉ
빗춰쇼셔 빗춰쇼셔 이원졍이 빗최쇼셔

젼노풍셩 들니기는 치리이향 하랴거늘
간활인간 ᄒ엿더니 음식도로 타시로다
노비격고 무샴일고 슐녕슈의 상덕이라
음식은 약뉴ᄒ고 회뢰는 공힝ᄒ니
조흘시고 조흘시고 상평통부 조흘시고
만히쥬면 조화ᄒ고 젹계주면 상경ᄒ니
츈당디 빅포장은 오목디의 무샴일고
남문밧 우름소리 난니을 만나게냐
챵암훈 형위즁의 교예ᄒᄂ 져쳥금아
오십샴쥬 시례샹의 일인의소 업단말가
식복조흔 우리슌상 관녹조흔 우리슌상
드르시면 뉴조판셔 나오시면 팔도방빅
공명도 잘ᄒ시고 부귀도 그지업다
슌봉이 다시나니 북창이 앗갑도다
일단신졀 잇거드면 갈녁보호 ᄒ련마는
비은망덕 ᄒ오시면 앙급ᄌ손 ᄒ오리라

# 07 홍길동전본

강전섭이 입수해 소장하고 있는 필사본인, 가칭 『홍길동전』에 실려 있는 이본이다. 강전섭에 의해 제목과 소재 문헌이 언급된 적이 있어,[7] 강전섭 교수님의 배려로 필사본을 구해 볼 수 있었다. 순한글 표기법과 줄글체 형식의 기사 방식으로 실려 있다. 필사본의 보존 상태가 좋지 않아 字句의 식별이 곤란한 부분이 있다. 가사의 원문 앞에 간단한 제작 동기가 적혀 있다.

〈호남가〉

전나감스 덩민시 학치하니 민초○○ 니가스을 디으니라

귀경가즈 귀경가쟈 합강정 귀경가쟈
시유구월 염이일은 가졀인가 길일인가
관풍찰속 우리순상 이날의 션뉴ᄒᆞ니
쳔츄가졀 즐거온들 챵오모운 슬푸고나
북별분우 몽외스라 남쥬미막 니알소냐
음쥬유산 죠흘시고 츄시방극 고렴ᄒᆞ랴
축셕식강 ᄒᆞ을젹의 일일공녁 되닷말가
착산통도 ᄒᆞ올젹의 이인동슈 ᄒᆞ닷말가

7  강전섭, 「樂貧歌에 대하여」, 『한국고전문학연구』, 대왕사, 1982, 157~158쪽. 원래 이 필사본은 표지가 떨어져 나가 제목이 없는 것을 강전섭 교수가 붙인 것이다.

호원흔 져귀신아 풍경의 타시로다
범굿 우리슌샹 싱심도 원망마ᄅ
싱민도탄 니러커든 긍휼고휼 ᄒ올쇼야
쥬즙의야 온갓지비 밤나즈로 쥰비ᄒ야
응향각 슉소ᄒ고 소여흘의 비ᄅ릐워
범범듕유 ᄂ려갈졔 강산도 됴흘시고
슌상의 승경이오 만민의 원슈로다
일은옥쳑 조아내여 쥬듕의 횡힝ᄒ니
인간의 남은익운 수국의 믿거고아
우리방즁 ○막안희 낭ᄌ흔 져쥬육은
열읍○이 격기로다 쥰민고틱 아니런가
차담상의 슈팔연은 향곡우밍 초견이라
거록ᄒ고 찬난ᄒ다 빅금물가 ᄅ단말가
민원은 쳘쳔ᄒ고 풍악은 동지로다
죵일유션 부죡ᄒ야 병촉야유 ᄒ난고아
샴읍민졍 명송화난 슈져의 죠요ᄒ니
젹벽강 니쥬션 쥬낭의 혀딘불가
방강보로 나려갈젹 십니쟝강 ᄶᆺ밧치라
월삼경 계예가셔 슈욱누 도ᄅ드이
쟝강거거 십삼니예 만민식거 ᄒ엿고아
ᄋ젼쟝교 후비ᄒ○ 아리ᄶᅡ운 감영여니
무삼복○ ᄒ엿관딕 병죠마 빗겨타고
위의도 양양ᄒ다

역지못흔 함열현감 과긔갈은 무스일고
승쥬상사 슈령분니 누긔누긔 와겨신고
남원부스 평챵현녕 긔싱 근간하다
년근칠십 릉셩슈는 빅니구치 잇불시고
즁폄만난 나쥬목은 아참으로 와계신가
명가후예 남○현감 츄슈승품 무스일고
내죠고풍 도라보이 이수스싹 그지업다
님실현감 곡셩슈는 연응저치 스양홀가
여산부스 젼쥬판관 협견쳠슈 보기슬타
이잔흔 동북화슌 싱심이나 낙후흐랴
쳥하이쳔 다두잇니 명일긔쥬 뭇도마소
왕니관긔 샹망흐니 분쥬도로 몃쳔인고
슈환의 만흔빅셩 방빅츄주 ㅂ라기는
보민부족 넉엇다가 제도거화 폐단일다
답지도 못엇거든 몃쳔지야 거○흐랴
비로긔흔 젼민젼의 빅디딩셰 흐눈고아
인즈흐신 우리셩샹 일속복스 진념커눌
불샹흔 저민젼에 좁은길을 널니눈고
각읍관니 동역홀제 편박죳츠 낭즈흐다
허다흔 관인걱긔 디호의 분졍흐니
스방흐고 십니하애 계견죠츠 멸죵흐니
부즈도 어럽거든 가긍홀샤 잔빈이야
셕양은 다져가고 이졍은 촉박흐니

51

한규의 우은소부 발구라며 ㅎ는말습
방ㅎ품 어든냥식 흔두딕는 잇것마는
좀조는 엇지ㅎ며 반긔는 어이홀고
압뒷집 둘너보니 납일ㅊ즁 여딕로다
촌계도 탕진ㅎ고 미호의 슈럼ㅎ니
딕호는 냥이남고 소호는 늑칠전가
의노○ 다시ㅎ면 이빅셩 못살건니
낙토의 삼긴인싱 태평셩○ 됴타ㅎ야
낙업안도 ㅎ랴더니 홀일업시 뉴리ㅎ니
흔사람의 호ㅅ로셔 멋빅셩이 표령ㅎ고
가장젼토 다ㅂ리고 어딕로 가존말고
비ㄴ이다 비ㄴ이다 상데님끽 비ㄴ이다
우리셩상 이민심을 광명촉불 되게ㅎ야
빗최고져 우리들긔 빗최고져
젼도풍셩 드러보니 치됴이민 ㅎ다커눌
간활인가 넉엿더니 식복흔도 타시로다
노비졈고 무ㅅ일고 슌영슈의 상덕이라
음식은 약유ㅎ고 회뢰는 공힝ㅎ니
조홀시고 상평통부 됴홀시고
만히쥬면 무사ㅎ고 젹계쥬면 싱ㅅㅎ니
츈당딕 치던장막 오목딕여 무삼일고
식복됴타 우리슌상 환복죠타 우리슌상
드러가면 늑죠판셔 나오시면 팔도감ㅅ

공명도 거룩ᄒ고 부귀도 그지업다
망극ᄒ샤 셩은이요 감격ᄒ샤 국은이라
일분츙셩 잇계○면 갈녁보민 ᄒ런마는
심졍이 이러ᄒ니 불괜들 면ᄒ쇼냐
고예ᄒ눈 져쳥금 오십삼쥬 시례향이
일인의시 업닷말가
드러라 비은망덕이면 앙급ᄌ손 ᄒ오리라

# 08 목동가본

필사집『목동가』에 실려 있는 이본으로 필사본 원문은『역대가사문학전집』38권에 영인되어 실려 있다.[8] 순한글 표기법과 귀글체 3단 형식의 기사 방식으로 실려 있다. 이미 필사한 적이 있는 종이에 가사를 필사하여 기필사된 자구와 겹쳐져 보이는데다가 필사본의 보존 상태도 좋지 않았다. 그래서인지『역대가사문학전집』의 영인 상태가 매우 좋지 않아 자구를 식별하기가 어려운 것이 상당수 있었다.

〈합강정〉

구경가쟈 구경가쟈 합강정 구경가자
시유구월 념이일의 길일인가 가○○가
관풍찰쇽 ○○○○ 이날의 션뉴○니
천츄성절 즐거오나 창오모운 비감ᄒ다
음쥬유산 조흘시고 츄샤방○ ○렴ᄒ랴
북궐분우 몽외슈○ 남쥬민막 니아던가
츅셕싀강 ᄒ올젹의 일월초졍 되단말가
착산통도 ᄒ올젹의 이인총슈 ᄒᄂ고야
호원ᄒᄂ 져귀신아 풍경죠흔 타시로다
범갓튼 우리슌샹 싱심도 원망ᄒ랴

---

8  임기중 편,『역대가사문학전집』49권, 아세아문화사, 1998, 97~101쪽.

54

싱민도탄 모로거든 궁휼고골 ᄒ올소냐
쥬즁의막 온갓자비 쥬야로 준비ᄒ후
응향각 슉슈ᄒ고 쇠여흘의 비롤타니
범범즁뉴 나려가니 풍경도 조흘시고
슌상의 승경이요 만민의 원슈로다
은닌옥쳑 쥬어니여 쥬즁의 회핑ᄒ니
인간의 남은익운 슈국의 밋처고야
오리밧 쥬정막의 낭쟈ᄒ 저쥬육은
열읍관인 격기로다 준민고틱 아니런가
긔이ᄒ고 찰난ᄒ니 빅금물가 드단말가
종일뉴○ 부죡○○ 병촉야유 ᄒᄂ고○
삼읍민졍 명숑황ᄂ 천뉴의 죠요ᄒ니
적벽강 년화션의 쥬랑의 지론블가
방계요곡 나려갈졔 십니장강 ᄭᆺ밧칠다
월삼셩 계운후의 응향각 도라드니
쟝졍거거 삼십니의 동민식거 ᄒᄂ고야
아리ᄶᅡ온 담양여기 무산봉명 ᄒ엿관디
병죠역마 빗기타고 의긔양양 ᄒᄂ고야
열업산 함열현감 공갈은 무삼일고
승명상ᄉ 슈령님내 누고누고 와계신고
담양부ᄉ 슌챵군슈 지공치사 골몰ᄒ다
남원부ᄉ 챵평현감 기싱영거 근간ᄒ사
명가후예 남평○○ 츄쥬승풍 ○○○○

55

니조고풍 싱각ᄒ면 니슈스림 그지업다
년근칠십 ○○현감 빅니구치 ○○○○
○○○○ ○○○○ ○○○○ ○○○○
이잔혼 화슌옥과 싱심이나 낙후홀가
여산부사 젼쥬판관 협견쳡소 보기슬타
임실현감 ○○○○ 연옹져치 시양홀○
왕니관개 상망ᄒ니 도로분쥬 몃쳔인고
쳥하이쳔 다두엇○ 명일긔줘 뭇도마소
슈한의 상혼빅셩 방빅츄슌 바라기는
보아부족 하려더니 졔도거화 폐단일다
각읍관인 동역홀제 편박조ᄎ 낭ᄌᄒ니
ᄉ방부근 십니○의 계견이 멸족○○
셕양은 다져물고 이졍은 촉반이라
한쥬의 우는소부 발구르며 ᄒ는○이
방아품의 어든양식 한되는 잇것마는
찬쇼는 엇지ᄒ며 긔명은 뉘게빌고
압뒤집 도라보니 납월챠증 아니러가
촌계는 다딘ᄒ고 호구슈렴 ᄒ는고야
디호는 냥이넘고 소호는 육칠젼가
이노름 다시ᄒ면 이빅셩 못살겟다
가장젼토 다팔고셔 어드러로 가잔말고
비ᄂ이다 비ᄂ이다 하나님긔 비나이다
우리셩샹 인인심을 광명촉블 되게ᄒ샤

비최소셔 비최소셔 이원졍의 비최소셔
젼로풍셩 들니기예 치죄니향 흐다거든
간활인가 흐여더니 음식도로 타시로다
노비졈고 무삼일고 영슌슈의 상덕이라
음식은 약뉴흐고 회뢰난 공힝흐니
조흘시고 조흘시고 샹평통보 죠흘시고
만히쥬면 됴화흐고 격게쥬면 싱경흐다
남문밧 우름쇼리 난니롤 만나는가
츈당디 치논포쟝 오목디예 무삼일고
참암한 형위즁의 괴예흐는 져쳥금○
오십삼쥐 시례향의 일인의ㅅ 업단말가
식복조흔 우리슌샹 관녹조흔 우리슌샹
드로시면 육조○○ 나오시면 ○○○○
공명도 거록흐고 부귀도 그지업다
일단신졀 잇게되면 갈역보효 흐란○○
비은망덕 ○○○○ ○○○○ ○○○○

# 09 가사소리본

한국가사문학관에 소장되어 있는 필사집 『가사소리』에 실려 있는 이본이다. 필사본 원문은 한국가사문학관 홈페이지에 jpg 파일로 올라와 있다. 순한글 표기법(제목 제외)과 귀글체 1단 편집의 기사 방식으로 실려 있다. 본문 상단에 一에서 七까지의 숫자가 표기되어 있는데, 내용에 관한 분류 표기가 아니라 쪽수를 표기한 것이다.

〈合江亭歌〉

구경가즈 구경가즈 합강정 구경가자
시유구월 넘이일의 길일인가 가졀인가
관풍찰속 우리순상 이날에 션유ᄒ니
쳔츄셩졀 즐거오나 창오모운 비감ᄒ다
음쥬유상 죠흘시고 츄ᄉ방장 고렴ᄒ랴
북궐분우 몽외ᄉ오 남쥐민막 니아던가
츅셕식강 ᄒ올젹의 일월공졍 되단말가
착산통도 ᄒ올젹의 이민총슈 ᄒᄂ고나
호원ᄒᄂ 져귀신아 풍경의 타시로다
범갓틋 우리순상 싱심도 원망마라
싱민도탄 이러ᄒ니 궁휼고골 ᄒ올소냐
쥬즁장막 온갖즈비 쥬야로 준비후의
응향각의 슉소ᄒ고 소여흘에 비를타셔

범범중뉴 나려가니 풍경도 조흘시고
슌상의 승경이요 만민의 원슈로다
은린옥쳑 쥬어니여 쥬즁의 회펑ᄒ니
인간의 남은익희 슈국에 미쳣도다
오리밧 화장막의 낭ᄌᄒ 져쥬육은
녈읍관인 격이로다 쥰민고틱 안일년가
다담상의 슈팔년은 산곡우밍 초견일다
긔이ᄒ고 찬난홀ᄉ 빅금물역 드단말가
민권은 쳘쳔ᄒ고 풍악은 동지ᄒ니
종일뉴련 부족ᄒ여 병촉야유 ᄒᄂᄋ고나
슴읍민졍 송명화ᄂᆞᆫ 쳔육의 조요ᄒ니
젹병강 년환션의 쥬량의 지른불가
방셕불 니려갈졔 십니장강 꼿밧칠다
월삼경 계은후의 응향각 도라드니
장졍거거 슴십니의 동민식거 젼의업다
긔치졀월 젼비ᄒ고 아젼장교 후비ᄒ니
아리ᄯᅡ온 담양기싱 무슴봉명 ᄒ엿관듸
각역디마 빗기타고 의긔양양 ᄒᄂᆞ고나
승명상사 슈령님ᄂᆡ 누구누구 와계신고
담양부ᄉ 슌창군슈 지공치ᄉ 골몰ᄒ고
남원부ᄉ 창평현감 기싱ᄎ지 근간ᄒ다
명가후예 남평현감 츄쥬승풍 무슴일고
ᄂᆡ조가풍 싱각ᄒ니 ○○○○ ○○○○

59

연근칠십 능셩티슈 빅니구치 갓불시고
약지못한 함열현감 공갈은 무슴일고
즁폄흔 나쥬목스 아쳠ᄒ러 와계신고
이잔흔 화슌옥과 싱심이나 낙후홀가
녀산부스 젼쥬판관 협견첩소 보가슬타
임실현감 곡셩티슈 연옹쳐치 스양ᄒ랴
왕니관기 상망ᄒ니 도로분쥬 마련일다
쳥하이쳔 다두엇니 명일기쥬 뭇도마소
슈한의 상흔빅셩 방빅츄슈 바라기는
보아부족 할가더니 치도거화 폐단일다
각읍관니 동녁할졔 편박조츠 낭ᄌᄒ니
흔스롬의 호화로되 면빅셩의 눈물인고
스방부근 십니안의 기견도 졀종흔다
셕냥은다 져가지고 니졍은 촉반ᄒ니
한쥬의 우는소부 발구르고 일른말이
방아품의 어든냥식 흔두되는 잇것마는
찬소는 엇지ᄒ며 계명은 뉘계빌고
압뒤집 바라보니 셰알시로 엇지빌가
촌계돈은 다진ᄒ니 가슈호렴 ᄒ는고나
디호는 양이넘고 소호는 눅칠젼가
이노름을 다ᄒ시면 이빅셩은 못살깃니
낙업안토 ᄒ옵더니 할일업시 거산흔다
가장젼지 다팔고셔 어듸미로 가잔말고

늘근이논 부지호고 어릿거슨 잇그럿니
슬풀다 이런가정 밍호에셔 더무셥다
비나이다 비나이다 호나님계 비나이다
우리셩상 인이심이 광명촉불 되계호사
빗최소셔 빗최소셔 이원정의 빗최소셔
젼노풍셜 들니기눈 치죄이향 호다커눌
간활인가 여겨더니 음식도로 타시로다
노비졈고 무숨일고 순령슈의 상덕일다
음식은 약슈호고 화로는 공항호니
조을시고 조을시고 상평통보 조을시고
만이쥬면 무스호고 젹게쥬면 싱경호니
남문밧 우논소리 난리를 만나넌냐
츈당디 치논장막 오목디에 무숨일고
참암호 형위즁의 교예호논 겨쳥금아
오십슘쥬 시례향의 일기의스 업단말가
식복조은 우리순상 관녹조은 우리순샹
드로시면 육죠판셔 나오시면 팔도방빅
공명도 조컨이다 뷔귀도 긔지업다
망극호손 셩은이요 감격호손 셩덕이라
일단신졀 호계되면 갈역보효 호련마논
순붕이 다시나니 북창은 네뉘알니
두어라 비은망덕호면 앙급즈손 호올리라

# 10 쌍녀록본

한국가사문학관에 소장되어 있는 필사집 『雙女錄』에 실려 있는 이본이다. 필사본 원문은 한국가사문학관 홈페이지에 jpg 파일로 올라와 있다. 순한글 표기법과 귀글체 3단 편집의 기사 방식으로 실려 있다.

〈합강졍션유개라〉

귀경가새 귀경가새 합강졍 귀경가새
시유구월 염이일 길인인가 가졀인가
관풍찰속 우리슌샹 이날의 션뉴ᄒᆞ니
쳔츄셩졀 즐거온들 챵호모은 안슬풀가
북궐분우 몽위새라 남쥬민막 내아던가
음듀유산 조흘시고 츄ᄉᆞ방극 내알소냐
축셕셕강 ᄒᆞ올져긔 일월공졍 ᄃᆞ단말가
착산통도 ᄒᆞ올져긔 임인총대 ᄒᆞᄂᆞᆫ고나
호원ᄒᆞᄂᆞᆫ 져귀신나 풍경죠흔 타시로다
범가튼 우리슌샹 싱심인들 원망ᄒᆞ랴
싱민탄 이러홀졔 궁슐골 ᄒᆞ올소냐
쥬즁의막 온갓지비 밤나ᄌᆞ로 쥰비ᄒᆞ니
응향각 슉소ᄒᆞ고 쇠여흘의 비롤ᄒᆞ니
범범즁유 ᄂᆞ려갈졔 강산도 죠흘시고

슌샹의 승경이요 만민의 원ᄉᆔ로다
은인옥쳑 두어ᄂᆡ여 쥬즁의 횡힝ᄒᆞᄂᆡ
인간의 남운ᄋᆡᆨ운 슈국의 밋ᄀᆡ군아
오리방쥭 장막안의 낭ᄌᆞᄒᆞᄂᆞᆫ 져쥬육은
쥰민고턱 아니런가 열읍관인 젹기로다
차담상의 슈팔연은 산곡우밍 츄젼이로다
ᄀᆡ이ᄒᆞ고 찰난ᄒᆞ다 ᄇᆡᆨ금물가 ᄃᆞ단말가
민원은 철쳔ᄒᆞ고 풍악은 동지ᄒᆞᄂᆡ
종일노림 부족ᄒᆞ야 명쵹야요 ᄒᆞ단말가
삼읍민졍 명송하의 쳔뉵조요 ᄒᆞ단말가
젹벽강 연합션은 유낭의 지ᄅᆞᆫ불가
방셕불 나려갈제 심이장강 곳밧치라
월삼경 계워갈제 응향각 도라드니
장셩거거 삼심니에 동민식거 ᄒᆞ단말가
ᄀᆡ치절월 젼ᄇᆡᄒᆞ고 아젼장고 후ᄇᆡ홀제
아릿다온 ᄃᆡ명기ᄉᆡᆼ 무슴복명 ᄒᆞ여관ᄃᆡ
병죠마 빗기ᄐᆞ고 의ᄀᆡ도 양양ᄒᆞ다
역지못ᄒᆞᆫ 함현감 공가론 무슴일고
승망상ᄉᆞ 수렴분ᄂᆡ 누ᄀᆡ누ᄀᆡ 와겨신고
남원부ᄉᆞ 슌창군슈 지공ᄎᆞᄉᆞ 골물ᄒᆞᄂᆡ
담양부ᄉᆞ 챵평혈영 기ᄉᆡᆼ연ᄀᆡ 근간ᄒᆞ다
연근칠슌 응셩ᄐᆡ슈 ᄇᆡᆨ이구치 갓불신고
듕평마즌 나쥬목ᄉᆞ 아쳠으로 와겨신가

명가후예 남평현감 츄쥬승품 무솜일고
내죠고풍 싱ᄒ니 이조소ᄉ님 그지업다
임실현감 곡셩슈는 년용지치 싱양ᄒᆞᆯ가
여산부ᄉ 젼쥬판관 혐젼쳡쇼 보기슬타
의잔ᄒᆞ 화군옥과 싱심인들 낙구ᄒᆞᆯ가
청하이쳔 다두엇니 명일긔쥬 뭇도마쇼
왕니관개 상망ᄒ니 도로분쥬 몃쳘인고
슈환의 샹혼빅셩 방빅츄슌 바리기는
보아부죡 ᄒᆞᆯ가녁여 졔도긔화 폐단이다
슌젼시도 못것거든 변젼이야 거론ᄒᆞ랴
벌거ᄒᆞ 빅묘젼의 빅지증셰 ᄒᆞᆫ고나
인ᄌᄒ신 우리샹감 일슉목ᄉ 진념ᄒᆞ샤
불샹ᄒᆞ 져민젼의 죠분길 널이단말가
각읍관인 독역졔ᄒᆞᆯ 픽빅죠차 낭ᄌᄒ니
ᄒ다ᄒ 관인젹기 대쇼호 분경ᄒ니
ᄉ방북은 십니안의 계젼이 멸죵ᄒ니
부쟈는 가ᄏ니와 가긍ᄒᆞᆯ샤 빙쳔이야
셕양은 다져가고 이경은 쵹반ᄒᆞᆯ제
훈쥬의 우는쇼부 발구ᄅ며 ᄒ는말숨
방하품 어든양식 훈되는 잇건마는
찬소는 어이ᄒ며 긔명은 뉘게빌고
압뒷집 도라보니 납일차등 여디로다
촌계젼 탕진ᄒ고 호슈럼 ᄒ다말가

대호는 냥이고 쇼호는 늇칠젼이다
이노림 다시ᄒ면 이빅셩 못살겟닌
낙토의 잠긴인싱 태평셩대 묘치ᄒ야
안업안도 ᄒᆞ옵더니 홀길업셔 유리ᄒ닉
ᄒ사람의 사로셔 몃빅셩의 난련고
가쟝젼비 다바리고 이어대로 가쟌말고
비노이다 비노이다 샹졔님게 비노이다
우리셩상 지닉심은 광명촉불 되게ᄒ샤
비칅쇼셔 비칅쇼셔 이원쳥의 비칅쇼셔
졀노풍셩 들이기는 지죄이 구효커늘
긴활인가 어계던니 심음도로 착심이다
노비졈고 무숨일고 순영순의 샹덕이라
음식은 약눈ᄒ고 희로는 공힝이라
죠흘ᄉ고 죠흘ᄉ고 싱평통부 죠흘ᄉ고
만니쥬면 무ᄉᆞᄒ고 젹게쥬면 싱ᄒ닉
튠당대 빅포쟝막 오목대예 무숨일고
오십삼쥬 시예상의 일인의ᄉ 업단말ᄀ
식복죠흔 우리순샹 환복죠흔 우리순샹
드르시면 늇죠판셔 나오시면 각도방빅
공명도 갸락ᄒ고 부귀도 그지업다
망극ᄒᆞ샤 극은니오 감격ᄒᆞ샤 셩덕이다
비운 망덕ᄒᆞ면 두어라 앙급ᄒᆞ가 ᄒ노라

65

현실비판가사 자료 및 이본

## 제3장
# 香山別曲

## 01 정재호본

  김호연씨 소장본으로 정재호가 소개한 이본이다. 김호연씨는 이 가사의 필사본을 강원도 명주군 옥계면 일대에서 수집했다고 한다. 정재호가 이 가사만 소개한 것으로 보아 필사본의 명칭이 따로 적혀 있지 않았으며, 같이 실려 있는 작품도 없었던 것으로 보인다. 정재호에 의하면 순한글 표기법과 귀글체 형식의 기사 방식으로 실려 있었다고 한다.[1] 여기서는 정재호가 소개한 활자본을 그대로 옮겼다.

---

1  정재호, 「鄕山別曲攷」, 『한국가사문학론』, 집문당, 1982, 119~137쪽.

〈향산별곡〉


향슨초막 일유싱은 목욕지계 스배ᄒ고
문ᄂ니다 ᄒᄂ님긔 슌슌명교 ᄒ옵소셔
대명황졔 엇디ᄒ여 태쳥강회 내시닛가
슌환디리 잇다ᄒ고 여디이젹 ᄒ시닛가
일난디시 민들야고 슈디좌님 ᄒ시닛가
통박홀사 시운이여 어이져리 되엿ᄂ고
잇달을스 아국이여 무슴일을 ᄒ다ᄒ리
임딘병ᄌ 일긔보고 눈물딧고 싱각ᄒ니
우리셩왕 욕보심과 태명황은 져니〇〇
〇〇〇〇 〇〇〇〇 〇〇〇〇 〇〇〇〇
〇〇〇〇 〇〇〇〇 〇〇〇〇 〇〇〇〇
대소강약 부동ᄒ여 복슈졀티 무긔ᄒ니
신ᄌ디신 되여나서 강개디심 업슬손가
임장군을 미시고셔 독보ᄌ졈 에내닛가
앗가올스 츙혼고빅 어대가셔 우니난고
고월풍딘 요란ᄒ고 댱야건곤 되야셔라
삼강다시 발키쇼셔 오강츠ᄌ 보스이다
듀기슈즉 과ᄒ오나 고기시즉 가ᄒ니다
황ᄒ디슈 밧비말켜 일티디시 맨드쇼셔
무왕불복 ᄒᄂ일을 뵈아디라 ᄒᄂ님긔
이신소회 알외ᄂ니 셩상님 살피소셔

수훈육과 스곤이는 낙의텬명 올커니와
우리느라 져셤기믄 타일슈티 인느니다
평졍왜란 보스딕은 뉘덕이라 홀이잇가
백쳔만스 쓰리더고 측은디심 베프소셔
지덕이요 불지험과 디리불여 인홰란말
고셩현이 유계ᄒ니 어이아니 미들잇가
타국디형 바랴두고 아국디형 알외리다
됴녕쥭녕 험훈녕을 문턱갓티 너머들고
동셜녕과 쳥셕동을 평디갓티 횡횡ᄒ니
각즈도셩 피란ᄒ야 막을신민 업셔디니
무인디디 되엿셔라 험훈보람 잇느잇가
긔험슌쳔 밋디말고 함릭셩령 건너소셔
은덕폐혀 뫼가되어 곤륜갓티 놉피되고
은덕흘러 물이되여 ᄒ희갓티 깁프소셔
외외탕탕 이손슈롤 그뉘대젹 ᄒ리잇가
아국젹즈 다더디고 타국빅셩 우러리다
동셔남북 사방민심 무스물복 ᄒ게되면
만이비록 강대ᄒ나 져를어이 두리닛가
듕원셩딘 쓸리더고 대명회복 ᄒ게되면
안택졍노 발가디고 녜악문물 빗느리다
힝인졍스 쌜리ᄒ여 대보명단 일으소셔
슘학스의 쳑화의를 붉켜디라 셩상님긔
됴뎡의들 겨신분내 이내말슘 들어보소

나라의식 입고먹고 무숨이를 ᄒ시ᄂ가
쳥대입시 ᄒ온날의 요순도덕 알외ᄂ가
상소대개 ᄒᄂ찌예 보민모칙 알외신가
한가한쌔 쌔를타셔 우국원녀 못홀손가
져당젼논 져리이겨 남졍북벌 가랴난가
젼ᄌ젼손 힘뼈ᄒ나 병법딕다 못들을네
나ᄂ보니 쓸딕업네 이해국가 ᄲᆞᆫ이로다
ᄉ해형제 교훈보소 일국이야 일을손가
동도상봉 매양ᄒ여 빅안상시 어이ᄒ랴
아국순쳔 이별ᄒ고 피국으로 향ᄒ실제
슬픈노래 ᄒ곡묘를 낙누ᄒ고 디ᄋ신줄
들은신가 못들은가 알고셔도 이젓ᄂ가
위긔셜티 후의ᄒ고 위국셜티 몬져ᄒ쇼
식녹디신 되여잇셔 국은망극 이즐손가
방백슈령 외임들아 딘봉다소 칙망말고
쥰민고택 ᄒᄂ뉴를 명고공칙 ᄒ여보소
민유방본 이란말슴 셩훈인줄 모를손가
본난말티 어듸본고 나ᄂ듯디 못ᄒ엿네
근디셩쇠 알랴거든 문외종슈 두고보소
근맥초고 ᄒ게되면 디엽ᄎ제 되오리라
져백셩이 업셔디면 나라의디 어디ᄒ면
나라의디 업셔디면 묘졍인들 견딀손가
우우ᄒ면 낙이되고 낙낙ᄒ면 우인ᄂ니

둉말즐겨 말으시고 시단근심 ᄒᆞ옵소서
문남무변 목민듕의 학민ᄒᆞᄂᆞ 관댱들아
이내말슘 배척말고 줌심ᄒᆞ여 들어보소
셩듕의셔 들을졔ᄂᆞᆫ 총명인ᄌᆞ ᄒᆞ다더니
도임들을 ᄒᆞ신후의 어이져리 달ᄂᆞᆫ고
나려갈졔 노비ᄒᆞᆫ가 들어갈졔 부비ᄒᆞᆫ가
명기상의 ᄲᅡ디신가 간니슈의 들어신가
환소듀의 삭어ᄂᆞᆫ가 딘고량의 막켜ᄂᆞᆫ가
잇던총맹 어대가고 업던혼암 내이시니
잇던인ᄌᆞ 어듸가고 업던흔됴 내엿ᄂᆞᆫ고
내모를가 ᄌᆞ내일들 ᄌᆞ내일들 나ᄂᆞᆫ아내
텬부디셩 일은손가 위기디욕 길너내여
ᄉᆞ단디목 다모르고 니오지심 ᄲᅮᆫ이로다
션ᄉᆞ냥젼 그만허고 ᄌᆞ목빅셩 ᄒᆞ여보소
ᄌᆞᄌᆞ위리 ᄒᆞ시다가 무염디욕 내다르니
탐학졍설 고ᄉᆞᄒᆞ고 쳥송일절 민망ᄒᆞ다
염셕문의 드ᄂᆞᆫ거슨 포백은젼 션물이요
동헌방의 썩ᄂᆞᆫ거슨 대신딕의 편디로다
그러ᄒᆞ고 공ᄉᆞ쳐결 어대로셔 ᄂᆞᆫ단말가
관문박긔 셧ᄂᆞᆫ송객 무슴일로 왓나닛가
좌우수댱 비엿거든 시송말고 이셔시라
마소마소 너무말쇼 불인졍ᄉᆞ 너모말소
디젼법도 슉녹피라 네문댱이 말되ᄂᆞ냐

71

적선적악 ᄒᄂᆞᆫ듕의 앙경각디 ᄒᆞᆫ다ᄒᆞ니
호싱오ᄉᆞ ᄒᄂᆞᆫ마음 돈비귀쳔 달을손가
무퇴백셩 무슴일노 져디도록 보치ᄂᆞᆫ고
불상홀ᄉᆞ 백셩이여 잔잉할ᄉᆞ 백셩이여
빅셩의말 들어보소 목이메어 ᄒᄂᆞᆫ말이
대한소한 한치위에 벗고굼고 사라나셔
명이월이 다다르면 환상셩칙 감결보고
ᄌᆞ루망태 엽희ᄎᆞ고 허위허위 들어가셔
너말타면 셔말되고 셔말타면 두말되고
허다소슬 살어나니 그무어슬 먹ᄌᆞ말고
무쥬공산 삽뒤취야 너아니면 연명ᄒᆞ랴
숨ᄉᆞ월이 다다르면 셔듀역ᄉᆞ 홀어ᄒᆞ고
남녀노쇼 내달너셔 배야ᄒᆞ로 버들저긔
철모르ᄂᆞᆫ ᄌᆞ내들은 군졍역ᄉᆞ 무슴일고
보토군 ᄉᆞ초군과 발인군 셕물군의
듀인ᄉᆞ령 팔잘나셔 셩화칙내 배ᄌᆞᄎᆞ고
면임니임 안동ᄒᆞ여 밧비가ᄌᆞ 지촉ᄒᆞ니
돈업슨놈 면홀손가 어든쇼를 도로쥬고
고을의가 졈고맛고 역쳐으로 내달으니
사오나온 색니안젼 큰매들고 두다리며
밧비가ᄌᆞ 지촉ᄒᆞ니 쉴ᄉᆞ인들 이슬손가
업더디며 죱바디며 겨우굴어 맛틴후의
집이라고 들어오니 업던병이 졀노ᄂᆞᆫ다

흔달의도 두세번식 이런역스 흐노라니
씨를임의 일어시니 무슴농스 흐준말고
츄풍소소 송안군의 칠팔월이 다다르니
나슬가라 엽페세고 빅노상강 다닷거다
심경이루 흐여실제 젠들아니 되얏시랴
츄슈홀것 바히업고 괘겸홀것 전혀업다
환상결젼 어이흐며 신역스치 어이홀고
아무려도 군향미야 아니흐고 견딀손가
평셕홀씨 완셕흐고 겨우구러 들어가니
통인쓰고 방즈쓰고 고딕먹고 댱식먹고
다투어 쪠여가니 미슈졀노 나는구나
미슈쎄여 쥬패노아 독령댱고 내여노아
가가호호 들쏫면서 욕딜매딜 둘부부며
츠디내라 호통흐여 동아듈의 얼거가니
부정인들 걸녀시며 계견인들 견딀손가
동디셔걸 흐여더가 겨우필납 허고나니
전습셰를 밧티라고 파댱기가 내닷거다
국가의셔 주신지결 바라디도 못흐더니
즈리업는 허복구슬 저디도록 내엿는고
아모러도 원억흐다 이롤어이 흐준말고
댱의거셔 됴희스셔 글흐눈디 겨우비러
원통소디 써가디고 관문밧긔 다다르니
문딕스령 마죠셔셔 댱목지츅 무슴일고

73

갓가스로 틈을타서 소리빅활 쎠알외니
관가님 보시더가 앙텬디소 ᄒ시면서
서원알디 내아나냐 물러셔라 호령ᄒ니
급댱ᄉ령 내달러셔 듀댱으로 꼭뒤질러
둑불이디 내쳐주니 헐일인들 이실손가
밧도야기 논쌤이를 무를도디 삭도디로
예가팔고 제가팔어 쓸도밧고 돈도밧고
풍셜빙졍 춤학ᄒ대 디고실고 올나가니
크단말과 크단휘로 안되여 밧지ᄒ니
두말쓸을 밧더라면 셔말쓸이 나마든다
슛도팔고 옷도팔어 겨우구러 비랍ᄒ니
ᄉ이ᄉ이 ᄉ채독촉 일부일 자심ᄒ다
ᄌ딜홀사 구실리야 어이그리 만토던고
쎼여덕의 동화쥴이 배지갑세 댱목가의
시쵸됴강 티계들과 유령디디 홰쓴갑과
틸월더위 국마모리 셧달티위 납토손영
젼젼량량 모아내여 슘배ᄉ배 들어가니
이돈인들 공이날가 쓸을쎠어 작젼ᄒ니
민간긔식 춤혹ᄒ니 당시딕은 대풍일네
내목일도 이러혼대 빅골도망 딩포들은
삼독사독 원근간의 두셰벌노 날어내여
격신들만 남아셔라 그무어슬 주즌말고
모진마암 도시먹고 관문안의 쒸여들어

명전훈신 스도님긔 민망백활 알외오니
마른남긔 물이날가 일족물것 업ᄂ이다
원님얼굴 내아던가 형방놈이 내달아셔
쇄댱불러 큰칼씨여 하옥하라 지쵹ᄒ니
슌식간이 못되여셔 옥문안의 들어가니
긔상욱의 슈두놈이 고채들고 내다라셔
슐갑내라 디져고며 발딧ᄂ양 딕의업다
단의버셔 쇄댱듀며 전당ᄒ고 슐을바다
형방쇄댱 머긴후의 슐어디라 애걸ᄒ니
형방놈이 들어가셔 무어시라 샤라던디
옥슈불너 졍일ᄒ고 방숑ᄒ라 분부ᄒ니
칼과옥을 근면ᄒ고 부견뎐일 ᄒ게괴야
졍일내예 못곳ᄒ면 이거됴가 쏘이실나
빅이ᄉ디 홀디라도 보돈홀길 바이업다
부모분순 영결ᄒ고 텬싱모발 벳더리고
스매쩨여 곡갈ᄒ고 디딕버혀 바랑ᄒ고
둑박쒸여 엽희츠고 쳑촉막디 썩거딥고
ᄒ손으로 계집줍고 ᄒ손으로 ᄌ식줍고
호텬디곡 ᄒ쇼래의 텽텬빅일 빗더업다
듕의몸이 되온후의 쳐ᄌ권속 싱각ᄒ랴
팔도셰계 바라보고 삽죡박긔 싹나셔니
어제그제 발던길이 오날거의 어듭거다
고은계집 만ᄂ고기 낸들마다 ᄒ련마ᄂ

가혼졍스 맹어회라 아니가고 견될손가
늘근놈은 거스되고 졀믄놈은 즁이되고
그도져도 못된놈은 헌누덕이 딜머지고
계집즈식 압셰우고 뉴리스방 개걸타가
늘근이와 어린거슨 구학송댱 졀노되고
댱졍덜은 스라나셔 목숨도모 호랴호고
당겨그면 셔졀구투 당마느면 명화젹의
져일들이 뉘타시랴 제죄쑨도 아니로다
티젹호는 영댱들아 포젹호라 갈디라도
주뢰란댱 급피말고 경듕슬펴 퇴쥬어라
민무항손 호여시니 함어기퇴 고이홀라
저도만일 개과호면 동시아국 젹지로다
그렁져렁 호노라니 나믄백셩 얼매되랴
조셔이들 슬펴보소 뷔여가내 군안티부
도고씨곤 다다르면 각면소임 즈바들여
가합군졍 알어라고 엄히분부 호오신들
쎡이라고 비져내며 남그라고 싹가낼가
그젹이랴 오쟉호랴 원님위의 뵈려호고
셰살셩탕 열쳐노코 젹근눈을 크게쓰고
형틀형댱 들여다가 업쳐매고 지쳐매고
뢰셩갓튼 대야쇠리 좌우로셔 이러나며
듀댱랑댱 도리태로 벽력갓티 째여쥬니
피가흘러 내가되고 술이쳐져 쎠가나내

어제난놈 그제난놈 일흠디어 고과ᄒ니
듀인불너 뫼ᄌ쥬어 디졉안동 칙내ᄒ니
져것들 거동보소 싱혈미간 강보아를
졋듀렵외 ᄡ인거슬 울며불며 들어오니
그리여도 군정이라 각군빗츨 불너들여
안칙의도 티부ᄒ고 상ᄉ의도 보ᄒ다네
잘머그니 그러헌가 비위들도 됴ᄒᆯ시고
뫼의가나 들의가나 댱졍백셩 만테그려
무ᄉᆞᆷ일노 군안의ᄂᆞᆫ 백골유티 ᄲᅮᆫ일런가
강보군졸 어린댱슈 녜로부터 못들을네
순쳔디형 긔험ᄒ나 눌다리고 막ᄌ말고
셩곽쥬회 견고ᄒᆫ들 눌다리고 딕힐손가
ᄌᆞ내일를 ᄒᄂᆞᆫ거동 우리셩상 아르시면
원쳔들도 ᄒᆞ려니와 명확듕의 둘듯십다
내이말이 츙곡이라 반이ᄉᆞ디 ᄒᆞ여보소
애군심을 두엇거든 애민심을 몬져ᄒᆞ소
신ᄌᆞ도리 ᄒᆞ랴거든 나라일만 힘뼈ᄒᆞ소
무ᄉᆞᆷ일노 병이들어 ᄭᅢ달을쥴 모로난고
년구셰심 고딜되야 불티디딩 갓가왓내
명의밧비 ᄎᆞᄌᆞ보고 명약ᄒᆞ여 쇽티ᄒᆞ소
약을알나 가랴거든 디로하문 내ᄒᆞ리니
이쳔낸물 건너셔셔 명도길로 ᄎᆞᄌᆞ가면
회암션싱 경험방의 됴목됴목 발켜시고

져런병의 먹는약을 심경듀의 낸법흐니
인순뫼의 킈온약을 디슈물의 씨셔내어
문무화의 전반흐여 공심온복 흐거되면
십이경의 써인내용 거악싱신 흐오리다
내말갓티 이리흐여 져병들이 낫거되면
흐든일을 후회흐고 백셩보낫 난연흐리
가소가소 어셔가소 내일점점 느져가네
어졔그졍 이져고나 쏘흔말을 이져고야
됴뎡일들 흐는둥의 과거일졀 한심흐다
알셩졍시 됴흔과거 글을낭은 아니보고
글시보고 졍쵸보고 경향갈녀 등을쓰니
무셰향유 글줄흔들 춤방흐기 어들손가
식년증별 다더지고 공도회가 스도회라
가련흐다 향유들의 발신흐는 거동보소
사셔슴경 둘둘외여 댱듀댱하 됴어흐고
황각흑각 각각휘여 흉허복실 위력급제
이두가디 안일너면 홍패귀경 어이홀고
위국츙셩 가디기는 셔울시골 다를손가
애군택민 흐는뉴는 경젼야유 둥의잇네
상벌분면 흐게되면 현룽다귀 흐리이다
향곡유싱 춤모국시 불가흔둘 나도알되
교목셰신 후예로서 간국스디 일비흐고
일촌간댱 못춤아셔 슈곡가스 을퍼내니
광망흐다 마르시고 명촉시비 하옵소셔

## 02 강전섭본1

장암 지헌영선생 소장본으로서 강전섭이 소개한 이본이다. 원래 어느 寫本의 일부분으로 轉寫되었던 것인데 고서 상인이 한글로 필사된 이 가사 부분만을 떼어서 가지고 온 것을 지헌영 선생이 사 놓으신 것이라고 한다. 필사본 원문은 『역대가사문학전집』 30권에 영인 · 출판되었으므로 여기서는 이것을 그대로 옮겼다.[2] 국한문 혼용 표기법과 귀글체 2단 편집의 기사 방식으로 실려 있다. 그런데 『역대가사문학전집』 30권의 14~15쪽의 내용은 16~17쪽 다음에 와야 맞다. 이 이본이 영인되는 과정에서 실수가 있었던 듯하다. 여기서는 올바른 순서로 옮겨 적었다.

〈香山別曲〉

香山草幕 一儒生은 沐浴齋戒 再拜ᄒ고
뭇ᄂ이다 하나님긔 諄諄命敎 ᄒ오쇼셔
大明皇帝 엇더ᄒ여 大淸康熙 너시닛가
循環之理 잇다ᄒ고 與之夷狄 ᄒ나잇가
一亂之時 민들냐고 授之左袵 ᄒ니잇가
痛迫ᄒ샤 時運이야 어이져리 되엿는고
이둘올샤 我國이야 무숨일을 흔다ᄒ고

---

2 강전섭, 「향산별곡의 이본에 대하여」, 『語文學』 제50집, 한국어문학회, 1989, 1~28쪽; 임기중 편, 『역대가사문학전집』 30권, 여강출판사, 1992, 13~28쪽.

壬辰丙子 日記보고 눈물지고 싱각ᄒ니
우리聖上 욕보심과 大明皇恩 져ᄇ림은
憤惋心腸 쩔니ᄂ니다 春秋義들 이즈릿가
大小强弱 不敵ᄒ야 復讐雪恥 無期ᄒ니
臣子몸이 되야나셔 慷慨之心 업ᄉ릿가
林將軍을 니시고셔 독보自點 에니신고
앗가올ᄉ 忠烈孤魂 어디가셔 울니ᄂ고
古月風塵 오러시니 長夜乾坤 되야ᄂ다
이기슈즉 과ᄒ오되 考其時則 可ᄒ니다
無往不復 ᄒᄂ일을 보아이다 하ᄂ님긔
微臣小懷 알외ᄂ니다 聖上님은 살피쇼셔
ᄉ獯鬻과 事昆夷은 樂矣天命 올커니와
우리나라 져섬김은 他日羞恥 잇ᄂ이다
平定倭亂 保社稷은 뉘德이라 ᄒ리잇가
欲報之德 ᄒ올진디 無難一策 인ᄂ이다
百千萬事 쓰라치고 惻隱之心 베푸소셔
在德이요 不在險과 地利不如 人和란말
古聖賢의 遺戒오니 어이아니 미드릿가
他國形止 ᄇ려두고 我國形勢 알외리라
鳥嶺竹嶺 險ᄒᆫ嶺을 문턱갓치 너머들고
동셜녕과 쳥셕녕을 平地갓치 橫行ᄒ니
各自圖生 避亂ᄒ고 막을臣民 업셔시니
無人之境 되엿시니 험ᄒᆫ보롬 잇ᄂ닛가

긔험산쳔 밋지말고 陷溺生靈 건지쇼셔
恩德쏫혀 뫼히되여 崑崙갓치 노파지고
恩澤흘너 물이되여 河海갓치 깁허지면
巍巍蕩蕩 이山水를 계뉘라셔 디젹ᄒᆞᆯ고
我國赤子 다더지고 他國生民 오오리라
東西南北 四方民心 無思不服 ᄒᆞ게되면
蠻夷비록 强大ᄒᆞ나 져를어이 두리잇가
中原腥塵 쓰ᄅᆞ치고 大明恢復 ᄒᆞ게되면
안틱正로 붉아지고 禮樂文物 빗ᄂᆞ리라
行仁政事 붉이ᄒᆞ샤 大報壇명 일우쇼셔
三學士의 斥和議를 붉혀지다 聖上님긔
朝廷의들 계신분니 이닉말숨 드러보쇼
나라衣食 먹고닙고 무슴일들 ᄒᆞ시는고
請對入侍 ᄒᆞᄂᆞᆫ날의 堯舜道德 알외신가
上疏디개 ᄒᆞᄂᆞᆫ씨예 保民謀策 알오신가
흔가흔씨 씨를타셔 爲國遠慮 못ᄒᆞ신가
져黨戰을 져리익혀 南征北伐 가랴는가
傳子傳孫 힘서ᄒᆞ되 병법잇다 못드를네
나ᄂᆞᆫ보니 쓸디업데 貽害國家 뿐이로셰
四海兄弟 훈계ᄒᆞ쇼 一國이야 이를소냐
同朝相逢 믜양ᄒᆞ며 白眼相視 어이ᄒᆞ소
我國山川 離別ᄒᆞ고 彼國으로 向ᄒᆞ실졔
슬푼노릭 흔곡조를 落淚ᄒᆞ고 지으시니

들르신가 못드른가 알고셔도 이즈신가
爲己雪恥 후의ᄒ고 爲國雪恥 몬져ᄒ소
食祿臣子 되여이셔 國恩罔極 이줄숀가
方伯守令 外任들의 進封多小 칙망말고
浚民膏澤 ᄒᄂᆞ놈을 鳴鼓攻責 ᄒ여보소
民惟邦本 이란말ᄉᆞᆷ 聖訓인쥴 모롤숀가
本亂末治 어이본고 나ᄂᆞᆫ듯도 못ᄒ엇니
根枝盛衰 보려거든 門外種樹 두고보소
根脈枯焦 ᄒ게되면 枝葉次第 되지그려
져百姓이 업셔지면 나라의지 엇지ᄒᆞ며
나라의지 업셔지면 朝廷인들 견디릿가
憂憂ᄒ면 낙이오고 樂樂ᄒ면 우잇느니
죵말즐겨 말르시고 시단근심 ᄒ오소셔
文南武弁 牧民中의 학민ᄒᄂᆞᆫ 관댱늬들
이늬말ᄉᆞᆷ 비쳑말고 刻心ᄒ여 들어보소
城中의셔 들을졔ᄂᆞᆫ 聰明仁慈 ᄒ다더니
到任들을 ᄒ신후의 어이져리 다르신고
ᄂᆞ려갈졔 路費흔가 드러갈졔 浮費흔가
名妓生의 쎤졋ᄂᆞᆫ가 奸吏袖의 드럿ᄂᆞᆫ가
還燒酒의 삭아ᄂᆞᆫ가 珍膏粱의 막혓ᄂᆞᆫ가
잇던聰明 어디가고 업던昏暗 늬엿시며
잇던仁慈 어디가고 업던暴惡 늬엿ᄂᆞᆫ고
늬몰을가 ᄌᆞ늬일을 ᄌᆞ늬일을 나넌아니

天賦之性 일은속의 爲己之慾 길너닉여
四端之目 다모르고 利慾之心 쑌이로다
善事兩銓 그만호고 字牧百姓 호여보소
孜孜爲利 호시다가 無厭之慾 닉다르니
貪虐政事 그만호소 聽訟일졀 민망호외
염성문의 드는거시 布帛銀錢 션물이요
동헌방의 쓰인거슨 大臣重臣 請簡이라
그러호고 公正處決 어디로서 낫단말고
官門밧긔 섯눈송민 무슴일노 와잇눈다
左右手掌 뷔엿거든 시송말고 이거서라
大典通編 슉녹비라 네문당이 말되느냐
마쇼마쇼 닉모롤가 不忍政事 너무마쇼
積善積惡 호눈즁의 殃慶各至 호다느니
好生惡死 호눈무음 尊卑貴賤 다를손가
무죄빅성 무슴일노 져디도록 보치눈고
불샹홀샤 빅성야이 殘忍홀샤 百姓이야
百성의말 호랴호면 목이메고 눈물나니
디한소한 혼치위예 벗고굼고 샤라나셔
正二月이 다드라면 還주成冊 甘結보고
주로망틱 엽희씌고 허위허위 드러가셔
너말타면 서말되고 셔말타면 두말되니
許多所率 스라나셔 그무어술 먹즌말고
無主空山 숩쥬치야 너아니면 延命호랴

83

三四月이 다드르면 西疇역ᄉ ᄒ랴ᄒ고
男女老少 니다르셔 보야흐로 버을적의
철모로는 ᄌ니네는 軍丁役事 무슴일노
補土軍의 莎草軍의 發引軍의 石灰軍의
쥬인使令 팔잘나셔 星火拮束 牌ᄌᄎ고
面任里任 眼同ᄒ여 밧비가자 직촉ᄒ니
돈업슨놈 면ᄒᆯ손가 어든쇼를 도로쥬고
고을가셔 점고맛고 役處으로 니다르니
사온나온 色吏衙前 큰미들고 두다리며
밧비ᄒ라 직촉ᄒ니 숩쉴ᄉ이 잇슬손가
업더지며 잣바지며 계유구러 맛촌후의
집이라고 ᄎᄌ오니 업던병이 나노미라
ᄒᆫ달의도 두세번식 이런역ᄉ ᄒ노라니
씨를임의 일어시니 무슴농ᄉ ᄒ존말고
五六月이 다진ᄒ고 七八月이 다드라니
秋風蕭蕭 送鴈群의 白露霜降 다닷거든
나슬가라 엽희씨고 지게지고 가셔보니
深耕易耨 ᄒ엿실제 젼들아니 되엿시랴
秋收ᄒᆯ것 젼혀업고 掛鎌ᄒᆯ것 젼혀업다
還ᄌ結錢 어이ᄒ며 身役私債 어이ᄒᆯ고
아모련들 군향미야 아니ᄒ고 견딜넌가
평셕ᄒᆯ디 완석지고 계유구러 드러가니
방ᄌᄊᆞ고 통인ᄊᆞ고 고직먹고 싱니먹고

다드러서 쩌혀닉니 未收절노 나노미라
미슈쎼혀 쥬픠닉여 검독장교 닉혀노하
가가호호 들사면셔 욕질믹질 들브뷔며
츳지나라 혼동ᄒ며 동하쥴노 얼거가니
釜鼎인들 견딀손가 鷄犬인들 남을소냐
東貸西乞 ᄒ여다가 계유畢納 ᄒ고나니
전삼세를 밧치라고 파장긔가 닉닷거다
나라쥬신 지결이야 브라기도 못ᄒ려니
자리업ᄂᆞᆫ 허복속은 저딕도록 닉엿ᄂᆞᆫ고
아모랴도 원억ᄒ다 이를어이 ᄒ존말고
장의가서 조희ᄉᆞ셔 글ᄒ넌듸 계유비러
원통소지 써가지고 관문밧긔 다드르니
문직ᄉᆞ령 마조서셔 댱목지촉 무ᄉᆞᆷ일고
갓가ᄉᆞ로 틈을타서 소지빅활 쩌알외니
관ᄉᆞ님이 보시다가 仰天大笑 ᄒ시면셔
셔원아지 닉아던가 물니치라 호령ᄒ니
급장ᄉᆞ령 닉다르셔 쥬장으로 쏙뒤집허
족불니지 닉치시니 흔말인들 이슬넌가
밧쏘야기 논쌔미를 무를도지 삭세긔로
예가팔고 제가파라 쏠도밧고 돈도브다
풍설빙졍 참악흔디 지고싯고 올나가셔
크단말과 크단휘로 안되야서 밧즈ᄒ니
두말쏠을 밧치랴면 셔말쏠이 나마든다

솟도팔고 옷도파라 계유구러 필납ᄒ니
ᄉ이ᄉ이 사채징독 일부일의 ᄌ심ᄒ니
ᄌ질홀ᄉ 잔구실은 어이그리 만톳던고
쎄어적의 동아쥴의 픠ᄌ갑세 장목갑세
시초조강 치계들과 유청디디 홰군갑세
칠월더위 국마모리 셧달치위 납토산양
錢錢兩兩 모화닉여 三倍四倍 드러가니
이돈인들 공히날가 쑐을찌어 무전ᄒ니
民間긔식 춤흉인디 장시즉은 디풍일다
닉압일도 일어ᄒᆞᆫ디 빅골도망 증포들은
숨족일족 遠近間의 두세번식 무러닉니
적신들만 나마세라 그무어슬 쥬단말고
모진ᄆ옴 다시먹고 官門안희 드러다라
명졍ᄒ신 샤도님긔 민망白活 알외닉다
말은남긔 물이날가 일족물것 업ᄂ이다
원님얼골 닉아던가 형방놈이 닉다ᄅ셔
쇄댱블너 큰칼씨워 하옥하라 진쵹ᄒ니
순식간의 칼을쓰고 옥문안의 들거고나
궤상육의 도슈놈들 고치들고 닉다라셔
슐갑닉라 지져괴며 발찟ᄂ양 즈긔업다
단옷버셔 쇄댱쥬고 전당ᄒ고 슐를바다
형방쇄댱 먹인후의 술거지라 인걸ᄒ니
형방놈이 들어가셔 무어시라 살왓던지

옥슈올녀 뎡일ᄒᆞ고 放送ᄒᆞ라 分付ᄒᆞ니
칼과옥을 근면ᄒᆞ니 復見天日 ᄒᆞ거고야
定日間의 못곳ᄒᆞ면 이거조가 ᄯᅩ잇스리
빅아스지 홀지라도 보신ᄒᆞᆯ길 젼혀업다
父母墳山 영결ᄒᆞ고 쳔싱毛髮 베더리고
스미쩌혀 곡갈ᄒᆞ고 기즘버혀 바랑ᄒᆞ고
족박쐬여 엽희ᄎᆞ고 ᄌᆞ른막디 썩거쥐고
ᄒᆞᆫ손으로 계집줍고 ᄒᆞᆫ손으로 ᄌᆞ식줍고
호쳔디곡 ᄒᆞᆫ소리예 쳥쳔빅일 빗치업다
듕의몸이 되온후의 쳐ᄌᆞ식을 궐년ᄒᆞ랴
팔도고계 ᄇᆞ라보고 스립밧긔 쩌나셔셔
어제그제 붉던길이 오날이야 어둡거니
고은계집 맛ᄂᆞᆫ고기 닌들마다 홀가마는
가초뎡스 밍어회라 아니가고 견될넌가
늙은놈은 거스되고 졀문놈은 듕이되고
그도저도 못된놈은 헌누덕이 걸머지고
계집ᄌᆞ식 옵세우고 유리스방 개걸ᄒᆞ니
늙으니와 져무니는 구학송장 졀노되고
당뎡들은 스라나셔 목슘도모 ᄒᆞ랴ᄒᆞ고
당젹으면 셔졀구투 당만ᄒᆞ면 명화디젹
져일들이 뉘타시리 이민션뎡 못홀넌가
치젹ᄒᆞ넌 영당들아 포젹ᄒᆞ엿 실지라도
쥬뢰난당 급히말고 경즁술펴 지쥬어라

민무항산 ᄒ엿시니 함닉기죄 고히홀가
져도만일 기과ᄒ면 동시아國 赤子로다
그렁저렁 ᄒ노라니 나문빅셩 언마치랴
ᄌ셰이들 살펴보소 뷔여간다 군안치부
도고ᄶ곳 다다르면 각면면님 ᄌ바다가
가합군정 알외라고 엄히분부 ᄒ온신들
쩍이라고 비져니며 남기라고 싹가닐가
그적이야 오작ᄒ랴 원님위엄 뵈랴ᄒ고
셰살샹창 저쳐노코 저근눈을 크게ᄠ고
형틀동틀 드려다가 업쳐미고 잣쳐미고
우레갓ᄒ 디아소리 좌우로셔 이러나셔
피가흘너 니가되고 살이쳐져 쎠가느니
그제난놈 어제난놈 일홈지어 고과ᄒ니
쥬인불너 뢰ᄌ쥬어 지졉안동 착니ᄒ라
져것들의 거동보소 싱혈미건 강보ᄋ를
졋줄물녀 가로안고 울며불며 들어오니
그러여도 군졍이라 각군빗츨 불너드려
안칙의도 치부ᄒ고 상스의도 보호다네
잘먹으니 그러ᄒ가 비위들도 죠흘시고
뫼희가나 들의가나 당당빅셩 만테그려
무슴일노 군안의ᄂ 빅골유치 쓴일넌고
강보군ᄉ 다린쟝슈 녜로부터 못들을네
산쳔형셰 긔험ᄒ들 눌다리고 막ᄌᄒ며

성곽쥬회 견고훈들 눌드리고 직횔넌고
원참들도 ㅎ려니와 명확즁의 든듯시뷔
니이말이 츙곡이니 빅이스지 ㅎ여보소
이군심을 두어거든 이민심을 몬져ㅎ소
신즈도리 ㅎ랴거든 나라일을 힘뼈ㅎ소
무슴일노 병이드러 씨둘을쥴 모르는가
년구세심 고질되면 블치지즁 갓가오리
명의들을 밧비츠즈 명약ㅎ여 속치ㅎ소
약을알나 가랴ㅎ면 지로ㅎ문 니ㅎ오리
이쳔니물 건너셔셔 명도길노 츠즈가면
회암션싱 경험방의 조목조목 볽혀시니
져런병의 먹넌약은 심경쥬의 닌법이니
인산뫼의 키는약을 지슈물의 씨셔니여
문무화로 젼반ㅎ야 공심온복 ㅎ게되면
십이경위 씨인니쵱 거익싱신 ㅎ오리라
니말갓치 이리ㅎ여 져병들이 낫게되면
ㅎ던일들 후회ㅎ여 빅셩볼낫 난연ㅎ리
가소가소 어셔가쇼 니일졈졈 느져가니
어졔그졍 이것고야 쏘훈말을 이것고야
죠뎡인들 ㅎ는즁의 과거일졀 한심ㅎ데
알셩졍시 조흔과거 글을낭은 아니보고
글시보고 뎡초보고 경향갈나 등을쓰니
무셰향유 글즈훈들 참방ㅎ기 어들넌냐

89

식년증별 다더지고 공도회도 스도회라
가련ᄒ다 향유들아 불신ᄒ년 거동보쇼
삼경ᄉ셔 종종외와 댱쥬댱하 죠어급제
황각흑각 각각휘여 흥허복실 위력급제
이두가지 아니러면 홍ᄑᆞ구경 어이ᄒᆞ고
위국튱졀 가지기야 셔울시골 이실쇼냐
치국틱민 ᄒᆞᄂᆞᆫ유ᄂᆞᆫ 경젼야슈 즁의잇니
상벌분명 ᄒᆞ게되면 현능진지 ᄒᆞ리이다
향곡포의 참모국ᄉ 블가ᄒᆞᆫ쥴 나도아니
교목세신 후예로셔 간국ᄉ지 일비ᄒᆞ고
일촌간장 모도셕어 슈짜가사 을펴닌니
광망ᄒ다 마ᄅᆞ시고 명촉시비 ᄒᆞ오쇼셔

# 03 강전섭본2

나손 김동욱선생 소장본으로 강전섭이 강전섭본1과 함께 소개한 이본이다. 연세대학교 도서관에 소장되어 있고 한국정신문화연구원에 마이크로필름으로도 되어 있다. 필사본 원문은 『역대가사문학전집』 20권, 『한국가사자료집성』 8권, 『(나손본) 필사본 고소설 자료총서』 76권 등에 영인되어 실려 있다.[3] 여기서는 『역대가사문학전집』의 것을 그대로 옮겼다. 순한글 표기법과 줄글체 형식의 기사 방식으로 실려 있다. 원텍스트는 띄어쓰기가 없는데, 여기서는 1음보를 기준으로 띄어쓰기를 하였다.

향산초막 일유싱은 목욕지계 지비ᄒ고
뭇ᄂ이다 하ᄂ님긔 슌슌명교 ᄒ오소셔
디명황졔 엇더ᄒ여 디쳥강희 닉신잇가
슌환지리 잇다ᄒ고 여지이젹 ᄒ니잇가
일란지시 민들야고 슈지좌임 ᄒ니잇가
통박홀사 시운이야 어이져리 되엿는고
이달을ᄉ 아국이야 무삼일을 한다할고
임진병ᄌ 일긔보고 눈물지고 싱각ᄒ니
우리셩샹 욕보심과 디명황은 져바림은
분완심쟝 뻘니니라 츈츄의롤 이즈릿가

---

3  임기중 편, 『역대가사문학전집』 20권, 여강출판사, 1988, 155~172쪽; 단국대율곡기념도서관, 『한국가사자료집성』 8권, 태학사, 1997, 565~582쪽; 박종수 편, 『(나손본)필사본 고소설 자료총서』 76권, 보경문화사, 1993.

디소강약 부젹ᄒᆞ야 복슈셜치 무긔ᄒᆞ니
신ᄌᆞ몸이 되야ᄂᆞ셔 강긔지심 업ᄉᆞ릿가
림쟝을 ᄂᆡ시고셔 독보ᄌᆞ졈 에ᄂᆡ신고
앗가올ᄉ 츙열고혼 어ᄃᆡ가셔 울니ᄂᆞᆫ고
고월풍진 오리시니 쟝야건곤 되엿ᄂᆞ다
위기슈즉 과ᄒᆞ오되 고긔시즉 가ᄒᆞ니다
무왕불복 하ᄂᆞᆫ일을 보아이다 하ᄂᆞ님긔
미신소회 알외ᄂᆞ다 셩샹님은 술피소셔
ᄉᆞ훈육과 ᄉᆞ곤이ᄂᆞᆫ 낙의텬명 올커니와
우리ᄂᆞᆯ 져셤김은 타일슈치 인ᄂᆞ이다
평졍왜란 보ᄉᆞ직은 뉘덕이ᄅᆞ ᄒᆞ리잇가
욕보지덕 ᄒᆞ올진ᄃᆡ 무란일칙 인ᄂᆞ이다
빅쳔만ᄉᆞ ᄡᆞ라치고 측은지심 베푸소셔
지덕이오 부지험과 지리부여 인홰란말
고셩현의 유계오니 어이아니 미드릿가
타국형지 ᄇᆞ려두고 아국형○ 알외리다
됴녕듕녕 험훈령을 문턱갓치 너머들고
○션령과 쳥셕령을 평지갓치 횡힝ᄒᆞ니
각ᄌᆞ도셩 피란ᄒᆞ고 막을신민 업셧시ᄆᆡ
무인지경 되엿시니 험한보람 잇ᄂᆞ닛가
긔험산쳔 밋지말고 함늬싱령 건지소셔
은덕ᄲᅡ혀 뫼히되여 곤륜갓치 롭하지고
은틱홀너 물이되여 하희갓치 깁허디면

외외탕탕 이산슈롤 게뉘라셔 디젹할고
아국젹조 드더지고 타국싱민 오오리로
동셔남북 스방민심 무스불복 ㅎ게되면
만이비록 강디ㅎ나 져룰어이 두리잇가
듕원셩진 쓰로치고 디명회복 ㅎ게되면
안틱졍로 붉으지고 례악문물 빗ㄴ리로
힝인스졍 붉기ㅎ스 디보단명 일우소셔
삼학스의 쳑화의롤 붉혀지다 셩샹님긔
됴뎡의들 계신분ㄴ 이ㄴ말슴 드러보소
나라의식 먹고입고 무산일들 ㅎ시눈고
쳥디입시 ㅎ눈눌의 요슌도덕 알외신가
상소디기 ㅎ눈쩌예 보민모칙 알외신가
한가한쩌 쩌롤투셔 위국원녀 못ㅎ신가
져당젼을 져리익혀 남졍북벌 가랴눈가
젼조젼손 힘뼈ㅎ되 병법잇다 못드릍네
ㄴ눈보니 쓸디업데 이희국가 뿐이로셰
스희형뎨 훈계ㅎ소 일국이야 이룰소냐
동조샹봉 미양ㅎ며 빅안샹시 어이ㅎ노
아국산쳔 니별ㅎ고 피국으로 향ㅎ실졔
슬푼노릭 한곡조롤 낙누ㅎ고 지으시니
드르신가 못드른가 알고셔도 이즈신가
위긔셜치 후의ㅎ고 위국셜치 몬져ㅎ소
식녹신조 되여이셔 국은망극 이줄손가

방빅슈령 외임들의 진봉다소 칙망말고
듀민고틱 ᄒᄂᆞᆫ놈을 명고공칙 ᄒᆞ여보소
민유방본 이란말ᄉᆞᆷ 셩훈인들 모롤손가
본란말치 어이본고 ᄂᆞᄂᆞᆫ듯도 못ᄒᆞ엿니
근지셩쇠 보려거든 문외종슈 두고보소
근믹고초 ᄒᆞ게되면 지엽차졔 되지그려
져빅셩이 업셔지면 ᄂᆞ르의지 엇지ᄒᆞ며
나르의지 업셔지면 됴뎡인들 견디릿가
우우ᄒᆞ면 낙이오고 락락ᄒᆞ면 우인ᄂᆞ니
종말즐겨 마르시고 시단근심 ᄒᆞ오소셔
문남무변 목민듕의 학민ᄒᆞᄂᆞᆫ 관댱니들
이니말ᄉᆞᆷ 비쳑말고 각심ᄒᆞ여 드러보소
셩듕의셔 들을졔ᄂᆞᆫ 총명인ᄌᆞ ᄒᆞ다더니
도임들을 ᄒᆞ신후의 어이져리 드르신고
ᄂᆞ려갈졔 노비ᄒᆞᆫ가 드러갈졔 부비ᄒᆞᆫ가
명기셩의 ᄲᅡ졋ᄂᆞᆫ가 간리슈의 드럿ᄂᆞᆫ가
환소쥬의 숙ᄋᆞᆫ가 진고량의 막혓ᄂᆞᆫ가
잇든총명 어디가고 업든혼암 니여시며
잇든인ᄌᆞ 어디가고 업든포악 니엿ᄂᆞᆫ고
니모롤가 ᄌᆞ니일을 ᄌᆞ니일을 ᄂᆞᄂᆞᆫ아니
쳔부지셩 일은속의 위긔지욕 길너니여
ᄉᆞ단지목 드모르고 니욕지심 ᄲᅮᆫ이로다
션ᄉᆞ냥젼 그만ᄒᆞ고 ᄌᆞ목빅셩 ᄒᆞ여보소

ᄌᄌ위리 ᄒ시다가 무염지옥 니다르리
탐학졍ᄉ 그만ᄒ소 쳥숑일졀 민망ᄒ외
렴셕문의 드ᄂ거시 포빅은젼 션물이오
동헌방의 ᄲᅡ힌거시 디신듕신 쳥간이ᄅ
그러ᄒ고 공졍쳐결 어디로셔 나단말가
관문밧긔 셧ᄂ숑민 무삼일노 와인ᄂ다
좌우슈쟝 뷔엿거든 시숑믈고 이거셔라
디뎐통편 슉록피ᄅ 네문쟝이 말되ᄂ냐
마소마소 니모롤가 불인졍ᄉ 너모말소
젹션젹악 ᄒᄂ중의 앙경각지 ᄒᄃᄂ니
호싱오ᄉ ᄒᄂᄆ옴 존비귀쳔 ᄃᆯ손가
무죄빅셩 무삼일로 져디도록 보치ᄂ고
불샹홀ᄉ 빅셩이야 잔잉할ᄉ 빅셩이야
빅셩의말 ᄒ랴ᄒ면 목이메고 눈물ᄂ니
디한소한 한치위예 벗고굶고 ᄉ라ᄂ셔
졍이월이 다다르면 환ᄌ셩칙 감결보고
자노망틔 엽희ᄭ기고 허위허위 드러가셔
너말타면 셔말되고 셔말타면 두말되니
허다소솔 ᄉᄅ나셔 그무어슬 먹잔말고
무쥬공산 숩쥬치야 너아니면 연명ᄒ랴
삼ᄉ월이 다다르면 셔쥬역ᄉ ᄒ랴ᄒ고
남녀노소 니다ᄅ셔 바야흐로 버을젹의
철모로ᄂ ᄌ니네ᄂ 군졍역ᄉ 무삼일로

보토군의 스초군의 발인군의 셕회군의
쥬인스령 팔줄나셔 셩화칙니 비즈츠고
면임니임 안동ᄒ여 밧비가즈 지촉ᄒ니
돈업산롬 면ᄒᆯ손가 어든소롤 도로쥬고
고을가셔 졈고맛고 역쳐으로 니다르니
스오나온 싱니아젼 큰미들고 두다리며
밧비ᄒᆯ 지촉ᄒ니 슘쉴스이 잇슬손가
업더지며 잣바지며 겨유구러 마찬후의
집이르고 츠즈오니 업든병이 ᄂ로미ᄅ
한달의도 두셰번식 이런역스 ᄒ노르니
ᄲ롤임의 이러시니 무삼롱스 ᄒ잔말고
오뉵월이 ᄃ진ᄒ고 칠팔이 다다르니
츄풍소소 송안군의 빅로샹강 다돗거든
나슬가ᄅ 엽회ᄢ고 지게지고 가셔보니
심경이루 ᄒ엿슬졔 졘들아니 되엿스라
츄슈할것 젼혀업고 패겸할것 젼혀업다
환즈결젼 어이ᄒ며 신역스치 어이ᄒᆯ고
아모련들 군향미야 아니ᄒ고 견딀넌가
평셕할디 완셕지고 겨유구러 드러가니
방즈ᄡᆞᆯ고 통인ᄡᆞᆯ고 고직먹고 싱리먹고
다드러셔 ᄲᅧ허니니 미슈졀로 나노미ᄅ
미슈쎼혀 쥬픠니여 검독쟝교 니혀로하
가가호호 들ᄣᅵ면셔 욕질미질 들부뷔며

츳지누르 혼동ᄒ며 동ᄋ둘노 얼거가니
부졍인들 견댈손가 계견인들 남을소냐
동디셔걸 ᄒ여다가 겨유필납 ᄒ고나니
젼삼셰룰 밧치ᄅ 파쟝긔가 니닷거다
나라쥬신 지결이야 ᄇ른기도 못ᄒ려니
즈리업는 허복속은 져디도록 너엿는고
아모려도 원통ᄒ다 이를어이 ᄒ잔말고
쟝의가셔 조회ᄉ셔 글ᄒ는디 겨유비러
원통소지 뼈가지고 관문밧긔 다다르니
문직ᄉ령 마조셔셔 쟝목지촉 무삼일고
갓가스로 틈을튼셔 소지빅활 뼈알외니
관ᄉ님이 보시다가 앙텬디소 ᄒ시면셔
셔원아지 니아든가 물니치ᄅ 호령ᄒ니
급챵ᄉ령 니다르셔 쥬쟝으로 똑뒤집허
족불이지 니치시니 한말인들 이슬넌가
밧또야기 론바미룰 물을도지 삭글셰로
예가팔고 졔가파라 뿔도밧고 돈도바다
풍셜빙졍 참혹한디 지고싯고 올나가셔
크단말과 크단휘로 안되야셔 밧즈ᄒ니
두말뿔을 바치랴면 셔말뿔이 나마든다
솟도팔고 옷도파ᄅ 겨유구러 필납ᄒ니
ᄉ이ᄉ이 ᄉ쳐징족 일부일의 즈심ᄒ니
즈딜할ᄉ 잔구실은 어이그리 만톳던고

뻬어젹의 동아둘의 퓌즈갑세 쟝목갑세
시초조강 치계들과 유쳥지지 홰군갑세
칠월더위 국마모리 셧달치위 납토산양
젼젼냥냥 모아니여 숨비스비 드러가니
이돈인들 공히날가 뿔을쩨어 무젼ᄒ니
민간긔싞 참흉인ᄃ 쟝시직은 디풍일다
니압일도 이러ᄒᄃ 빅골도망 징포들과
삼족일족 원근간의 두세번식 무러니니
젹신들만 나마셰라 그무어슬 쥬단말고
모진마암 다시먹고 관문안의 드러다라
명졍ᄒ신 스또님긔 민망빅활 알외니다
마른남긔 물○날가 일족물것 업ᄂ이다
원님얼굴 니아든가 형방놈이 니○라셔
쇄쟝불너 큰칼쩨워 하옥ᄒ라 지쵹ᄒ니
슌식간의 칼을쓰고 옥문안의 들거고나
궤샹육의 도슈롬들 고치들고 니다라셔
슐갑니라 지져귀며 발쩬ᄂ양 즈긔업다
단옷버셔 쇄쟝쥬고 젼당ᄒ고 슐을바다
형방쇄쟝 먹인후의 슐거지다 이걸ᄒ니
형방놈이 들어가셔 무엇시라 슐왓든지
옥슈올녀 명일ᄒ고 방송ᄒ라 분부ᄒ니
칼과옥을 근면ᄒ니 부견텬일 ᄒ거고야
졍일니예 못곳ᄒ면 이거조가 또잇스리

98

빅이스지 할지르도 보신할길 젼혀업다
부모분산 영결호고 텬싱모발 볏더리고
스미뼈혀 곡갈호고 기즘버혀 바랑호고
족박쯰여 엽희츠고 즈른막디 썩쥐고
한손으로 계집잡고 한손으로 즈식줍고
호텬디곡 한소리예 쳥텬빅일 빗치업다
듕의몸이 되온후의 쳐즈식을 권련호랴
팔도고계 바라보고 스립밧긔 뼈느셔셔
어졔그졔 붉든길이 오늘이야 어둡거니
고은계집 만난고기 니들마다 홀가마는
가초졍스 밍어회르 아니가고 견딀넌가
늙은롬은 거스되고 졀문롬은 듕이되고
그도져도 못된롬은 헌누덕이 걸머지고
계집즈식 옵셰우고 유리스방 긔걸호나
늙은니와 져무니는 구학송쟝 졀노되고
쟝뎡들은 스라느셔 목슘도모 호랴호고
당젹으면 셔졀구투 당만흐면 명화디젹
져일들이 뉘타시리 익민션졍 못할넌가
치젹호는 영쟝드라 포젹호엿 슬지르도
듀뢰란댱 급히말고 경듕술펴 져쥬어르
민무항산 호엿시니 함익긔죄 고이할가
져도만일 긔과호면 동시아국 젹즈로다
그렁져렁 호노라니 나문빅셩 언마치랴

즌셰이들 술펴보쇼 뷔여간다 군안치부
도고쩍곳 다다르면 각면면님 줍아다가
가합군정 알외ㄹ고 엄히분부 ㅎ오신들
쩍이ㄹ고 비져니며 남기ㄹ고 짝가닐가
그적이야 오죽ㅎ랴 원님위엄 뵈랴ㅎ고
셰술샹챵 졋쳐노코 져근눈을 크게쁘고
형틀동틀 드려다가 업쳐믹고 잣쳐믹고
우레갓한 딕아소리 좌우로셔 이러ㄴ며
피가흘너 닉가되고 술이쳐져 뼈가ㄴ니
그졔ㄴ롬 어졔난롬 일홈지어 고과ㅎ니
쥬인불러 픽즈쥬어 계집안동 착닉ㅎ라
져것들의 거동보소 싱혈미간 강보ㅇ롤
졋둘물녀 가로안고 울며불며 드러오니
그려여도 군졍이ㄹ 각군빗츨 불너드려
안칙의도 치부ㅎ며 샹스의도 보한다네
줄먹으니 그러한가 비위들도 됴흘시고
뫼희가ㄴ 들의가ㄴ 쟝졍들도 만테그려
무삼일노 군안의ㄴ 빅골유치 쓴일넌고
강보군스 드린쟝슈 예로브터 못들을네
산쳔형셰 긔험한들 눌다리고 막즈ㅎ며
셩곽쥬회 견고한들 눌다리고 직힐넌고
원찬들도 ㅎ려니와 명확등의 든닷시뷔
닉이말이 츙곡이니 빅이ㅅ지 ㅎ여보소

100

인군심을 두어거든 익민심을 몬져ᄒ소
신ᄌ도리 ᄒ랴거든 나라일을 힘뼈하소
무삼일노 병이드러 ᄲᅵ둘을쥴 모ᄅᄂ고
년구셰심 고질되면 불치지증 갓가오리
명의들을 밧비ᄎᄌ 명약ᄒ여 속치ᄒ소
약을알ᄂ 가랴ᄒ면 지로ᄒ문 니ᄒ오리
이쳔니물 건너셔셔 명도길노 ᄎᄌ가면
회암션싱 경험방의 죠목죠목 붉혀시니
져런병의 먹ᄂ약은 심경쥬의 닌법이니
인산뫼의 ᄏᄂ약을 지슈물의 ᄲᅵ셔너아
문무화로 젼반ᄒ여 공심온복 ᄒ게되면
십이경위 ᄶᅵ인니종 거익싱신 ᄒ오리ᄅ
니말갓치 이리ᄒ야 져병들이 낫게되면
ᄒ든일들 후회ᄒ여 빅셩볼낫 난연ᄒ리
가소가소 니일졈졈 느져가니
어졔그졍 이졋고야 ᄯᅩ한말을 이졋고야
됴뎡일들 ᄒᄂ듕의 과거일졀 한심ᄒ데
알셩뎡시 죠흔과거 글을ᄅ 은 아니보고
글시보고 졍초보고 경향갈ᄂ 등을쓰니
무셰향유 글ᄯ한들 춈방ᄒ기 어들너냐
식년증별 다더지고 공도회도 ᄉ도회ᄅ
가련ᄒ다 향유드라 발신ᄒᄂ 거동보소
삼경ᄉ셔 종종외와 쟝쥬당하 됴어급졔

101

황각흑각 즉즉휘여 흥허복실 위력급졔
이두가지 아니러면 홍퓌구경 어이할고
위국츙졀 가지기아 셔울시굴 이실소냐
치국퇵민 ㅎ눈뉴눈 경젼야슈 듕의인니
샹벌분명 ㅎ게듸면 현능진지 ㅎ리이다
향곡포의 참모국ᄉ 불가한둘 ᄂ도아니
교목셰신 후예로셔 간국ᄉ지 일비ㅎ고
일촌간쟝 모도셕어 슈즈가ᄉ 을펴너니
광망ㅎ다 마르시고 명쵹시비 ㅎ오소셔

# 04 가사소리본

한국가사문학관에 소장되어 있는 필사집 『가사소리』에 실려 있는 이본이다. 필사본 원문은 한국가사문학관 홈페이지에 jpg 파일로 올라와 있다. 전소장자는 박순호라고 한다. 순한글 표기법과 귀글체 1단 편집의 기사 방식으로 실려 있다. 필사본에는 '三~十九'라는 면 표시가 좌측 상단에 쓰여 있는데, 내용의 앞부분인 '一, 二' 면이 없다. jpg 파일로 만드는 과정에서 빚어진 실수라기보다는 원래의 필사본에 이 부분이 유실되었던 것으로 보인다. 그리하여 이 이본의 제목은 없다.

*앞에 낙장
고셩현의 유졔오니 어이아니 미들잇가
타국형졔 바려두고 아국치셰 알외리다
조령쥭령 험훈령을 문턱갓지 넘어들고
동션령과 쳥셩령을 평지갓치 횡힝ㅎ니
각ㅈ도셩 피란ㅎ고 ○○신민 업셔시니
무인지경 되여스니 험훈보람 인나잇가
거험산쳔 민지말고 함익셩영 건지소셔
은덕싸혀 뫼히되여 곤륜갓치 놉하지고
은틱흘너 물이되여 하히갓치 깁허지면
외외탕탕 산슈를 그뉘라셔 디젹ㅎ리
아국젹ㅈ 다더지고 타국싱민 오오리다

동셔남복 스방민심 무사불복 ᄒ계되면
만이비록 강딩ᄒ나 져를어이 두리잇가
즁원셩진 쓰리치고 딩갱회복 ᄒ계되면
안틱安宅졍노 발가지고 예악문물 빗나리다
힝인行仁졍스 발키ᄒ사 딩보단명 일오소셔
슝학스와 척화의을 밝키지라 셩상님계
조졍에들 잇는분니 이닉말슴 드러보소
나라의식 먹고입고 무슴일을 ᄒ시는고
쳥딩입시 ᄒ는날의 요순도덕 알외신가
상소딩기 ᄒ는날의 보민모칙 알외신가
한가ᄒ씨 찌를타셔 위국원년 못ᄒ신가
져당젼을 져리익여 남졍북벌 가랴신가
젼즈젼손 힘써ᄒ되 병법잇다 못드를니
나는보니 쓸딩업닉 이희국가 쑨이로다
스힁형졔 휸교보소 일국이야 일을소냐
동쥬상봉 미양홀가 빅안상시 어니ᄒ노
아국산쳔 이별ᄒ고 타국으로 향ᄒ실졔
슬푼노릭 ᄒ곡조를 낙누ᄒ고 지으시니
드르신가 못드른가 알고셔도 이즈신가
위긔셜치 후긔ᄒ고 위국셜치 먼져ᄒ쇼
식녹신즈 되여잇셔 국은망극 이즐손가
방빅들과 슈령의계 진봉다소 칙망말고
쥰민고틱 ᄒ는놈들 명고공칙 ᄒ여보소

104

보난말치 어이본고 나는듯도 못ᄒ엿ᄂ
민유방본 이란말슴 셩훈인쥴 모를손가
근지셩쇠 보랴거든 문익종슈 두고보소
근믹고초 ᄒ계되면 지염추졔 되지그려
져빅셩 업셔지면 나라의지 엇지ᄒ며
나라의지 업셔지면 조졍인들 견디럭가
우우ᄒ면 낙이오고 낙낙ᄒ면 우읫나니
종말질겨 마르소셔 시단근심 ᄒ오소셔
문남무변 목민즁이 학민ᄒᄂ 관장네를
이닉말슴 비쳑말고 잠심ᄒ여 들어보소
셩즁에셔 잇슬졔ᄂ 총명인ᄌ ᄒ다더니
도임을 ᄒ신후이 어이져리 달나ᄂ고
명기셩이 바졋ᄂ가 간니슈이 들엇ᄂ가
한소쥬이 삭안ᄂ가 진고량이 막현ᄂ가
인든총명 어디가고 업든혼암 닉여스며
인든인쟈 어디가고 업든포학 닉여ᄂ고
닉모를가 즈닉일을 즈닉일을 나ᄂ아닉
쳔부지셩 일은속이 위긔지옥 길너닉여
ᄉ단지목 다모로고 이오지십 쑨이로다
션ᄉ양젼 그만ᄒ고 지목빅셩 ᄒ여보소
즈즈위이 ᄒ시다가 무염지옥 닉다르니
탐학졍사 그만ᄒ소 쳥송일졀 민망ᄒ인
염셩문이 드ᄂ괴시 포빅은젼 션물이요

동헌방이 싸인긔시 디신즁신 쳥간이라
그러ᄒ고 공졍쳐결 어디로셔 나단말고
관문밧긔 션는송민 무슴일노 와잇는고
좌우슈장 부엿거든 시송말고 가긔셰라
듸션통편 슉녹피라 네문장이 말되나냐
마소마소 니모를ᄶᅡ 불인졍스 너머마소
젹션젹악 ᄒᄂᆞᆫ즁의 악격각지 ᄒᄂᆞ이다
호싱오사 ᄒᄂᆞᆫ마음 존비귀쳔 다를손가
무죄빅셩 무슴일노 져디도록 보치는고
불상홀스 빅셩이냐 잔잉홀스 빅셩이냐
빅셩의말 허랴ᄒ면 목이메고 눈물나니
디한소한 치운ᄯᅵ이 벗고굼고 스라나셔
졍이월이 다다르며 환ᄌᆞ셩칙 감결보고
ᄌᆞ로망틔 엽희ᄭᅵ고 허위허위 드러가셔
너말타면 셔말되고 셔말타면 두말되니
허다소솔 스라나셔 그무어슬 먹잔말고
무쥬공산 습쥬취야 너아니면 엇지슬니
습ᄉᆞ월 다다르면 셔듁녁스 ᄒ려ᄒ고
남녀노소 니다라셔 비야흐로 버을젹이
쳘모르는 ᄌᆞ니니는 군졍녁스 무슴일노
보사군이 스초군이 발인군이 셕회군이
쥬인스령 팔잘나셔 셩화착니 빈ᄌᆞ츠고
면님이심 안동ᄒ여 밧비가ᄌᆞ 지쵹ᄒ니

돈업ᄂ놈 면홀손가 어든소를 도로쥬고
음니가셔 졈고ᄒ고 역쳑으로 니다르니
ᄉ오ᄂ온이 아젼쟝교 큰ᄆ들고 두다리며
밧비ᄒ라 지쵹ᄒ니 숨쉼ᄉ이 잇슬손가
업더지며 잣바지며 계우계우 마친후이
집이라고 도라오니 업든병이 나노미라
한둘이도 두세번식 이런역사 ᄒ노라니
ᄶᆡ를임의 일엇스니 무삼농ᄉ ᄒ잔말고
오육월이 다지니고 칠팔월이 다다르니
츄풍소소 송안군의 빅노상각 도라온다
낫슬가라 녑히ᄭᅵ고 지게지고 가셔보니
심경이욕 ᄒ엿슬졔 졘들아니 되엿스니
츄슈홀것 젼여업고 괘겸홀것 젼여업고
환ᄌ결젼 어이ᄒ며 신역ᄉ쵀 어이홀고
아모련들 군향이야 아니ᄒ고 견딜손가
평셕헐ᄲ 완셕지고 계우구러 드러가니
방ᄌ쯧고 통인쯧고 고직먹고 식니먹고
다드러셔 ᄶᅥ여니니 미슈결노 나ᄂ고나
미슈ᄲᅡ셔 쥬픠니여 검독쟝교 니여노아
가가호호 들싸면셔 욕질미질 들부뷔여
ᄎ지니라 혼동ᄒ며 동하쥴노 역긔가니
부졍인들 견딜손가 계견일들 남을손가
동디셔걸 ᄒ여다가 계우필납 ᄒ고나니

107

젼슴셰를 밧치라고 ○○○○ ○○○○
나라의셔 쥬신지결 바라기도 못ᄒ려니
쟈리업ᄂ 허복손은 져티도록 너엿ᄂ고
아모려도 원억ᄒ다 이를어이 ᄒ잔말고
장의가셔 조희ᄉ셔 글ᄒᄂᄃ 계우비러
원통소지 쎠가지고 관문밧긔 다다르니
문직ᄉ령 마조셔셔 장목지촉 무슴일고
각가ᄉ로 틈을타셔 소지빅활 쎠알외나
관ᄉ임이 보시다가 앙쳔티소 ᄒ시면셔
셔원아지 니아던가 불너셔라 호령ᄒ니
급창ᄉ령 디다러셔 쥬장으로 쏙뒤집허
족불니지 니쳐스니 한말인들 잇슬ᄂ가
밧쐬여기 논밤미을 예가팔고 졔가파라
풍셜빙졍 춤악ᄒᄃ 지고싯고 올나가셔
크단말과 크단휘로 안되여셔 밧ᄌᄒ니
두말쌀을 밧치라면 셔말쌀이 너머든다
솟도팔고 옷도파라 계우구러 필납ᄒ니
ᄉ이ᄉ이 ᄉ쵀증독 일부일 ᄌ심ᄒ다
ᄌ즐헐ᄉ 죤구실을 어이그리 만튼런고
쎄어젹의 동아쥴의 비ᄌ갑셰 장목갑셰
시초조강 치계들과 유쳥지지 홰군갑셰
칠월더위 국마모리 셧달치위 납토산희
젼젼냥냥 모아니여 삼비ᄉ비 드러가니

이돈인들 공힐논가 쌀을찌어 무젼ᄒᆞ니
민간긔식 참흉인디 장시직은 더풍일다
니압일을도 이러ᄒᆞᆫ디 빅골도망 증보들은
삼족일족 원근간이 두셰번식 물여ᄂᆡ니
젹신들만 남아셰라 그무어슬 쥬단말고
모진마음 다시먹고 관문안이 드리다라
명졍ᄒᆞ신 사도님긔 민망빅활 알외ᄂᆡ다
마른남긔 물이날짜 일족물것 업나이다
원님얼골 니아던가 형방놈이 니다라셔
쇄장불너 큰칼씨워 ᄒᆞ옥ᄒᆞ라 지촉ᄒᆞ니
순식간이 칼을쓰고 옥문안이 들어가니
궤상육된 도슈놈들 고치들고 니다라셔
슐갑니라 즈겨귀며 발씬ᄂᆞᆫ양 즈긔엽다
옷슬버셔 쇄장쥬고 젼당ᄒᆞ고 슐을바다
형방쇄장 먹인후에 살여쥬고 이걸ᄒᆞ니
형방놈이 들어가셔 무어시라 슐아썬지
옥슈올여 졍일ᄒᆞ고 방속ᄒᆞ라 분부ᄒᆞ니
칼과옥을 근면ᄒᆞ니 부젼쳔일 ᄒᆞ엿고나
졀이ᄂᆡ이 못밧치면 이거죠가 쏘잇스라
이방ᄉᆞ치 홀지라도 보신헐씰 바히업셔
복모분산 영결ᄒᆞ고 쳔싱모발 벳더리고
사민쪄여 곡갈ᄒᆞ고 기즙버셔 바랑ᄒᆞ고
족박쪄여 옆희츠고 즈른망디 썩거집고

혼손으로 계집잡고 혼손으로 즈식잡고
호천디곡 혼소리이 청천빅일 빗치업다
즁의몸이 되온후이 쳐즈식을 권련ᄒ랴
팔도고계 바라보고 스립문밧 써나셔니
어졔그졔 밝든길니 오날이야 어둡거다
고은계집 만난고기 닌들마다 헐가마는
가혼졍스 밍어호라 아니가고 견딜는가
늘근놈은 거스되고 졀문놈은 즁이되고
그도겨도 못된놈은 헌누덕이 질머지고
계집즈식 압세우고 유리스방 기걸ᄒ니
칠팔십셰 늘그니는 구학송쟝 졀노되고
쟝졍들은 스라나셔 구명도싱 ᄒ려ᄒ고
당젹으면 셔졀구투 당만ᄒ면 명화디젹
져일드리 뉘타시니 이민션졍 못힐는가
치젹ᄒᄂ 영쟝들아 포젹ᄒ여 살찌라도
쥬뢰난졍 급히말고 죄지경즁 슬퍼쥬소
민무항산 ᄒ엿스니 함어기죄 괴이ᄒ랴
져도만일 기과ᄒ면 동시아국 젹즈로다
그렁죄령 ᄒ노라니 남은빅셩 얼마되리
즈셔인들 살펴보소 뷔여간다 군졍치부
졉고썬곳 다다르면 각면면임 잡아다가
가합군졍 알외라고 엄이분부 ᄒ온신들
썩이라고 빗져니며 남기라고 싹가닐싸

그젹이야 오작호야 원님위염 뵈라호고
셰○쌍창 졋쳐노코 져근눈을 크게쓰고
형틀동틀 디려다가 업쳐미고 짓쳐미고
우뢰갓튼 디알소리 좌우로셔 이러나며
피가흘너 닉가되고 살리쳐져 쎄나가니
어졔는놈 그졔는놈 일홈지여 고과호니
쥬인불너 비즈쥬어 안동호여 착닉호라
져것들의 긔동보소 싱혈미긋 강보아을
젼듈물여 가로안고 울며불며 드러오니
그리히도 군졍이냐 군젹식을 불너드려
안칙이도 치부호며 상스이도 보호다니
잘먹으이 그러혼가 비위들도 조흘시고
산이가나 들이가나 장졍빅셩 만타마는
무슴일노 군안칙이 빅골유치 뿐일넌고
강보군스 달닌쟝슈 예로부터 못드를니
산쳔형셰 긔험혼들 눌다리고 막즈호며
셩곽쥬회 견고혼들 눌다리고 질횔손가
원챤들도 호련니와 졍확즁이 든듯시뷔
이닉말슴 츙곡호니 빅방사지 호여보소
인군지심 두엇거든 인민지심 먼져호소
신즈도리 호랴거든 나라일을 심쎠호소
무슴일노 병이드러 씨달룰쥴 모로는고
셰구연심 고질되면 불치지증 되오리다

111

셰상명의 밧비츳져 약을ᄒ여 속치ᄒ소
약을알여 가랴거든 지로험은 닉ᄒ오리
니쳔니를 것너셔셔 명도길노 츳쳐가면
회암선싱 경험방이 조목조목 밝혀스니
이런병에 먹ᄂ약은 심경쥬에 닌법ᄒ니
인산모에 피ᄂ약을 지슈물에 씨셔닉여
문무화로 전반ᄒ여 공심은복 ᄒ게되면
십이경위 씬인닉종 거악싱신 ᄒ오리다
닉말갓치 이리ᄒ여 져병드리 낫계되면
허ᄃ일들 후회ᄒ여 빅셩볼낫 난여ᄒ리
가소가소 어셔가소 닉일졈졈 느껴가니
어졔그렁 이졋고나 쏘ᄒ말슴 ᄒ오리다
조졍일들 ᄒᄂ즁의 과거일졀 ᄒ심ᄒ데
알셩졍시 조ᄒ과거 글을낭은 아니보고
졍초보고 글시보아 경향갈나 등을씨니
시골션비 글ᄌᄒᄂ들 방상괘명 엇지ᄒ리
식년증벌 다더지고 공도희도 스도회라
가련ᄒ다 향유들의 발신ᄒᄂ 거동보소
스셔삼경 종종외와 쟝쥬장하 조어급졔
황각흑각 각각휘여 흥허복실 위력급졔
이두가지 아니러면 ○○○○ ○○○○
위국츙졀 가지기ᄂ 셔울시골 다를손가
치국보민 ᄒᄂ뉴ᄂ 경젼야슈 즁이잇니

상벌분명 ᄒ게되면 헌능진지 ᄒ리이다
향곡포의 참모국ᄉ 불가ᄒᄒᄌ 알건만는
교목셰신 후예로셔 간국ᄉ지 일비ᄒ고
일촌간장 모도쎡어 슈귀가ᄉ 읇퍼ᄂ니
광망ᄒ다 마르시고 명촉시비 ᄒ오소셔

## 05 만언사본

서울대 도서관 가람문고에 소장되어 있는 필사집 『만언ᄉᆞ』에 실려 있는 이본이다. 강전섭에 의해 소재가 언급된 적이 있으며, 필사본 원문은 『역대가사문학전집』 20권에 영인 되어 실려 있다.[4] 여기서는 『역대가사문학전집』 20권에 실린 것을 그대로 옮겨 적었다. 순한글 표기법과 귀글체 3단 형식의 기사 방식으로 실려 있다.

> 향산초막 일유싱이 목욕지계 ᄉᆞ비ᄒᆞ고
> 뭇나이다 하나님게 순순명교 ᄒᆞ오소셔
> 디명황졔 엇더ᄒᆞ여 디쳥강희 닉신잇가
> 순환지니 잇다ᄒᆞ고 여지이젹 ᄒᆞ니잇가
> 일난지시 만들냐고 수지좌임 ᄒᆞ니잇가
> 통박헐ᄉᆞ 시운이야 어이져리 되엿ᄂᆞᆫ고
> 익달올ᄉᆞ 아국이야 무슴일을 허다홀고
> 임진병자 일긔보고 눈물지고 싱각ᄒᆞ니
> 우리션왕 욕보심과 디명황은 져바림은
> 분완심쟝 썰니니다 쳔추인들 잇즐잇가
> 디소강약 부젹ᄒᆞ여 복수셜치 무긔ᄒᆞ니
> 신ᄌᆞ의몸 되여나셔 강기지심 업스잇가
> 임쟝군을 닉시고셔 독보ᄌᆞ졈 어이닌고

---

4  강전섭, 「香山別曲의 작자에 대하여」, 『한국고전문학연구』, 대왕사, 1982, 68쪽; 임기중 편, 『역대가사문학전집』 20권, 여강출판사, 1988, 173~178쪽.

앗가올스 츙녈고혼 어딕가셔 우니는고
고월풍진 오라지니 쟝야건곤 되엿닉다
삼강다시 발키소셔 오샹츳즈 보스이다
쥬기수즉 화ᄒᆞ외되 고기시즉 가호이다
황화지수 밧비말켜 일치지시 만드소셔
무왕불복 ᄒᆞ는어을 보아지다 하나임끠
미신소회 아뢰닉다 셩샹님은 술피소셔
스훈육과 스공이은 낙부쳔명 올커이와
우리나라 져셤기문 타일수치 아니될가
평정왜는 보스직을 뉘덕이라 ᄒᆞ리잇가
욕보지덕 허실진딘 무란일칙 잇나이다
빅쳔만스 쓰로치고 측은지심 베푸소셔
지덕이요 부지험과 지리불여 인화란말
고셩현닉 유계ᄒᆞ니 어이아니 밋부릿가
타국형지 바려두고 아국지형 아뢰이다
조령쥭령 험ᄒᆞ녕을 문턱갓치 넘어들고
동셜령과 쳥셕령을 평지갓치 횡힝헐젹
각즈도싱 피란ᄒᆞ고 막을신면 업셔지니
무인지경 되여시니 험ᄒᆞ보람 잇는잇가
긔험산쳔 밋지말고 함닉싱령 건지소셔
은덕쓰여 뫼이되여 곤륜갓치 놉하지고
은퇵흘너 물이되여 하희갓치 깁허지면
외외탕탕 이산수을 긔뉘더젹 ᄒᆞ리잇가

115

아국젹즈 다더지고 타국빅셩 우러리다
동셔남북 스방민심 무스불복 되게되면
만이비록 강더ㅎ나 져을어이 두리잇가
중원셩진 쓰리치고 딕명회복 ㅎ게되면
안탁정노 발가지고 예악문물 빗나라다
힝인정스 발게ㅎ스 디보단명 이로소셔
삼학스의 쳑화의을 밝켜지다 셩샹님긔
죠졍의들 계신분네 닉말슴을 드러보소
나라의식 입고먹고 무슴일들 ㅎ시눈고
쳥더입시 ㅎ눈날의 요슌도덕 아뢰신가
샹소디기 ㅎ눈날의 보민모칙 아뢰신가
한가ㅎ씨 찌을타셔 우국원려 못ㅎ실가
져당젼은 져리익여 남졍북벌 가랴눈가
젼즈젼손 심써ㅎ되 병법익다 못드을니
나은보니 쓸되업니 이히국가 뿐이로다
스희형졔 훈교보소 일국이야 일을손가
동죠상봉 미양ㅎ며 빅안상시 어이ㅎ노
아국산쳔 이별ㅎ고 피국으로 향ㅎ실졔
슬푼노리 ㅎ곡조을 낙누ㅎ고 지으시니
드르신가 못드른가 알고셔도 잇즈신가
위긔셜치 후의ㅎ고 위국셜치 몬져ㅎ소
식녹신 되여잇셔 국은망극 잇즐손가
방빅수령 외임들의 진봉다소 칙망마소

116

쥰민고틱 ᄒᄂᆞ유을 명고공지 ᄒᆞ여보소
민유방본 이란말슴 셩훈인쥴 모로시나
본란말치 어듸본고 나ᄂᆞᆫ듯지 못ᄒᆞ엿니
근지셩쇠 알냐거든 문외죵수 두고보소
근믹쵸고 ᄒᆞ게되면 지엽ᄎᆞ졔 되지기려
져빅셩이 업셔지면 나라의지 어듸ᄒᆞ며
나라의지 업셔지면 죠졍인들 견딜넌가
우우ᄒᆞ면 낙이나고 낙낙ᄒᆞ면 우잇ᄂᆞ니
문남무변 목민즁의 학민ᄒᆞᄂᆞᆫ 관쟝네들
셩즁에셔 드를졔ᄂᆞᆫ 총명인ᄌᆞ ᄒᆞ다터니
도임 ᄒᆞ신후은 어이져리 달나ᄂᆞᆫ고
명기셩에 ᄲᅡ지신가 간리수의 드르신가
환소쥬에 삭아진가 진고량의 막키신가
잇던총명 어듸가고 업든혼암 나이시며
잇든인ᄌᆞ 어듸가고 업든포학이 나잇ᄂᆞᆫ고
니모를가 ᄌᆞ니일을 ᄌᆞ니일을 나은아니
쳔부지셩 일흔속의 위긔욕 길너니여
ᄉᆞ단지목 다모로고 니오지심 ᄲᅮᆫ이로다
션ᄉᆞ냥젼 그만ᄒᆞ고 ᄌᆞ목빅셩 ᄒᆞ여보소
염셕문의 든은것시 포빅은젼 션물이요
동헌방의 ᄊᆞ인것시 디신즁신 쳥간이라
그러ᄒᆞ고 공졍쳐결 어듸로셔 ᄂᆞᆫ단말고
불상헐ᄉᆞ 빅셩이야 잔잉헐ᄉᆞ 빅셩이야

빅셩의말 ᄒ랴ᄒ면 목이메고 눈물나네
이군심을 두엇거든 이민들을 몬져ᄒ소
신ᄌ도리 ᄒ랴거든 나라일만 심쎠ᄒ소
무삼일노 병이드러 씨달을쥴 모로ᄂ고
년구셰심 고질되면 불치증이 갓가오리
명의을 밧비ᄎᄌ 명약ᄒ여 속지ᄒ소
약을알녀 가랴ᄒ면 지로ᄒ문 니ᄒ리라
이쳔니물 건너셔셔 명도길노 ᄎᄌ가면
회암션싱 경험방의 죠목죠목 발켜시되
져런병의 먹은약은 심경쥬의 닌법이니
인산의 키온약을 지수의 씨셔뇌여
문무화로 젼반ᄒ여 공심온복 ᄒ게되면
십이경의 씨인니죵 거악싱신 ᄒ오리라
니말갓치 이리ᄒ면 져병들이 나으리니
허던일들 후회ᄒ여 빅셩볼낫 난연ᄒ리
이리틋시 병나으면 ᄉ희일심 되오리라
ᄉ희일심 되오면ᄉ 위국셜한 어려울가
일촌간쟝 못ᄎ마셔 수구가ᄉ 을펴니니
광만ᄒ다 말으시고 명촉잠심 ᄒ오소셔

제4장

# 居昌歌

## 01 이현조본A

원래 이현조 소장본으로 필사본 원문은 조규익의『봉건시대 민중의 저항과 고발문학 거창가』에 영인되어 실려 있다.[1] 국한문혼용 표기법과 귀글체 3단 편집 형식의 기사 방식으로 실려 있다. 원문 시작 전에 따로 제목을 기재하지 않았으나 서두의 관련기록에 '居昌別曲'이라는 제목이 적혀 있다. 가사의 말미에 "丙子重陽 栗支抄 刊"라는 기록이 덧붙여 있다.

---

1  조규익,『봉건시대 민중의 저항과 고발문학 거창가』, 월인, 2000, 343~366쪽.

居昌府使李在稼在邑四年一境塗炭故居人有此居昌別曲

어와 百姓들아 이닉노릭 들어보쇼
白頭山 一肢脉이 三角山이 삼계잇고
大關嶺 흐른물리 漢江水 되어셔라
千年山 萬年水의 거록ᄒ다 우리王基
仁皇山이 主山이요 官嶋山이 안티로다
질미지 白虎되고 枉尋이 靑龍이라
無學의 地眼으로 鄭道傳의 裁穴이며
大明洪武 二十五年 漢陽의 卜地ᄒ니
二年 成邑ᄒ고 三年 成都로다
望之如雲 ᄒ나즁의 就之如日 ᄒ거구나
五丁壯士 불러닉여 許多宮闕 長城이며
景福宮 지은후의 仁政殿 지여닉니
應天上之 三光이요 備人間之 五福이라
百各司 지어두고 온갓市井 布置ᄒ니
河圖洛書 바독쳐로 여긔져귀 홋터잇다
東園의 挑李花을 完山의 씨를바다
咸興의 옴겨짜가 漢陽의 붓도두니
千枝萬葉 도든가지 金實玉實 믹젓구나
山呼山呼 再山呼여 千歲千歲 壽千歲라
箕子聖人 닉신法度 黃厖村의 쏜을바다
三綱五常 발근후의 君明臣忠 더옥壯타
周天子 五等爵을 三千八百 內外官員

뉘라샤 忠臣이며 烈士가 멋멋친고
議政府 三常上은 周公召公 輔弼이요
吏戶禮 兵刑工은 六曹判書 次例로다
伏羲氏 八卦쳐로 八道監營 버려노코
五軍門 壯흔軍兵 黃石公의 陣法이요
訓練營 都監砲手 五千七百 七十二名
諸葛武侯 八陣圖을 일일이 敎鍊ᄒ며
南山의 烽火消息 四方이 晏然ᄒ다
軍器의 싸인兵器 蚩尤잡던 餘物아라
宣惠廳 万里倉을 蕭相國의 局量이며
戶曹의 졍비書吏 隸首의 籌法이요
觀象監 天文敎授 容成의 造曆이며
政院의 刑房承旨 梁太傅의 文章이며
奎章閣 모든學士 韓退之의 博識이며
刑曹의 일堂上과 禁府의 判義禁은
皐陶의 나문경계 稷契의 法을외와
典獄의 主簿드른 張釋之의 稱平니라
十字街上 도라드니 鐘樓 거긔로다
西蜀의 銅山鐵을 바리바리 시러다가
大朋器 부러니여 万八百年 쇠북이라
二十八宿 三十三環 朝夕으로 開閉ᄒ니
夏禹氏 九鼎인가 制度도 거록ᄒ다
炎帝의 日中爲市 百物市井 버려는듸

121

道下拾遺 ㅎ난風俗 葛天世界 時節인가
龍山三可 모든비은 黃帝軒轅 지은비요
求理기 구워보니 神農氏의 遺業이요
廣忠橋 뇌리소리 康衢의 童謠로다
仁政殿 노픈집의 五絃琴 南風詩을
百工이 相和ㅎ니 乾坤日月 발가쏘다
掌樂院 風樂쇠리 宮商角徵 五音六律
漢江水 집푼물의 龍馬河圖 나단말가
蕭韶九成 말근曲調 鳳凰이 춤을춘다
博石峙 너머드니 太學舘니 거기로다
成均館 壯ㅎ집과 明倫堂 빗는집의
우리夫子 主辟되ㅅ 顔曾思孟 配享ㅎ고
그나문 七十二賢 三千弟子 侍衛中에
我東方 諸大賢도 次例로 陞廡ㅎ니
장ㅎ고 거룩ㅎ다 우리朝鮮 衣冠文物
小中華라 이론말삼 이졔와 아난비라
太祖大王 聖德으로 四百餘年 나려오며
日出作 日入息은 含哺鼓腹 ㅎ난百姓
男婚女稼 질거ㅎ문 太平烟月 아니신가
장ㅎ다 鷄鳴狗吠 四方의 들여쏘다
壬辰倭亂 丙子胡亂 中間의 지친근심
軒轅氏 靈帝로되 蚩尤의 亂을보고
그나문 鼠竊狗偸 엇지다 긔록ㅎ리

怨讐너라 甲午年의 冬至月이 怨讐너라
蒼梧山色 졈온날의 玉輦升天 ᄒ시거다
女喪考妣 ᄒᄂᆫ悲懷 深山窮谷 一般이라
하늘가튼 大王大妃 日月가튼 慈聖殿下
太姙의 德니신가 孟母의 訓戒신가
垂簾攝政 ᄒ신후의 八域이 晏然하다
道光三七 辛丑年의 우리聖上 卽位ᄒᄉ
春秋方盛 十五歲예 漢昭帝의 聰明이라
昨年의도 豊年이요 今年의도 豊年이라
天無烈風 陰雨ᄒ고 海不揚波 ᄒ것구나
家給人足 ᄒᄂᆫ중의 國泰民安 더옥壯타
粒我烝民 百姓들아 어셔가고 밧비가자
敦化門外 걸인綸音 漢文帝 詔書로다
長安靑樓 少年들아 어서어서 놀너가ᄌ
이러ᄒ 太平聖世에 아니놀고 무엇ᄒ리
어져靑春 오날白髮 넌들아니 몰을손야
滄海一粟 우리人生 後悔ᄒᆫᆯ 어이ᄒᆯ이
粧臺의 고은게집 네꼿됴타 쟈랑마라
四山외 지ᄂᆫ희을 뉘라셔 금ᄒᆯ손야
東海의 흐른물이 다시오기 어려워라
開闢後 니린事蹟 歷歷히 들어보쇼
堯舜禹湯 文武周公 孔孟顔曾 程朱夫子
道德 貫天ᄒᄉ 万古聖人 일너시되

123

그나문 古來英雄 이를말슴 아니로쇠
統一天下 秦始皇은 阿房宮 스랑삼고
万里長城 담쟝숨고 億万歲 비겨셔셔
六國諸侯 朝貢ᄒ고 三千宮女 侍衛할제
三神山 멀고먼듸 願ᄒᄂ비 不死藥을
童男童女 五百人니 消息됴ᄎ 頓絶ᄒ다
沙邱平臺 져문날의 驪山무덤 욕졀업다
牛山의 지ᄂ희는 齊景公의 눈물이요
汾水의 秋風曲은 漢武帝 시럼이라
불상타 龍鳳比干 万古忠臣 그안인가
傑紂의 暴虐으로 죽엄도 ᄎ묵ᄒ다
쟝ᄒ다 伯夷叔齊 千秋名節 일너시되
首陽山 지픈물외 採薇曲이 凄凉ᄒ다
姜太公 黃石公과 司馬穰苴 孫臏吳起
戰必勝 功必取예 用兵이 如神ᄒ되
못치ᄂ이 염라왕의 ᄒ번죽엄 못면ᄒ고
綿山의 봄이드니 介子推의 무덤이며
汨羅水 깁푼물예 屈三閭의 忠魂이라
말잘ᄒᄂ 蘇泰張儀 天下을 橫行ᄒ여
六國諸侯 다親ᄒ되 閻羅大王 못親ᄒ여
細雨夜 杜鵑聲의 魂魄이 울러잇다
孟嘗君의 鷄鳴狗盜 信陵君의 窃符矯命
戰國젹 豪傑이라 三千食客 어듸두고

荒山細雨 지푼중의 一抔土 可憐ᄒ다

力拔山 楚伯王은 天下壯士 일너시되

八千兵 훗터지고 時不利兮 騅不逝라

虞美人 숀목잡고 누물로 ᄒ직ᄒ니

丈夫一寸 肝腸은 구비구비 다녹나다

烏江風浪 秋雨中의 七十餘戰 可笑롭다

運籌帷幄 張子房과 東南風 諸葛孔明

天文地理 中察人事 万古造化 가져시되

졀통ᄒ다 ᄒ번쥭엄 造化로 못몃ᄒ고

司馬遷 韓退之와 李太白 杜子美는

第一文章 일너시되 長生不死 못ᄒ얏고

獨行千里 關雲長은 名振天下ᄒ여셔라

장ᄒ다 明燭達朝 千秋의 寂寞ᄒ다

長板橋 張翼德은 編裨의 쇽단말가

쇠만ᄒ 魏王曹操 唐突ᄒ다 吳王孫權

三分天下 紛紛中의 이도쏘ᄒ 英雄이라

銅雀臺 石頭城의 冤魂이 지쥬업고

富春山 도라드니 嚴子陵 간디업고

赤壁江 그어보니 蘇子瞻 어디간고

晉處士 陶淵明은 집터만 뵈여잇다

陶朱猗頓 石崇富은 富者中의 웃듬이라

一生一死 限定이셔 갑시로 못ᄉ니고

越西施 楚美人과 王昭君 楊貴妃는

125

先天年 後天年의 万古絶色 아름답다

玉態花容 고은딕쟝 塵埃中의 무쳐이셔

秋雨梧桐 葉落時 靈魂이 실피운다

八百年 彭祖壽와 三千甲子 東方朔도

彼一時 此一時라 죽어지면 그만이요

安期生 赤松子도 東海上 神仙이라

귀로만 드러잇졔 눈으로 못보와라

天地가 至大ᄒ되 ᄒ번開闢 이셔ᄂᆞ이

하말며 울이人生 ᄒ번죽엄 면ᄒᆞᆯ쇼냐

春花紅 秋葉落에 歲月이 덧셔라

이러ᄒ 太平聖世예 아니놀고 무엇ᄒ랴

이렁겨렁 壯ᄒ風物 莫非聖上 德化로다

엇지타 우리居昌 邑運이 불행ᄒᆞ야

一境이 塗炭ᄒ고 萬民이 俱渴이라

堯舜의 聖德으로 四凶 인셔시며

齊威王의 明鑑으로 阿大夫가 ᄂᆞ단말가

日月이 발가시되 伏盆의 難照ᄒ고

春陽의 布德인들 陰崖의 밋칠손냐

李在稼 어인진고 져직가 어인진고

居昌이 弊昌되고 在家가 亡家로다

諸吏가 奸吏되고 太守가 怨讐로다

冊房이 取房ᄒ고 進士가 多士ᄒ다

吏奴布 万餘石을 百姓이 무슴죈고

四戔布 分給ᄒ고 全石으로 물너너니
數千石 逋欠衙前 미ᄒ기 아니치고
斗升穀 믈이잔코 百姓만 물녀너니
大典通篇 條目中의 이런法이 잇단말가
三千四百 放債錢이 이도쏘ᄒ 吏逋여든
結卜의 붓쳐너여 民間의 寃徵ᄒ니
王稅가 所重커던 妖妄ᄒ 衙前逋欠
奉命ᄒ 王臣으로 任意로 作奸ᄒ다
正軍도 百姓이라 쏘다시 寃徵시켜
衙前逋欠 收殺ᄒ니 非但今年 弊端이라
明年가고 쏘明年의 몇千年 弊端이라
本邑地形 둘너보니 三嘉陝川 安義知禮
四邑中의 處ᄒ야셔 每年結卜 詳定ᄒ졔
他邑은 十一二兩 民間의 出秩ᄒ되
本邑은 十五六兩 年年의 加斂ᄒ니
他邑도 木上納예 戶惠曹廳 밧지ᄒ고
다갓튼 王民으로 王稅을 가치ᄒ며
엇지타 우리골은 二三兩式 加斂ᄒ며
더구더나 寃痛ᄒ사 白沙場의 結卜이라
近來의 落江成川 邱山갓치 씨연는듸
불상ᄒ다 이니百姓 灾ᄒ짐 못먹어라
灾結의 會減ᄒ문 廟堂의 處分이라
廟堂會減 져灾結을 그뉘가 偸食ᄒ고

127

價布中의 樂生布은 第一로 된價布라

三四年 니려오며 作弊가 無窮ᄒ다

樂生布 흔當番와 一鄕에 編侵ᄒ야

만으면 一二百兩 져그면 七八十兩

暮夜無知 넘모르게 冊房으로 드러가니

이價布 흔當番의 몃몃집이 등샹ᄒ고

그나문 許多價布 水軍布與 陸軍布며

禁衛保 御令保며 人吏保 奴令保며

各色다른 져價布을 百가지로 侵責ᄒ다

金淡沙里 朴淡沙里 大岳只 小岳只며

어셔가고 밧비가자 吏房戶長 잡펴단다

불상ᄒ다 져百姓도 너우름 凄凉ᄒ다

너죽은지 몃ᄒᆡ관대 白骨徵布 무슴일고

月洛參橫 깁푼밤 天陰雨濕 져믄날의

冤痛ᄒ다 우는소리 ᄉ람肝腸 다녹는다

靑山의 우는소리 불상ᄒ고 可憐ᄒ다

前生緣分 此生言約 날발이고 어듸간고

嚴冬雪寒 진진밤의 獨宿空房 무슴일고

家長ᄉ각 셔른中의 죽은家長 價布란다

셥셥피 우난子息 비고파 셔른中의

凶惡흔ᄉ 主人놈이 纖纖玉手 ᄭ어닉여

價布돈 더져두고 差使前例 몬져ᄎᄌ

필필이 ᄶᅡ닌비을 奪取ᄒ야 가단말가

128

前村의 짓눈기는 官差보고 쪼리친다
뒤집이 우는아가 吏校왓다 우지마라
凶惡ᄒ고 忿훈일을 歷歷이 들어보쇼
亦火面 任掌輩가 公納收殺 ᄒ올겨게
兩班內庭 突入ᄒ여 靑春婦女 쓰어니여
班常名分 重훈中의 男女有別 至嚴커든
狂言悖說 何敢으로 頭髮扶曳 ᄒ단말가
쟝ᄒ다 져婦女여 이런辱 當훈後의
안니죽고 쓸더업셔 즈결ᄒ야 卽死ᄒ니
白日이 無光ᄒ고 靑山이 欲裂이라
百年偕老 三生言約 뜬구름이 되어서라
앗갑도다 우리夫婦 어느世界 다시보리
有子有孫 질근후의 百端情懷 說話홀고
凶惡ᄒ다 任掌놈아 너도쏘훈 人類여든
不更貞烈 깁푼盟誓 너라敢히 毁節홀가
萬頃蒼波 믈을질어 이니분홈 시치고져
南山絲竹 數을둔들 너罪目을 다홀숀야
烈女旌門 姑舍ᄒ고 代死도 못쥬리고
杜鵑聲 細雨中의 靈魂인들 아니울야
今年四月 本邑雨雹 그血寃이 아니든가
韓有宅 鄭致光과 金夫大 너의等이
무슴죄 重ᄒ거관디 杖下의 죽단말가
ᄒ달만의 죽은스룸 보름만의 죽는百姓

129

五六人이 되야시니 그積怨이 가련ᄒ다
불상ᄒ다 져鬼神아 可憐ᄒ다 져鬼神아
쇠방밍이 두러메고 日傘압회 前輩ᄒ니
後輩使令 辟除쇼리 소리홈씨 우러쥰다
空山片月 죠각달과 白楊靑莎 썰기中에
冤痛冤痛 우는쇼리 이고이고 실피는다
못드러도 듯는덧고 못보와도 보난닷다
非命의 죽은冤情 閻羅王의 呈訴ᄒ니
閻羅大王 批答보쇼 네情地 可憐ᄒ다
아직물러 姑捨ᄒ면 別般嚴治 니ᄒ리니
康任道令 李木德과 夜叉羅刹 여러使者
금방밍이 쇠빙스실 뉘分付라 拒逆ᄒ랴
毒蛇地獄 凶ᄒ中의 鐵山獄이 더옥壯타
秦之趙高 宋秦檜가 다그고디 갓쳐시니
예부터 貪官汚吏 鐵山獄을 免ᄒ손야
陽界法所 둘너보니 刑曹와 捕盜廳과
禁府와 典獄이라 西水門의 잇건만은
路돌이 더옥重타 聖上 아르시면
너冤情 雪恥ᄒ고 生民塗炭 거지리라
昨日會哭 鄕會판의 狀頭百姓 査問할제
李彦碩의 어린同生 쥬길擧措 시작ᄒ니
그어만이 擧動보쇼 靑孀寡婦 키운ᄌ식
惡刑ᄒ물 보기실타 結項致死 몬져ᄒ니

古來事蹟 니리본들 이러훈일 쏘이실가
天高聽卑 ᄒ지만은 이러 冤情 모르신다
春秋監司 巡到時에 擧行이 즉락하다
民出遮日 바다르려 官家四面 두너치니
勅使行次 아니거든 白布帳이 무슴일고
本邑三百 六十洞의 三十洞은 遮日밧고
三百洞은 遮日贖을 合ᄒ니 五六百兩
冊房이 分食하고 工房衙前 쌀지거다
大ᄎ담 小ᄎ담이 나라會減 잇거만은
大小次淡 드린후의 別饌으로 內衙進上
五百里 奉花縣의 覺化寺가 어디리요
산갓沈菜 求ᄒ야셔 進止床에 別饌ᄒ다
査頓八寸 不當ᄒ듸 內衙進止 무삼일고
이러훈 禮義方의 男女가 有別커든
精誠잇가 아당잇가 듯도보도 못훈일을
安義倅 閔致舒가 譏弄ᄒ야 이른마리
內衙進上 ᄒ지말고 內衙房守 엇더홀고
山庵堂 치치달나 다른구경 더져두고
老少諸僧 불러들여 下物摘奸 몬져ᄒ니
家風인가 世風인가 씬는고지 어디미뇨
外擇인가 親擇인가 가리기도 自甚ᄒ다
괴이ᄒ다 네졀風俗 官長 그러ᄒ냐
百姓의 折脚農牛 엇지타 아스들여

131

官屬輩 니여주어 牛肉으로 永失ㅎ니
農家의 極호 보비 空然이 일탄말가
예太守의 公事ㅎ믈 ㅈ세이 드러보쇼
큰칼팔라 큰쇠ㅅ고 쟈근칼노 숑치ㅅ며
百姓으로 勸農ㅎ니 이런治政 엇더홀고
不祥타 各面任掌 弊衣破笠 쥬져ㅎ고
許多公納 收殺中의 春夏秋冬 月當이셔
次例次例 시기더니 三四年 니려오며
夏間바칠 公納 正初의 出秩ㅎ고
冬等의 바칠거실 七月의 督促ㅎ니
民間收殺 遷延ㅎ고 官家督促 星火갓다
遞禊와 月利을 젼젼이 취ㅎ야셔
急호官辱 免호후의 이달가고 져달가며
六房下人 討索ㅎ문 閻羅國의 鬼卒갓다
秋霜가튼 져號令과 鐵石가튼 져쥬먹을
이리치고 져리치며 三魂七魄 나라는다
씨난거신 財物이요 드는거신 돈이로다
그年 셧달 收殺時 二三百兩 逋欠지니
家庄田地 다판후의 一家親戚 蕩盡ㅎ다
이런弊端 不足따고 쏘호弊端 지어닉되
倉役租 十斗나락 古今의 업는幣端
昨年吏逋 收殺후의 結還으로 分給ㅎ니
倉色吏 利息업다 썩졍이 실슴되여

한덕의 十斗나락 졔법으로 加斂ᄒ니
本邑元結 세아린직 三千六百 餘結이라
年年三千 四百石을 白板으로 徵民ᄒ니
結還分給 ᄒᄂ고지 朝鮮八道 만컨만은
倉役租 十斗나락 우리居昌 쑨이로다
太祖大王 命이신가 黃喜政丞 分付신가
粒粒辛苦 지은農事 疋疋苦傷 ᄶᄂ비을
나라奉養 더져두고 衙前吏食 몬져ᄒ니
어와世上 션비님네 글工夫 ᄒ지말고
進士及第 求치말나 父母妻子 苦傷ᄒ다
버서노코 衙前되면 万鐘祿이 거인ᄂ이
쥘쌈지 아이어든 쇼미에 드단말가
山頭廣大 논니든가 望釋중은 무슴일고
웃쥴웃쥴 ᄒᄂ擧動 논이디로 노라쥰다
이스룸 힝실보쇼 위수은 일도잇다
倉庭의 還上쥴제 才人광대 불러들여
노리ᄒ고 지죠넘기 오갓작ᄂ 다시기고
前瞻後顧 둘너보며 하하됴타 윈ᄂ擧動
天陰雨濕 樹陰中의 魑魅魍魎 방샤ᄒ다
이렁져렁 작ᄂ후의 日落西山 黃昏이라
官奴使令 眩亂中의 衙前將校 督促ᄒ졔
三四十里 먼디百姓 終日굴머 비곱파라
還上일로 우ᄂ百姓 열에일곱 쏘셔이라

앗갑쏘다 紗帽冠帶 우리임군 쥬신비라
公事도 明決ㅎ고 글도심히 용ㅎ도다
河濱李氏 山訟題音 古今의 稀罕ㅎ다
委度放糞 누어이셔 不知天地 일너시되
天地도 모르거든 君臣有義 엇지알리
在稼아들 京試볼졔 學宮弊端 지여니여
鄕校學官 各書院의 色掌庫子 쟈바드려
儒巾둘식 道袍둘식 次例次例 바다니되
업다ㅎ고 發明ㅎ면 贖錢四兩 물너니되
儒巾道袍 바다다가 官奴使令 니여쥬어
場中의 接定홀졔 奴션비 꾸며니니
孔夫子 씨신儒巾 鄒孟子 입던道袍
엇지타 우리고을 奴令輩가 씨단말가
前後所爲 식각하니 분ㅎ마음 둘디업서
初更二更 못든잠을 四五更 겨오드니
似夢인가 非夢인가 有形ㅎ듯 無形ㅎ듯
영검타 우리夫子 大聖殿의 殿坐ㅎ스
三千門徒 짜른中의 顔曾思孟 前輩서고
明道伊川 後輩셔니 禮樂文物 彬彬ㅎ다
子夏子貢 聽事홀졔 子路의 擧動보쇼
斯文亂賊 자바드려 高聲大責 ㅎ는말슴
우리입던 儒巾道袍 官奴使令 當ㅎ말가
秦始皇 坑儒焚書 너罪目과 다를쇼야

134

凌遲處斬 홀닷ㅎ되 爲先鳴鼓 出送ㅎ니
賜額書院 祭物需을 나라의 會減ㅎ니
엇더케 所重ㅎ며 뉘아니 공경홀고
辛丑八月 秋享時에 各院儒生 入官ㅎ야
다른祭物 姑捨ㅎ고 大口魚需 업다ㅎ며
大口魚需 査問ㅎ니 禮吏衙前 告홈바라
使道主 어졔날노 뇌인탁의 封物ㅎ고
祭物大口 업다ㅎ니 듯기죠츠 놀나와라
나라의 會減祭需 封物中의 드단말가
쥬너마너 詰難타가 日落黃昏 도라올졔
疾風暴雨 山狹길의 祭物院僕 죽겨ㅎ니
會減祭需 封物ㅎ물 蒼天이 震怒ㅎㅅ
뜻박게 風雨로셔 祭物僕 죽단말가
怒甲移乙 ㅎ온비라 됴심ㅎ고 두려와라
斯文의 어든罪을 雪冤홀곳 젼이업다
前後弊端 셰아리면 一筆로 難記로다
九重天里 멀고머러 이런民情 모르신다
凶惡ㅎ다 李芳佑야 不測ㅎ다 李芳佑야
末別監 所任이며 五十兩이 千兩이랴
議訟씬 鄭子育을 굿틔여 잡단말가
잡기도 심ㅎ거든 八痛狀草 아스들여
범가치 썽닌官員 그暴虐이 오직홀가
아모리 惡刑ㅎ며 千萬番 鞫問ㅎ들

鐵石가치 구든마음 秋毫나 亂招홀가
居昌一境 모든百姓 上下男女 老少업시
비ᄂ이다 비ᄂ이다 하늘임끽 비ᄂ이다
議訟신 져ᄉ롬을 自獄放送 뇌여쥬쇼
살피소ᄉ 살피소ᄉ 日月星辰 살피쇼ᄉ
万百姓 위훈ᄉ롬 무슴죄 잇단말가
丈夫의 初年苦傷 예로부터 이서ᄂ니
불상ᄒ다 尹致光아 구세다 尹致光아
一邑弊端 고치ᄌ고 年年定配 무슴일고
청쳔의 외긔러기 어디로 힝ᄒᄂ야
쇼상강을 바리ᄂ냐 동뎡호을 힝ᄒᄂ냐
北海上의 노피올나 上林院을 向ᄒ거든
靑天 一張紙에 細細民情 가려다가
仁政殿 龍床압폐 나ᄂ다시 올이시면
우리聖上 보신후의 別般下敎 ᄂ리쇼ᄉ
더드도다 더드도다 暗行御史 더드도다
바리고 바리ᄂ니 禁府都司 바리노니
푸디쎰의 ᄌ바다가 路突의 버이쇼셔
어와 百姓들아 然後의 太平世界
万歲万歲 億万歲로 與民同樂 ᄒ오리라
居昌別曲終

丙子重陽 栗支抄刊

136

## 02 이현조본B

원래 이현조 소장본으로 필사본 원문은 한국가사문학관 홈페이지에 jpg 파일로 올라와 있다. 순한글 표기법과 귀글체 2단 형식의 기사 방식으로 실려 있다. 앞과 뒤의 부분이 낙장되어 제목은 알 수 없다.

*앞에 낙장
쥬장각 모든학스 흔퇴지의 박셕일네
셩죠의 일당상과 금부의 판의금은
고요의 남은경계 즉셜의 법을바다
젼옥의 쥬부들은 장셕지의 층평일네
십즈가상 도라드이 죵누가 거그로쇠
셔축 동산쳘을 바리바리 시러다가
디풍게 부러닌이 만팔쳘연 쇠북이라
이십팔슈 삼십삼흔 죠셕으로 기폐흔이
하우씨 구졍인가 졔도도 거록흐다
염졔의 일즁위시 빅물시졍 버럿는디
됴불십유 흐난풍쇽 갈쳔셰계 시졀인가
구리기 구위보이 실농씨 유업이며
광퉁교 노리쇼리 강구의 동요로쇠
인졍젼 놉푼집의 오현금 남풍시을
빅공이 상화흔이 건곤일월 발가쏘다

137

지악관 풍악쇼리 궁상각치 오음유을
쇼쇼구셩 말근곡죠 봉학이 츔을츈다
한강슈 집픈물의 용마ᄒ도 낫단말가
박셕틔 너머드이 틱학관이 거그로쇠
셩쥰관 장혼집과 명윤당 빗난집의
우리부즈 쥬벽되야 안증ᄉ밍 비양ᄒ고
그남은 칠십이현 삼쳔문도 시위즁의
아동방 졔디현도 츠려로 승무혼이
장ᄒ고 거록ᄒ다 우리됴션 의관문물
쇼즁화라 일은말삼 이졔와 아노미라
틱죠디왕 셩덕으로 ᄉ빅연연 나려오며
일츌작 일입식의 함포고복 ᄒ난빅셩
남혼여가 질거옴도 틱평연월 죠홀시고
장ᄒ다 계명구폐 ᄉ경의 드러쏘다
임진왜난 병즈호란 즁간의 ᄍ친근심
헌원씨 영졔로되 치우의 난을당코
탕무의 셩치로셔 졍별이 잇셔시며
그남은 셔결구토 엇지다 긔록ᄒ리
원슐네라 갑오연이 동지십삼 원슈로다
창오산식 져문날의 옥연승쳔 ᄒ시거다
여상고비 ᄒ난비회 심산궁곡 일반이라
하날갓탄 디왕디비 일월갓탄 즈셩젼하
틱임의 덕이신가 셩인황후 법을바다

슈렴쳥졍 ᄒ신후로 팔역이 안연ᄒ다
도광삼칠 신튝연의 우리셩상 즉위ᄒᄉ
츈츄방셩 십오셰예 한쇼졔의 쵹명이며
쥬셩왕 어린임군 팔빅연 긔업인이
우리젼ᄒ 어리시되 팔쳔셰나 바릴난이
작연도 풍연이요 금연도 풍연이라
쳔무열풍 음우ᄒ고 희불양파 ᄒ거고나
입아쥬민 빅셩드라 어셔가고 밧비가즈
돈화문의 걸인윤음 ᄒ무졔의 죠셔신가
쵸목군싱 질거옴도 이도○ᄒ 셩화로쇠
장안쳥누 쇼연드라 셥탄비옹 ᄒ련이와
틱평곡 젹양가을 이닉노릭 드러보쇼
어졔쳥츈 오날빅발 넨들안이 모를손야
창희일쇽 우리인싱 후회ᄒ들 어이ᄒ리
장딕예 고운졔집 네쏫죠타 즈랑마라
셔산의 지난희을 뉘라셔 금할손야
동희의 흘은물이 다시오기 어려워라
뒷동산 피난쏫친 명연삼월 피건만은
우리인싱 늘근후의 다시쇼연 어렵쏘다
낙양셩 십이외예 놉고나진 져무덤의
영웅호걸 몃몃치며 졀딕가인 몃몃친요
우락쥼분 미빅연의 쇼연힝낙 편시츈을
일어ᄒ 틱평셩셰 안이놀고 무엇ᄒ리

139

기벽후 나린스젹 역역키 드러보쇼
요슌우탕 문무쥬공 공밍안증 졍쥬부즈
도덕이 관쳔할스 만고셩인 일너시되
요망훈 후싱드리 일을말삼 안이로쇠
그남은 고리영웅 낫낫치 셰아린이
요슌우탕 문무쥬공 공밍궁 스랑삼고
말이셩 단장삼아 억만셰 비겨셔라
삼쳔시예 시위ᄒ고 육국졔후 죠공할졔
삼신산 멀고먼디 원ᄒ난이 불스약을
동남동여 오빅인이 쇼식죠츠 돈졀ᄒ며
스구평디 져문날의 여산쳥춍 쇽졀업니
우산의 지난희난 졔경공의 눈물이며
분슈의 츄풍곡은 한무졔의 시렴이라
불상타 용방비간 만고츙신 이연만은
츙언즉간 씰디업셔 죽엄도 초목ᄒ다
장ᄒ다 빅이슉졔 쳔츄명졀 일너시되
슈양산 집픈골의 치미곡이 쳐량ᄒ다
강틱공 황셕공과 스마양졔 숀빈오긔
젼필승 굉필츄의 용병이 여신ᄒ되
못쳐난이 염나국을 훈번죽엄 못면ᄒ고
면산의 봄이드이 ᄀᄌ쵸의 무덤이며
삼강의 셩닌죠슈 오즈셔의 졍영인가
명나슈 집픈물의 굴삼여의 츙혼이라

말잘ᄒ난 쇼진장의 쳔ᄒ을 횡힝ᄒ야
육국졔후 다친ᄒ되 염니왕 못달너야
두견셩 셰우즁의 혼빅죠ᄎ 우러잇고
밍상군 계명구도 실능군 졀부죠명
젼국시 호걸이되 삼쳔식긱 어디두고
황산셰우 잡풀즁의 일부토 가련ᄒ다
동장디 셕두상의 영혼이 ᄌ최업고
부츈산 도라드이 엄ᄌ룡 간디업고
젹벽강 구워보이 쇼ᄌ첨 어디간요
진쳐스 도연명은 집터만 비여잇다.
역발산 최픠왕은 쳔ᄒ장스 일너시되
시불이 취불허여 팔쳔병 훗터지고
위미인 숀목ᄌ바 눈물노 ᄒ즉ᄒ고
오강풍낭 슈운즁의 칩십여젼 가쇼롭다
운쥬유악 장ᄌ방과 동남풍 제갈공명
쳔문지리 즁찰인스 만고죠화 가져시되
졀통타 ᄒ번쥭엄 죠화로 못면ᄒ고
스마쳔 혼퇴지와 이티빅 두ᄌ미난
졔일문장 이연만은 장싱불스 못ᄒ엿고
독힝쳘이 관운장은 명진쳔ᄒ ᄒ여셔라
거록다 명쵹달죠 쳔츄늡늡 쑌이로쇠
장판영웅 장익덕은 편비예 죽단말가
쇠만ᄒ 위왕죠죠 당돌타 오왕숀권

141

삼분천ᄒ 분분중의 이도쑈ᄒ 영웅이되
왕ᄉ의 장ᄒ풍유 연ᄌ만 나라든다
곽분양 빅ᄌ쳔숀 일시호강 져쑌이라
도쥬의돈 셕슝은 부지즁 웃뜸이되
일싱일ᄉ 혼졍잇셔 갑시로 못ᄉ니고
월셔시 위미인과 왕쇼군 양구비난
션쳘연 후쳘연의 졍국지식 가져씨되
옥ᄐ화룡 고운양ᄌ 진이중의 뭇쳐잇셔
츄우오동 엽낙시예 상혼옥골 우러잇고
팔빅연 핑죠슈와 삼쳔갑ᄌ 동방식도
피일시 ᄎ일시라 죽어지면 그만이요
안긔상 졍슝ᄌ난 동희상 신션이되
귀로만 드러잇졔 눈으로 못보와라
쳔지도 긔벽ᄒ고 일월도 희명커든
ᄒ물며 우리인싱 쳔말연 장싱ᄒ랴
츈ᄒ홍 츄엽낙의 셰월이 덧업난이
이런청츈 쇼연드리 안이노든 못ᄒ리라
됴션삼빅 이십팔쥬 간곳마다 ᄐ평이되
엇지타 우리거창 읍운이 불힝ᄒ야
일경이 도탄되고 만민이 구갈ᄒ여
요슌의 셩치로셔 ᄉ흉이 잇셔시며
졔후왕의 명감으로 아뎌부 잇단말가
일월이 발건만은 복분의 난죠ᄒ고

양츈의 포덕인들 읍이의 밋칠숀야
이지가 어인지며 져지가 어인진고
거창이 펴창되고 틱슈가 원슈로쇠
칙방이 취방ᄒ고 진ᄉ가 다ᄉᄒ다
어와셰상 ᄉ신임ᄂ 우리거창 펴단보쇼
지가시 나려온후의 온갓펴단 지여ᄂ되
구즁쳘이 멀고머러 이런민졍 모로시ᄂ
증쳔각 놉픈집의 관풍찰쇽 우리슌샹
읍보만 쥰신ᄒ이 문불셰양 안일넌가
이로포 슈만셕을 빅셩이 무삼죄로
너돈 분급ᄒ고 젼셕으로 물여ᄂ이
슈쳔셕 포음아젼 미ᄒᆫ기 안이치고
두승곡 물이잔코 빅셩만 물여ᄂ이
디젼통편 조목즁의 이런법이 잇단말가
이쳔ᄉ빅 방챠젼이 이도ᄯᅩᄒᆫ 이포여날
절복의 붓쳐ᄂ야 민간의 증츌ᄒ이
왕셰가 쇼즁커든 요망한 아젼포음
빅셩의 슈쇄ᄒ이 비단금연 폐단이랴
본읍지경 둘너보이 삼기합쳔 안의질의
넷고을 가온디로 미연졀복 상졍할졔
타읍은 열ᄒᆫ두양 민간의 츌질ᄒ고
거창은 십오육양 열연이 가즁ᄒᆫ야
타읍도 목상납의 호죠혀쳐 밧좌ᄒ고

143

본읍도 목상납의 호죠혀쳥 밧좌호이
다갓탄 왕민으로 왕세을 갓치호며
엇지타 우리고을 두셕양식 가즁할고
더구나 원통호다 빅스장의 결복이라
그리예 낙강셩쳔 구산갓치 써여난디
절통타 우리빅셩 지훈짐 못머거라
지결의 회감훈문 묘당쳐분 잇건만은
묘당회감 져지결을 즁간투식 뉘호난야
가포즁 아궁포난 졔일노 된가포라
삼스연 나려오며 학졍이 즈심호다
아궁포 훈당번을 일향의 편침호여
만으면 일이빅양 져그면 칠팔십양
모야무지 남모르게 칙방으로 드려가이
이가포 훈당번의 몃몃집이 탕산호야
그남은 허다가포 슈륙군병 더져두고
일이보 노령보며 현무포 졔번포라
명식다른 져가포을 빅가지로 침칙호여
김담스리 박담스리 큰아기며 즈근아기
어셔가고 밧비가즈 상작쳥의 잡펴단다
젼쵼의 지난기난 관치보고 쏘리치네
뒷집의 우난아가 읍인왓다 우지마라
황구츰졍 셜워마쇼 일신양역 너인노라
싱민가포 더져두고 빅골증포 무삼일고

144

황산고총 노방강시 그디신셰 츠목ᄒ다
월낙삼경 집픈밤과 쳔읍우습 실픈밤의
가포탈 네원졍을 뉘라셔 쳥시하리
쳥산빅슈 우난과부 그디신셰 쳐량ᄒ다
젼셩이셩 미진연분 날바리고 어디간고
엄동셧달 진진밤의 독슉공방 셜운ᄉ졍
남산의 지신밧칠 언의가장 가라쥬며
동산의 익근슐을 뉘다리고 권할손야
어린ᄌ식 아비불너 어미간장 다녹인다
엽엽피 우난ᄌ식 비곱파라 셜은시셜
가장싱각 셔른즁의 죽근가장 가포라네
흉악ᄒ다 쥬인놈아 과부손목 쓰어닉야
가포돈 더져두고 최ᄉ졀예 몬져츳ᄌ
필필이 쓰닌비을 탈취ᄒ여 가단말가
흉악ᄒ고 분ᄒᆞ일을 쏘다시 드러보쇼
졍유연 십월달의 젹화면의 변이난네
우거양반 김일광은 현무포가 당ᄒ말가
김일광 나간후의 희면임장 슈포할시
양반니졍 도립ᄒ여 쳥츈분여 쓰어닌이
반상명분 즁ᄒᆞ즁의 남녀유별 지염커든
광언픽셜 ᄒ감으로 두발분여 ᄒ단말가
장ᄒ다 겨부인이 이런욕 당ᄒ후의
안이죽고 씰디업셔 손목씬코 직ᄉᄒ니

145

빅일이 무광ᄒ고 쳥산이 욕열이라
빅연희로 삼식연분 일검ᄒ의 죽단말가
흉악ᄒ다 임장놈아 너도쪼ᄒ 인유여든
예모졍열 구든마음 네라감이 능묘할가
만경창파 물을지러 나의분함 시치고져
남산녹쥭 슈를둔들 네죄목을 다할숀야
열여졍문 고ᄉᄒ고 디ᄉ도 못시긴이
두견셩 셰우즁의 혼빅인들 안이울야
금연ᄉ월 본읍우박 그젹원이 안일넌가
학졍도 ᄒ런이와 살ᄒ인명 어인일고
한유틱 졍치셔과 젼부퇴 강일상아
너의등은 무삼죄로 장ᄒ의 죽단말가
한달만의 죽은ᄉ롬 보롬만의 죽은빅셩
오륙인이 되야시이 그젹원이 어디민요
불상ᄒ다 져귀신아 가련ᄒ다 져귀신아
용쳔금 비계들고 일산압페 젼비셔셔
아젹져역 긔폐문의 고각셩의 우러쥬이
공산편월 쪼각달과 빅양쳥ᄉ 썰긔즁의
원통타 우난쇼리 지가신셰 온젼할가
비명의 죽근원졍 염나국의 상쇼ᄒ이
염나왕의 비답ᄒ되 너의졍지 가긍ᄒ다
아직물너 고디ᄒ면 별반엄치 니ᄒ리라
야ᄎ나찰 쇠ᄉ실노 뉘분부라 거역ᄒ리

우리명부 십젼즁의 쳘산옥이 졔일즁타
진지죠고 슝진회도 다그고디 갓쳐시이
예로붓터 탐관오리 쳘산옥을 면할쇼야
작연회곡 상회판의 통문슈 스슬ᄒᆞ야
이우셕 즈바드려 죽길거죠 시작ᄒᆞ이
그어만임 거동보쇼 쳥싱과틱 질운즈식
악형ᄒᆞᄆᆞᆯ 보기시러 졀항치ᄉᆞ 몬져ᄒᆞ이
고금ᄉᆞ젹 나려본들 이런변이 쏘잇실가
폐단업시 치민ᄒᆞ며 회곡상회 거죠할가
무죄빅셩 쥭게ᄒᆞ이 기과쳔션 안이ᄒᆞ고
츈츄슌 감ᄉᆞ드례 거힝이 즈록ᄒᆞ다
민간츠일 바다다가 관가ᄉᆞ면 둘너치이
칙ᄉᆞ힝츠 안이여든 빅포장이 무삼일고
거창삼빅 삼십동의 삼십동은 츠일밧고
삼빅동은 쇽바드이 합ᄒᆞᆫ돈이 오륙빅양
칙방의 분식ᄒᆞ고 공방아젼 살찌것다
디차담과 쇼차담이 나라회감 잇건만은
디쇼츠담 드린후의 별찬으로 니아진지
ᄉᆞ돈팔쵼 부당ᄒᆞᆫ디 니아진지 무삼일고
오빅이 봉화션의 곽카사가 어디미요
싱갓짐치 구ᄒᆞ다가 진지상의 별찬ᄒᆞ이
나물반찬 ᄒᆞᆫ가지을 오빅이예 구탄말가
우리거창 즁디읍의 칼지감상 업다ᄒᆞ여

젼쥬감영 치치달나 감상칼지 셔인ᄒ이
안의슈 민치셔가 긔롱으로 일은말이
너의집 친긔졔슈 오빅이예 구할쇼야
니아진지 ᄒ지말고 니아방슈 드려보쇼
이스롬의 힝실보쇼 위쇼온일 쏘잇도다
산암당 치치달나 다른귀경 더져두고
노쇼졔승 불너드려 ᄒ물격간 몬져ᄒ이
가풍인가 셰풍인가 씨난고지 어디미며
외퇴인가 친퇴인가 가리기도 즈심ᄒ다
고이ᄒ다 네졀풍쇽 관장마당 그러ᄒ야
빅셩의 졀각농우 엇지타 아스다가
노령비 니여쥬어 쇼임즈로 일케ᄒ이
농가의 극ᄒ보비 공현이 일탄말가
옛틔슈 공스ᄒ믈 즈셔이 드러보쇼
큰칼파라 큰쇼스고 져근칼노 숑치스셔
빅셩으로 궐농ᄒ이 이런치졍 엇더할고
불상타 각면임장 페의파립 쥬져ᄒ여
허다공납 슈시즁의 츈ᄒ츄동 월당잇셔
빅셩의 심믈펴예 츠려츠려 시기더이
지가라 나려온후의 각향공납 미리바다
츄동의 바들공납 졍죠의 츌질ᄒ고
동등의 밧칠거실 ᄒ간의 칙츌ᄒ여
민간슈시 쳐연ᄒᄃ 관가독촉 셩화갓가

체계돈과 장변이을 젼젼이 취ᄒ다가
급ᄒ관욕 면ᄒ후의 이달가고 져달오미
육방ᄒ인 토식ᄒ문 염나국의 귀쥴갓다
츄상갓탄 져호통은 쳘셕갓탄 져쥬먹을
이리치고 져리친이 삼혼구빅 나라난다
씨난거신 지물이요 드난거신 돈이로쇠
그연셧달 슈시시예 이삼빅양 포음지이
가장젼지 다판후의 일가친쳑 탕진ᄒ다
이런폐단 부죡다고 쏘ᄒ폐단 지여니되
창역죠 열말나락 고금의 업난폐단
작연이포 슈시후의 결환으로 분급ᄒ이
불슈졔방 막켜시미 창식이식 업다ᄒ여
ᄒ믹의 열말나락 창역죠라 일홈지여
법박긔 가렴ᄒ이 이런폐단 쏘잇실가
본읍결슈 셰아린이 삼쳔육빅 여결이라
열말나락 슈합ᄒ이 이쳔육빅 여셕이라
열연연쳔 ᄉ빅셕을 빅판으로 증민ᄒ이
결환으로 분급ᄒ이 우리됴션팔도 만컨만은
창역죠 열말나락 우리거창 쑨이로쇠
틱죠딕왕 명이신가 황졍승의 분부신가
입입간신 지은농ᄉ 필필고샹 쓰닌비을
나라봉향 더져두고 아젼이쇽 몬겨ᄒ이
어화셰상 션비임닉 글공부 ᄒ지말고

진ᄉ급제 구치마오 부모쳐ᄌ 고상ᄒ네
버셔노코 아젼되면 만죵녹이 게잇난이
쥘쌈지 안이여든 쇼미예 드단말가
망셕즁 되야던가 놀던디로 노라쥬네
이포을 민증시겨 읍외각창 츙실ᄒ다
격슈가 미쳥ᄒ야 분셕ᄒ기 어인일고
분셕도 ᄒ련이와 허각공각 더옥분타
빅쥬의 분급ᄒ기 져도ᄊᄒ 무렴턴가
환상분급 ᄒ난날의 진인광디 불너드려
노리ᄒ고 진죠시계 온갓장난 다시긴이
젼쳡후고 ᄒ난거동 이미비양 방ᄉᄒ다
압갑ᄊ다 ᄉ모관디 우리임군 쥬신비라
이런장난 다ᄒᆫ후의 일낙셔산 환혼이라
침침칠야 분급ᄒ니 허각공각 구별할가
아젼괄노 셜난즁의 굴노ᄉ령 독촉ᄒ이
ᄉ오십이 먼디빅셩 죵일굴머 비곱파라
환상일코 우난빅셩 열의일곱 ᄊ셔이라
공ᄉ도 명결이요 글도ᄊᄒ 문장일네
하빈이씨 산숑졔ᄉ 고금의 희ᄒᆫᄒ다
우셕방분 칭탈ᄒ야 부지쳔지 일너시이
쳔지을 모로거든 군신유의 어이알이
민간페단 다못ᄒ여 학궁페단 지여니되
신츅연 윤삼월의 진가ᄌ졔 경시볼졔

상교셔원 각향궁의 싁장고즈 즈바드려
유건둘식 도포○○ 츠려츠려 바다닉되
업다ᄒ고 발명ᄒ면 슉젼넉양 물여닌이
유건도포 바다다가 굴노스령 난와쥬워
장중의 션졉할졔 노션비 쑤며닌이
공부즈임 씨신유건 츄밍즈임 입던도포
*뒤에 낙장

# 03 임기중본A

 필사본 원문은 『역대가사문학전집』6권에 영인되어 실려 있다.[2] 국한문혼용 표기법과 줄글체 기사 방식으로 실려 있다. 여기서는 4음보를 1행으로 하여 옮겨 적었다. 가사가 끝난 다음 면에 동일 필체의 서간이 적혀 있다. 여기서는 줄글체의 서간을 띄어쓰기를 하여 옮겨 적었다.

〈거창가〉


○와 百姓들아 이노러 들어보소
白頭山 一肢脉○ 三角山니 삼계잇고
大關嶺 흘은물리 漢江水 되엿셔라
千年山 萬年水의 거록ᄒ다 우리王基
仁皇山니 主山이요 官嶋山 案對로다
질미재가 白虎되고 枉心山니 靑龍이라
無學의 地眼으로 鄭道傳의 裁穴이며
大明洪武 二十五年의 漢陽城 卜地ᄒ니
二年에 成邑ᄒ고 三年에 成都로다
望之如雲 ᄒ난중의 就之如日 ᄒ것고나
五丁壯士 불너니여 許多宮闕 長城이며

---

2  임기중 편, 『역대가사문학전집』6권, 동서문화원, 71~98쪽.

景福宮 지은後의 仁政殿 지어닉니

應天上之 三光이요 備人問之 五福이라

百各舍 지어두고 왼갓市井 布置ᄒ니

河圖洛書 바돌체로 여긔져긔 훗터잇다

東園 挑李花을 完山의 씨를바다

咸興의 왼겻다가 漢陽의 북도두니

千枝萬枝 도든가지 金實玉實 미잣구나

山呼山呼 再山呼애 千歲千歲 壽千歲라

箕子聖人 닉신法度 黃厖村의 쏜을바다

三綱五倫 발근後의 君明臣忠 더옥쟝타

周天子 五等爵을 三千八百 內外官員

뉘라샤 忠臣이며 烈士가 멋멋친고

議政府 三常上은 周公召公 輔弼이요

吏戶禮 兵刑工은 六曹判書 次例로다

伏羲氏 八卦체로 八道監司 버려노코

五軍門 壯흔軍兵 黃石公의 陣法이요

訓練營 都監炮手 五千七百 七十二名

諸葛武侯 八陣圖를 날날리 敎鍊ᄒ니

南山의 烽火消息 四方니 晏然ᄒ다

軍器의 싸인兵器 蚩尤잡던 餘物이라

宣惠廳 萬里倉은 蕭相國의 局量이며

戶曹 정비書吏 隷首의 籌法이요

觀象監 天文敎授 容成의 造曆이며

153

政院의 刑房承旨 梁太傅의 文章이요

奎章閣의 모든 學士 韓退之의 博識이요

刑曹의 一堂上과 禁府의 判義禁은

皐陶의 남은경계 稷契의 法을외와

典獄의 主簿들은 張釋之의 稱平니라

西蜀의 銅山鐵을 바리바리 시러다가

大붕器 부러너니 萬八百年 쇠붑이라

二十八宿 三十三環 朝夕으로 開閉ᄒ니

夏禹氏 九鼎닌가 制度도 거룩ᄒ다

炎帝의 日中爲市 百物市井 버렷난듸

道不捨遺 ᄒᄂ風俗 葛天世界 時節인가

龍山三可 모든비난 黃帝軒轅 지은비요

求理기 구어보니 神農氏 遺業이요

廣忠橋 노리소리 康衢의 童謠로다

仁政殿 노푼집의 五絃琴 南風詩를

百工니 相和ᄒ니 乾坤日月 발가쏘다

掌樂院 風樂소리 宮商角徵 五音律을

韶韶九成 말근曲調 鳳凰니 춤을춘다

漢江水 깁푼물의 龍馬河圖 나다말가

博石峙 너머드니 太學舘니 거기로쇠

成均館 壯흔집과 明倫堂 빗ᄂ집의

우리夫子 主壁되샤 顔曾思孟 配享ᄒ고

그나문 七十二賢 三千弟子 侍衛中의

我東方 諸大賢도 次例로 陞廡ᄒ니
壯ᄒ고 거룩ᄒ다 우리朝鮮 衣冠文物
小中華라 이론말슴 이졔와 아노미라
太祖大王 聖德으로 四百餘年 나려오며
日出作 日入息은 含哺叩腹 ᄒ난百姓
男婚女嫁 즐거ᄒ문 太平烟月 아니신가
壯ᄒ다 鷄鳴拘吠 四方의 들어쏘다
壬辰倭亂 丙子胡亂 中間의 지친근심
軒轅氏 靈帝로되 蚩尤의 亂을보고
湯武의 聖德으로 征伐니 이셔시며
그나문 鼠竊狗偸 엇지다 기록ᄒ리
怨讐네라 甲子年의 冬至달리 怨讎네라
如喪考妣 ᄒ난悲懷 深山窮谷 一般이라
하늘갓튼 大王大妃 日月갓튼 慈聖殿下
太姙의 德니신가 孟母님의 訓誡신가
垂簾攝政 ᄒ신後의 八域니 晏然ᄒ다
道光三七 辛丑年의 우리聖上 卽位ᄒ사
春秋方盛 十五歲예 漢昭帝의 聰明이라
昨年의도 豊年이요 今年의도 豊年이라
天無烈風 淫雨ᄒ고 海不揚波 ᄒ것구나
家給人足 ᄒ온中의 國泰民安 더옥장타
立我烝民 百姓들아 어셔가고 밧비가자
敦化門外 걸닌綸音 漢文帝의 詔書로쇠

155

長安靑樓 少年들아 어셔어셔 놀노가자
이러혼 太平聖世 아니놀고 무엇ᄒ리
어졔靑春 오날白髮 녠들아니 몰을소냐
滄海一粟 우리人生 後悔혼들 어니ᄒ리
章臺의 고은겨집 네꽂됴타 쟈랑마라
西陵의 지ᄂ희를 뉘라샤 禁홀손냐
東海의 흘은물리 다시오기 어려와라
開闢後 나린事蹟 歷歷히 드러보소
堯舜禹湯 文武周公 孔孟顔曾 程夫子
道德니 貫天ᄒ사 萬古聖人 일너시니
ㅿ麼혼 後生드리 일을말슴 아니로쇠
그나문 古來英雄 낫낫치 셰아리니
統一天下 秦始皇도 阿房宮 舍廊삼고
萬里長城 담쟝사마 億萬世 비겨셔라
六國諸侯 朝貢ᄒ고 三千宮女 侍衛할졔
三神山 멀고멀디 願ᄒᄂ바 불샤약을
童男童女 五百人니 消息죠차 頓絶리라
沙丘平臺 져문날의 驪山后土 쇽졀업다
牛山의 지난희ᄂ 齊景公의 눈물이요
汾水의 秋風曲은 漢武帝의 시름이라
不詳타 龍逢比干 萬古忠臣 긔안닌가
桀紂의 暴虐으로 죽엄도 차목ᄒ다
쟝ᄒ다 伯夷叔齊 千秋名節 일너시되

首陽山 깁푼골의 採薇曲니 凄凉ᄒ다
姜太公 黃石公과 司馬穰苴 孫臏吳起
戰必勝 功必取에 用兵니 如神ᄒ되
못친난니 閻羅王의 ᄒ번죽음 못면ᄒ고
綿山의 봄니드니 介子推의 무덤이며
汨羅水 깁푼물의 屈三閭의 忠魂이라
말자ᄒ난 蘇秦張儀 天下를 橫行ᄒ여
六國諸侯 다親ᄒ되 閻羅大王 못親ᄒ여
細雨夜 杜鵑聲의 魂魄니 우러잇다
孟嘗君의 鷄鳴狗吠 信陵君의 竊符矯命
戰國제 豪傑이라 三千食客 어더두고
荒山細雨 깁푼中의 一杯土 可憐ᄒ다
力拔山 楚伯王은 天下壯士 일너시되
八千兵 훗터지고 時不利兮 騅不逝兮
虞美人 손목쟙고 눈물노 ᄒ직ᄒ니
丈夫의 一寸肝腸 구비구비 다녹외며
烏江風 愁雨中의 七十餘戰 可笑룹다
運籌帷幄 張子房과 東南風雨 諸葛孔明
天文地理 中察人事 萬古造化 가져시되
졀통ᄒ다 ᄒ번죽엄 造化로 못면ᄒ고
司馬遷 韓退之와 李太白 杜子美는
第一文章 일너시되 長生不死 못ᄒ엿고
獨行千里 關雲章은 名振天下 ᄒ엿셔라

157

壯ᄒ다 明燭達朝 千秋의 寂寞ᄒ다
長板橋 張益德은 編裨의 죽단말가
ᄭᅬ만은 魏王曹操 唐突ᄒ다 吳王孫權
三分天下 紛紛中의 이도쏘ᄒ 英雄이라
銅雀臺 石頭城의 靈魂니 지죠업고
富春山 도라드니 嚴子陵 간듸업고
赤壁江 물너드니 蘇子瞻 어듸갓요
晉處士 陶淵明은 집터만 비어잇고
陶朱猗頓 石崇富난 富者中의 읏듬이라
一生一死 ᄒ경이셔 갑시로 못사니고
越西施 楚美人과 王昭君 楊貴妃난
先千年 後千年의 萬古絶色 아름답다
玉態花容 고은단쟝 塵埃中의 뭇쳐잇셔
秋雨梧桐 葉落時에 靈魂니 실피운다
八百年 彭祖壽와 三千甲子 東方朔도
彼一時 此一時라 죽어지면 그만니요
安期生 赤松子난 東海上 神仙이라
귀로만 들어잇졔 눈으로 못보와라
天地가 至大ᄒ되 ᄒ번開闢 이셧난니
하물며 우리人生 ᄒ번죽엄 면할손냐
春花紅 秋葉落의 歲月리 덧업셔라
이러ᄒ 太平聖世 아니놀고 무엇ᄒ리
이런져런 쟝ᄒ風物 莫非聖上 德化로다

엇지타 우리居昌 邑運니 不幸ㅎ여
一境니 塗炭ㅎ고 萬民니 俱渴리라
堯舜의 聖德으로 四凶니 이셔시며
齊威王의 明鑑으로 阿大夫가 니단말가
日月리 발가시되 伏盆의 難照ㅎ고
陽春의 布德넌들 陰崖의 밋츨손냐
李在稼 언인지며 져지가 어인지고
居昌니 廢昌되고 在稼가 亡稼로다
諸吏가 奸吏되고 太守가 怨讎로다
冊房니 取謗ㅎ고 進士가 多事ㅎ다
(一弊)吏奴逋 萬餘石을 百姓니 무슴죈고
四戔式 分給ㅎ고 全石으로 부치넌니
數千石 逋欠衙前 미흔개 안니치고
斗升穀 물이장코 百姓만 물녀넌니
大典通篇 條目中의 이런法니 잇단말가
(二弊)二千四百 放債錢니 이도쏘흔 吏逋어든
結卜의 부쳐닉야 民間의 寃徵ㅎ니
王稅가 所重커든 么麼흔 衙前逋欠
奉命흔 王臣으로 任意로 作奸ㅎ다
戶數도 百姓니라 쏘다시 寃徵시겨
衙前逋欠 收殺ㅎ니 非但今年 弊端이라
明年가고 又明年의 每千年 弊端넌냐
本邑地形 둘너보니 三嘉陜川 安義知禮

四邑中의 處호며셔 每年結卜 詳定할졔
他邑은 十一二兩 民間의 出秩호며
本邑은 十五六兩 年年 加斂호니
他邑도 木上納의 戶曹惠廳 밧지호고
다갓치 王民으로 王稅를 갓치호며
엇지타 우리고을 두셕양식 加斂호며
더구더나 寃痛할샤 白沙場의 結卜이라
近來의 落江成川 邱山갓치 싸여잇다
不詳호다 이니百姓 災호짐 못먹어라
(三弊)災結의 會減호문 廟堂의 處分니라
廟堂會減 져災結을 그누긔가 偸食호고
價布中의 樂生布난 第一노푼 價布로다
三四年 나려오며 作弊가 無窮호다
樂生布 흔當番을 一鄕의 遍侵호여
만으면 一二百兩 져그면 七八十兩
暮夜無知 넘모르게 冊房으로 드례가니
이價布 흔當番은 몃몃집니 蕩産호며
그나문 許多價布 水軍布與 陸軍布며
束伍城 丁馬軍이며 人吏保 奴令保며
各色다른 져價布을 百가지로 侵責호다
金爲全 柳爲權이며 大岳只 小岳只로다
어셔가고 밧비가자 吏房戶長 잡펴단다
不詳하다 잡핀百姓 게우름 울고간다

160

네죽은지 멋힌건디 白骨徵布 무슴일고
月落參橫 깁푼밤과 天陰雨濕 져문날의
冤痛ᄒ다 우는소리 샤롭장간 다녹난다
靑山의 우난寡婦 不詳ᄒ고 可憐ᄒ다
前生緣分 이싱언약 날바리고 어디갓요
嚴冬雪寒 진진밤의 獨宿空房 무슴일고
家長싱각 셔른중의 죽은家長 價布란다
엽엽히 누은子息 비곱파 셔른中의
凶惡ᄒ사 主人놈아 纖纖玉手 쓰어내여
價布돈 더저두고 差使前例 몬져차쟈
疋疋리 쌰난비를 奪取ᄒ야 가단말가
前村이 짓난기는 官差보고 쏘리친다
뒷집의 우는악아 吏校왓다 우지말라
凶惡ᄒ고 분ᄒ일을 歷歷히 드러보소
(一痛)赤火面 任掌輩가 公納收刷 ᄒ올짜기
兩班內庭 突入ᄒ야 靑春婦女 쓰어닉여
班常名分 重ᄒ中의 男女有別 至嚴커든
狂言悖說 何敢으로 頭髮扶曳 ᄒ단말가
壯ᄒ다 져婦女여 이런辱 當ᄒ後의
아니죽고 쓸디업서 自結ᄒ야 卽死ᄒ니
白日니 無光ᄒ고 靑山니 欲裂리라
百年偕老 三生言約 쓴구롬리 되엿셔라
앗갑도다 우리夫婦 어난世界 다시보리

有子有孫 긔른後의 萬端情懷 說話ᄒ고
凶惡ᄒ다 任掌놈아 너도쏘ᄒ 人類어든
不更貞烈 깁푼盟誓 네라敢히 毁節할가
萬頃蒼波 물을질어 이내분홈 시치고져
南山綠竹 數를둔들 네罪目을 다할손냐
烈女旌門 姑舍ᄒ고 代死도 못죽리고
杜鵑聲 細雨中의 靈魂닌들 안니울냐
今年四月 本邑雨雹 그血冤니 아니던가
(二痛)韓有宅 鄭致光과 金大夫 너의等니
무삼罪 重ᄒ건디 杖下의 죽단말가
호달만의 죽은샤람 보름만의 죽은百姓
五六人 되여시니 그積冤 엇더할고
不詳ᄒ다 져鬼神아 可憐ᄒ다 져鬼神이여
쇠방망니 둘너며고 日傘압희 前輩셔니
後輩使令 碧蹄소리 소리함끠 우러준다
空山片月 쪼각달과 白楊青莎 썰진中의
冤痛冤痛 우난소리 이고이고 실피난다
못들어도 듯난닷고 못보와도 보난닷다
非命의 죽은冤情 閻羅王게 呈訴ᄒ니
閻羅大王 批答보소 네情地 可憐ᄒ다
아즉물너 姑待ᄒ면 別般嚴治 내ᄒ리라
康林道令 李木德과 夜叉羅刹 여러使者
금방망니 쇠사슬을 뉘분부라 拒逆ᄒ리

毒蛇地獄 凶흔中의 鐵山獄니 더옥壯타

秦之趙高 宋榛檜가 다그곳의 갓쳐시니

예로붓터 貪官汚吏 鐵山獄을 면할손냐

陽界法所 둘너보니 刑曹와 捕盜廳과

禁府와 典獄리라 西小門 잇것마난

路돌리 더옥重타 聖上니 알으시면

이니冤情 雪恥ᄒ고 生民塗炭 건지리라

昨日會哭 鄕會판의 狀頭百姓 查問할제

李彦碩의 어린同生 쥐길거조 시작ᄒ니

그어모님 거동보고 靑孀寡婦 기룬子息

惡刑ᄒ물 보기실타 結項致死 몬져ᄒ니

古來事蹟 니여본들 이러ᄒ일 쏘이실가

天高聽卑 ᄒ건마는 이러冤情 모로시다

(又一弊)春秋監司 巡到時예 擧行니 쟈록ᄒ다

民間遮日 바다들려 官家四面 둘너치니

勅使行次 아니어든 白布帳니 무숨일고

本邑三百 六十洞의 三十洞은 遮日밧고

三百洞은 遮日贖바든니 合ᄒ돈니 五六百兩

冊房의 分食ᄒ고 工房衙前 샬지거다

大次㖠 小次㖠니 나라會減 잇것마난

大小次㖠 들린後의 別擇으로 內外進支

五百里 奉化縣의 覺花寺가 어더마뇨

산갓沈菜 求희다가 進支床의 別饍ᄒ니

163

査頓八寸 不當호딘 內衙進支 무슴일고
이러호 禮義邦의 男女 有別커든
정셩닌가 阿諂인가 듯도보도 못호일을
安義倅 閔致舒가 譏弄호야 일은말리
內衙進支 하지말고 內衙房守 엇더홀고
山庵堂 치치달나 다른귀경 더져두고
老少諸僧 불너들려 下物摘扞 몬져호니
家風닌가 世風닌가 슷난고지 어딘만뇨
外托닌가 親托닌가 가리기도 쟈심하다
괴이호다 네졀風俗 官長마다 그러호랴
百姓의 折脚農牛 엇지다 아샤들려
官屬輩 니여쥬어 牛主로 永失호니
農家의 극호보비 空然히 일탄말가
옛太守 公事호물 仔細히 들어보소
큰칼파라 큰소사고 져근칼노 송치사며
百姓으로 勸農호니 이런治政 엇더할고
不詳타 各面任掌 弊衣破笠 躊躇호고
許多公納 收殺中의 春夏秋冬 月當이셔
次例次例 시기더니 三四年 나려오며
夏間의 밧칠公納 正初의 出秩호고
冬等의 밧칠거슬 七月의 督促호여
民間收殺 遷延호고 官家催督 星火갓다
(遞)遞稧돈과 쟝邊利를 뎐뎐니 취히다가

急흔官辱 免흔後의 이달가고 져달가며
六房下人 討索ㅎ문 閻羅國의 鬼卒리라
秋霜갓탄 져號令과 鐵石갓튼 져주먹을
이리치고 져리치니 三魂七魄 나라난다
쓰난거슨 財物이요 드난거슨 돈이로다
그年녓달 收殺파의 二三百金 逋欠진니
家庄田地 다판後의 一家親戚 蕩盡ㅎ니
이런弊端 不足짜고 쏘흔弊端 지어닉되
倉役租 十斗나락 古今의 업난 弊端
昨年吏逋 收刷後의 結還으로 分給ㅎ니
倉色의 利食업다 걱정니 슬샴되여
한딕의 十斗나락 제法으로 加斂ㅎ니
本邑元結 세아리니 三千六百 餘結이요
十斗나락 收合ㅎ니 二千四百 餘石이라
年年二千 四百石을 白坂으로 徵民ㅎ니
結還分給 ㅎㄴ고지 朝鮮八道 만컨마난
倉役租 十斗나락 우리居昌 쑌이로다
太祖大王 命니신가 黃喜政承 分付던가
粒粒辛苦 지은農事 疋疋苦傷 짜닌비를
나라봉량 더져두고 衙前利食 몬져ㅎ니
어와世上 션비님네 글工夫 ㅎ지말고
進士及第 求치말아 父母妻子 苦傷ㅎ다
버셔노코 衙前되면 萬鍾祿니 계잇난니

165

쥘쌈지 아니어든 샤민의 드단말가
山頭廣大 논니던가 망셕즁은 무슴일고
웃즄웃즄 ᄒ난거동 논릴디로 노라쥰다
이샤람 힝실보소 위수온일 ᄯᅩ잇도다
倉庭의 還上쥴씨 才人廣大 불너들려
노러ᄒ고 지죠넘계 온갓작난 다시ᄒ고
前瞻後顧 둘너보니 하하죠타 웃난거동
天陰雨濕 樹陰中의 魑魅魍魎 방샤ᄒ다
이런져런 作亂後의 月落西山 黃昏이라
官奴使令 眩亂中의 衙前將校 督促할제
三四十里 먼듸百姓 終日굴머 비곱파라
還上일코 우난百姓 열에일곱 ᄯᅩ셔이라
앗갑ᄯᅩ다 紗帽冠帶 우리님君 쥬신비라
公事도 明決이요 글도심히 용ᄒ도다
河濱李氏 山訟題音 古今의 희罕ᄒ다
委席放糞 누어이셔 不知天地 일너시니
天地도 모로거든 君臣有義 엇지알니
在稼아달 京試볼지 學宮弊端 지어너니
鄕校學宮 各書院의 色掌庫子 쟈바듸려
儒巾둘식 道袍둘식 次例次例 바다니되
업다ᄒ고 發明ᄒ면 贖錢四兩 물여너여
儒巾道袍 바다다가 官奴使令 난아쥬어
場中의 接定할제 奴션비 쥐며너니

孔夫子의 쓰신儒巾 鄒孟子의 입던道袍
엇지타 우리고을 奴令輩가 쓰단말가
前後所爲 싱각ᄒ니 분ᄒᆫ마음 둘디업셔
初更二更 못든잠을 四五更의 겨유드니
似夢닌듯 非夢닌듯 有形ᄒᆫ듯 無形한닷
셩겁다 우리夫子 大成殿 奠坐ᄒ샤
三千門徒 따른中의 顔曾思孟 前陪셔고
明道伊川 後陪셔니 禮樂文物 彬彬ᄒ다
子夏子貢 聽事할제 子路의 거동보소
師門亂賊 자바듸려 高聲大責 ᄒ난말삼
우리입던 儒巾道袍 官奴使令 當ᄒ말가
秦始皇 坑儒焚書 네罪目이 더할소냐
凌遲處斬 할닷ᄒ되 爲先鳴鼓 出送ᄒ니라
賜額書院 祭物需을 나라의 會減ᄒ니
엇덧케 所重ᄒ며 뉘아니 恭敬할고
辛丑八月 秋享時에 各院儒生 入官ᄒ야
다른祭物 姑舍ᄒ고 大口魚需 업다ᄒ며
大口魚需 查問ᄒ니 禮吏衙前 告ᄒ말리
使道主 어졔날노 뇌인딕의 封物ᄒ고
祭物大口 업다ᄒ니 듯기조챠 놀나와라
나라의 會減祭物 封物中의 드단말가
쥬네마네 詰難타가 日落黃昏 도라올졔
疾風暴雨 山峽질에 祭物院僕 죽계ᄒ니

會減祭物 封物ᄒ물 蒼天니 震怒ᄒ샤
쯧○기 風雨로셔 祭物院僕 죽단말가
怒甲移乙 ᄒ온비라 죠심ᄒ고 두려워라
斯文의 어든罪을 伸寃할 고지업다
前後弊端 셰아리면 一筆로 難記로다
九重千里 멀고멀어 이런民情 모로신다
凶惡ᄒ다 李芳佐야 不測ᄒ다 李芳佐야
末別監 所任이며 五十兩니 千兩닌냐
議送쓰 鄭子育을 굿티히 잡단말가
잡기도 심ᄒ거든 八痛狀草 아샤드려
범갓치 셩닌官員 그暴怒 오죽할가
아모리 惡刑ᄒ며 千百番 窮問ᄒᄂ들
鐵石갓치 구든마암 秋毫나 난草할가
居昌一境 모든百姓 上下男女 老少업시
비난이다 비난이다 하날님끠 비ᄂ이다
議送쓰 져샤람을 自獄放送 뇌여쥬소
살피소셔 살피소셔 日月星辰 살피소셔
万百姓 爲ᄒ샤람 무삼罪 잇단말가
丈夫의 初年苦傷 엣로부터 이셔나니
불샹ᄒ다 鄭致光아 굿셰도다 鄭致光아
一邑弊端 곳치쟈고 年年定配 무삼일고
靑天의 외길억아 어듸로 向ᄒ난냐
瀟湘江을 바라난냐 洞庭湖를 向ᄒ난냐

北海上 노픠올나 上林苑을 向ᄒ거든
靑天 一張紙에 細細民情 긔려다가
仁政殿 龍床압희 나난ᄃᆞ시 올여다가
우리聖上 보신後의 別般處分 ᄂᆞ리소셔
더듸도다 더듸도다 暗行御史 더듸도다
바리고 바리난니 禁府都使 ᄂᆞ리난니
○디쌈의 자바다가 노돌의 바리소셔
어와 百姓들아 然後○ 太平世界
萬歲萬歲 億萬歲로 與民同樂 ᄒ오리라


*다음 면의 기록


吾不孝不敬하야 拘事於窮峽하니 親友愛歡之德과 兩親倚
閭之懷를 其將오 事非尋常例料라 沮戲聊生이오 今舌乾神
昏하야 無所懷를 一筆難記라 悠悠萬事○ 寄託於君하니 君
은 絶世英才오 超人智略이라 踪跡○ ○於草野나 名號旣顯
於鄕道하니 代我而總等○○○ ○凱歌而歸故鄕하야 以慰君
親ᄒ야 使○○○---非로 減其一分이면 此ᄂᆞ 不負平生○○
○--平生이 自來如此하니 君은 勿須過○○○---天地日에
更診此生未書○○○---

## 04 김준영본

김준영이 『국어국문학』[3]에 소개한 이본이다. 원래의 필사본은 순한글 표기법으로 적혀 있는 것을 김준영이 국한문 혼용으로 고쳐 소개했다. 여기서는 김준영이 소개한 활자본을 그대로 옮겨 적었다.

井邑郡 民亂時 閭巷 聽謠

어와친구 벗님네야 이내말삼 들어보소
逆旅같안 天地間의 蜉蝣같안 우리人生
朝露같이 스러지니 아니놀고 무엇하리
宇宙의 빗겨셔서 八道江山 굽어보니
白頭山 一枝脈의 三角山이 생겨있고
大關嶺 흐른물이 漢江水 되여셔라
千年山 萬年水의 거룩하다 우리王基
仁旺山이 主山요 冠嶽山이 案對로다
질마재 白虎되고 往十里 靑龍이라
無學의 所點으로 鄭道傳의 재혈이며
大明洪武 二十五年 漢陽城의 卜地하니
二年의 成邑하고 三年의 成都로다
望之如雲 하난중의 就之如日 하난구나

---

3   김준영, 「〈자료 및 주해〉 정읍군 민란시 여항 청요」, 『국어국문학』 제29호, 국어국문학회, 1965, 129~150쪽.

天上의 碧李花를 完山의 씨를받아
咸興의 옮겼다가 漢陽의 붓돋우니
千枝萬葉 모든가지 金實玉實 맺였구나
山呼山呼 再山呼며 千歲千歲 千萬歲라
五丁力士 거나리고 許多宮闕 長城이며
仁義禮智 門을달아 八條目 버려셔라
景福宮 지은後의 仁政殿 지어내니
應天上之 三光이요 備人間之 五福이라
백각사 지은後의 온갖施政 布置하니
河圖洛書 바돌쳐로 여기저기 버렸난듸
箕子聖人 내신法度 黃厖村이 뽄을받아
三綱五倫 밝은줄의 君明臣忠 더옥장타
周天子 五等爵은 三千八百 內外官員
뉘아니 忠臣이며 烈士가 몇몇인고
議政府 三堂上은 周公召公 輔弼이며
吏戶禮 兵刑工은 八元八愷 才局이라
伏羲氏 八卦체로 八道監營 버렸난듸
麒麟閣의 그린朝士 三百六十 재목이라
五營門 장한軍兵 黃石公의 陳法이며
訓練營 都監砲手 五千七百 이른두명
諸葛武侯 八陣圖를 낱낱이 操鍊하니
南山의 烽火불은 四方이 晏然하다
軍器寺(시) 쌓인軍器 蚩尤잡든 餘物이라

171

宣惠廳 말이창은 蕭相國의 局量이며
戶曹의 정비書吏 禮數의 算法이요
冠象監 天文괴수 龍星의 助力이며
政院의 刑房承旨 梁太傅의 文章이요
奎章閣 모든 學士 韓退之의 博識인가
刑曹의 一堂上과 禁府의 判義禁은
皐陶의 남은경계 稷契의 法을받고
典獄의 主簿들은 張釋之의 칭평이며
十字街上 돌아드니 鍾樓가 거기로다
西蜀의 銅山鐵을 바리바리 실어다
대풍기의 불어내니 萬八百年 쇠북이라
二十八宿 三十三天 朝夕으로 開閉하니
夏禹氏 九鼎인가 制度도 거록하다
炎帝의 日中爲市 百物市井 버렸난듸
道不拾遺 하난風俗 葛天世界 時節인가
구리개 구버보니 神農氏 遺業이라
광풍교 노래소리 康衢의 童謠로다
仁政殿 높은집의 五絃琴 南風詩를
百工이 相和하니 乾坤日月 밝았도다
掌樂院 風樂소래 宮商角徵 五音六律
蕭韶九成 맑은曲調 鳳凰이 춤을춘다
漢江水 깊은물의 龍馬河圖 낫단말가
박석치 넘어드니 太學舘이 거기로다

成均館 장한집과 明倫堂 빛난집의

우리夫子 主壁되사 安曾思孟 配享하고

그남은 七十二賢 三千弟子 侍衛中의

我東方 諸大賢도 차례로 陞廡하니

장하고 거록하다 우리朝鮮 衣冠文物

小中華라 이른말슴 이제와 알리로다

太祖大王 聖德으로 四百餘年 내려오며

日出而作 日入而息 含哺鼓腹 하난百姓

男婚女稼 질거옴은 太平煙月 아니신가

장하다 鷄鳴拘吠 四境의 둘렸도다

壬辰倭亂 丙子胡亂 中間의 지친群心

軒轅氏 靈帝로대 蚩尤의 亂을當코

湯武의 聖德으로 征伐이 있었으니

그남은 鼠竊狗偸 어찌다 記錄할가

원수로다 원수로다 甲午年 동짓달 十三日이 원수로다

蒼梧山 저문날의 玉輦昇天 하시것다

如喪考妣 하난悲懷 深山窮谷 일반이라

하날같은 大王大妃 日月같은 慈聖殿下

太姙의 德이신가 선인皇後 法을받아

垂簾聽政 하신후의 八域이 晏然하다

道光三七 辛丑年의 우리聖上 卽位하사

春秋方盛 十五歲의 漢昭帝의 聰明이며

周成王 어린인군 八百年 基業이라

173

우리殿下 어리시되 八千歲나 바라나니
去年도 豊年이요 今年도 豊年이라
天無烈風 陰雨하고 海不揚波 하것구나
家給人足 하거니와 國泰民安 좋을시고
이바蒸民 百姓들아 어서가고 바삐가자
敦化門의 걸린綸音 漢文帝의 詔書신가
草木群生 질거움은 이도또한 聖恩이라
長安靑春 少年들아 挾彈飛鷹 하려니와
太平曲 擊壤歌를 이내노래 들어보소
어제靑春 오날白髮 넨들아니 모를소냐
滄海一粟 우리人生 後悔한들 어이하리
東海로 흐른물이 다시오기 어렵도다
뒷동산 지난꽃은 明年三月 다시피되
우리人生 늙은후의 다시오기 어렵도다
洛陽城 十里許의 높고낮은 저무덤의
英雄豪傑 몇몇이며 絶代佳人 뉘뉘신고
憂樂中分 未百年의 少年行樂 片時春이라
開闢後 내려온事蹟 歷歷히 들어보소
堯舜禹湯 文武周公 孔孟顔曾 程朱夫子
道德이 貫天하사 萬古聖賢 일렀으니
公麼한 後生들이 이를말삼 아니로대
그남은 古代英雄 낱낱이 세아리니
統一天下 秦始皇은 阿房宮 자랑하고

萬里長城 短墻삼아 六國諸侯 朝貢하고

三千宮女 侍衛할제 三神山 멀고먼듸

願하난배 不死藥을 童男童女 五百人이 消息조차 頓絶하다

沙丘平臺 저문날의 驪山靑塚 속절없다

牛山의 지난해난 齊公의 눈물이요

汾水의 秋風曲은 漢武帝의 시름이라

불쌍하다 龍逢比干 萬古忠臣 이었마는

忠臣直諫 씰대없어 주검도 慘酷하다

장하다 伯夷叔齊 千秋名節 일렀으되

首陽山 깊은골의 採薇曲이 凄凉하다

姜太公 黃石公과 司馬穰苴 孫臏吳起

戰必勝 功必取에 勇猛이 如神하되

묻쳤나니 閻羅國을 한번주검 못면하고

綿山의 봄이드니 介子推의 무덤이요

三江의 성낸潮水 伍子胥의 淸靈이라

汨羅水 깊은물의 屈三閭의 忠魂이요

말잘하난 蘇秦張儀 天下를 橫行하야

六國諸侯 다친하되 閻羅國을 못달내며

杜鵑聲 細雨中의 靈魂이 울어있고

孟嘗君의 鷄鳴狗盜 信陵君의 竊符交命

戰國時節 豪傑이되 三千食客 어대두고

黃山細雨 雜草中의 一抔土 가련하다

力拔山 楚覇王도 天下壯士 일렀으되

175

時不利 騅不逝의 八千兵 흩어지니
虞美人 손목잡고 눈물로 下直하고
烏江風浪 수운중의 七十餘戰 可笑롭다
運籌帷幄 張子房과 東南風 諸葛孔明
天文地理 中察人事 萬古造化 가졌으되
切痛타 한번주검 造化로도 못면하고
司馬遷 韓退之와 李太白 杜子美난
第一文章 이엇만은 長生不死 못하였고
獨行千里 關雲長은 名振天下 하였어라
거룩하다 明燭達朝 千秋凜凜 뿐이로다
長板英雄 張翼德은 偏稗의게 죽단말가
꾀많은 魏王曺操 당돌하다 吳王孫權
三分天下 紛紛中의 이도또한 英雄이되
銅爵臺 石頭城의 英雄이 자최없고
富春山 돌아드니 嚴子陵 간대없고
赤壁江 구버보니 蘇子瞻 어데간고
晉處士 陶淵明은 家基만 비었으며
王榭의 장한風流 연자만 날아들고
郭紛陽의 百子千孫 一時호강 뿐이로다
陶朱儀敦 石崇이난 富者中의 으뜸이되
一生一死 限定있어 家勢로도 못다살고
越西施 虞美人과 王昭君 楊貴妃난
先後天年 내려오며 傾國之色 가졌으되

176

玉態花容 고운얼골 塵埃中의 묻혀있어

春風桃李 花開夜와 秋雨梧桐 葉落時의

靈魂이 슬퍼울고 八百年 彭祖壽와

三千甲子 東方朔도 彼一時 此一時라 죽어지면 그만이요

安期生 赤松子난 東海上 神仙이라

귀로만 들어있지 눈으로난 못보와라

漢室택종 四皓先生 商山이 멀었어라

天地도 開闢하고 日月도 曉明커던

하물며 우리人生 千萬年 長生하리

春花紅 秋葉落의 歲月이 덧없난듸

이러한 太平歲의 아니놀고 무엇하리

朝鮮八百 二十八洲 간곳마다 太平이되

어찌타 우리井邑 邑運이 不幸하야

一境이 塗炭하고 萬民이 俱蕩이라

堯舜의 聖德으로 四凶이 있었으며

齊威王의 明鑑으로 阿太傅가 있단말가

日月이 밝다한들 覆盆의 難照하고

春陽이 布德한들 陰崖에 미칠소냐

이제가 어느제며 저제가 어인젠고

井邑이 廢邑되고 재갸가 亡家로다

諸吏난 칼이되고 太守난 원수로다

冊房이 炊房되고 진사가 다사하다

어와세상 使臣님네 우리井邑 弊端보소

宰가내려 온후의 온갖弊端 지어낼제

九重千里 멀고멀어 이런弊端 모르시고

澄淸閣 높은집의 觀風祭俗 우리巡相

邑報만 遵信하니 문불서양 아닐런가

吏奴逋 萬餘石은 百姓이 무삼죈고

大典通篇 條目중의 이러한법 있단말가

二天四百 양채전은 이도또한 吏逋로다

結卜의 붙여내여 民間의 徵出하니

王稅가 所重커든 公廳한 衙前逋欠

王稅의 붙인법을 任意로 作奸할가

戶首도 百姓이라 또다시 怨徵시켜

衙前逋欠 收刷하니 非但今年 弊端이라

明年가고 又明年의 몇千年 弊端될고

本色地形 둘러보니 高阜興德 泰仁淳昌

四邑中의 處하여서 每年結卜 詳定낼제

他邑은 열한두냥 民間의 出秩하면

井邑은 열六七兩 年年의 加徵한다

他邑도 木上納을 戶曹惠廳 밧줴하고

本邑도 木上納을 戶曹惠廳 밧줴하니

다같은 왕민으로 王稅를 같이할듸

어찌타 우리井邑 두석兩식 加徵한고

더구나 冤痛할사 白沙場의 結卜이라

近來에 南北東西 성천이 丘山같이 쌓였난듸

切痛타 井邑百姓 災한짐 못먹어라
災結의 會減함은 廟堂處分 이었마는
廟堂會減 저災結을 中間偸食 뉘하난고
가포중 악생포난 제일된 가포라
三四年 내려오며 貪虐이 滋甚하다
악생포 한當番을 一行의 偏侵하니
만하면 一二百兩 적으면 七八十兩
모야무지 남모르게 冊房으로 들어가니
이가포 한當番의 몇몇이 等散한고
그남은 여가포난 水陸軍兵 더져두고
宣撫布 除番布며 일니포 奴令布라
名色없난 저가포를 백가지로 侵責한다
김담살이 박담살이 큰아기 적은아기
어서가고 바삐가자 行作廳의 잡혔단다
前村의 짓난개난 官差보고 꼬리치고
뒷집의 우난아기 괴왔다 우지마라
一身兩役 寃痛중의 黃狗衷情 가련하다
生民가포 더져두고 白骨徵布 무삼일고
荒山古塚 路傍僵屍 네身勢 불상하다
너죽은제 몇해관대 가포돈이 어인일고
官門앞에 저송장은 신사도 寃痛커든
죽은송장 다시파서 白骨徵布 더욱섧다
가포탈할 제寃情을 號令하여 쫓아내니

月落三更 깊은밤과 天陰雨濕 슬픈밤의
冤痛타 우난소래 東軒大空 함께운다
靑孀白首 우난寡婦 그대身勢 凄凉하다
前生緣分 이생言約 날바리고 어대간고
嚴冬雪寒 깊은밤의 獨宿空房 더욱섧다
南山의 짓은밭을 어느대부 갈아주며
東園의 닉은술을 뉘다리고 勸할소냐
어린자식 아비불러 어미肝腸 다녹인다
옆옆에 우난자식 배고파 설운사정
家長생각 설운중의 죽은家長 가포난다
흉악하다 저主人놈 과부홀목 끄어내여
가포돈 더져두고 채사젼에 몬저찾아
疋疋이 짜낸베를 奪取하야 가단말가
凶惡하고 憤한말을 또다시 들어보소
丁酉年 十月달의 적화면의 變이났네
寓居양반 김일광이 宣撫布 당한말가
김일광 나간후의 海面任長 收刷판의
兩班內庭 달려들어 靑春婦女 끄어내여
班常名分 重한중의 男女有別 至嚴커든
狂言悖說 何憾으로 頭髮扶曳 하단말가
장하다 저부인이 그辱을 당한後의
아니죽고 쓸대없어 손목끊고 卽死하니
白日이 無光하고 靑山이 欲裂이라

180

百年期約 三生緣分 뜬구름이 되었이며
萬里前程 젊은몸이 一劍下의 죽단말가
凶惡하다 面任놈아 너도또한 사람이라
女慕貞烈 굳은節慨 네라감히 陵侮할가
萬頃蒼波 물을길어 이내분함 시치고져
南山綠竹 數를둔덜 네罪目을 當할소냐
烈女旌門 고사하고 代殺도 못시키니
杜鵑聲 細雨중의 靈魂인들 아니울랴
그년四月 本邑雨捕 泣血冤痛 아닐런가
虐政도 하거니와 濫殺人命 어인일고
한일택 정치익과 김부담 강일선아
너의등 무삼죄로 杖下의 죽단말가
한달만의 죽은사람 보름만의 죽은백성
五六人이 되었으니 그積冤이 어떠한고
불상하다 저귀신아 可憐하다 저귀신아
龍泉劍 빗겨들고 日傘앞혀 前陪셔며
아적저녁 開閉門의 鼓角聲의 울어주니
空山片月 쪼각달과 白楊靑絲 떨기중의
冤痛타 우난소래 재개身命 온전할가
非命의 죽은冤情 閻羅國에 上疏하니
閻羅大王 批答하되 너의情狀 可矜하다
아즉물러 苦待하면 別般嚴治 내하리라
夜叉羅叉 쇠사실로 뉘吩咐라 거역하리

181

우리冥府 十殿중의 鐵山獄이 第一重타
진지조와 송진회가 다그곳에 갇쳤으니
예로부터 貪官汚吏 鐵山獄을 免할소냐
昨年회곡 行會판의 通文首唱 査實하야
이우석 잡아들여 죽일計巧 차릴적의
그어마님 거동보소 靑孀寡宅 기린자식
惡刑함을 보기싫어 結項致死 몬저하니
古今事蹟 내리본덜 이러한변 또있을까
弊端없이 治民하면 회곡行會 擧條할가
改過遷善 아니하고 無罪百姓 죽게한다
春秋巡 監司들이 擧行도 거록하다
民間遮日 받아드려 官家四面 둘렀으니
使信行次 아니어든 白布帳이 무삼일고
本邑三百 三十洞의 三十洞은 遮日받고
三百洞은 贖받으니 合한돈이 五六百兩
冊房이 分食하고 工房衙前 살지컷다
大茶啖 小茶啖의 나라호강 있건마난
大小茶啖 드린후의 別擇으로 內衙進支
이러한 禮儀邦에 男女有別 分明커든
査頓八寸 不當한듸 內衙進支 무삼일고
五百里 봉화현의 각화사 어대메뇨
山間沈菜 求하여서 進支床의 別饌하니
나물반찬 한가지를 五百里를 구탄말가

우리井邑 重大邑의 감상칼자 없다하야
全羅監營 치치달아 감상칼자 賁引하니
안의골 김치서가 譏弄하야 하난말이
內衙進支 하지말고 內衙守廳 하여보소
네히집 親忌祭需 五百里에 구할소냐
百姓의 折脚農牛 어찌다 앗아다가
奴令輩 내어주어 소임자로 잃게하니
農家의 극한보배 공연히 잃탄말가
옛太守 公事함을 자세히 들어보소
큰칼팔아 큰소사고 적은칼로 송치사셔
百姓으로 勸農하니 그런治政 어떠하고
불쌍타 各面任長 弊衣破冠 주제보소
許多公納 收刷中의 春夏秋冬 月當있어
百姓의 심을페어 차례차례 시기더니
三四年 내려오며 各樣公納 미리받아
夏中의 받을것을 正初의 追秩하고
冬中의 받칠公納 七月의 督促하니
中間要利 任意하고 上級限定 如前하다
民間收刷 遷廷하고 官家督促 성화같다
체게돈 장별리를 轉轉이 取貸하야
急한官辱 免한후의 이달가고 저달가매
六房下人 討索함은 閻羅國의 鬼卒인가
秋霜같안 저호통과 鐵石같안 저주먹을

183

이리치고 저리치니 三魂七魄 나라난다
씨난것이 재물이요 드난것이 돈이로다
그년섣달 收刷판의 二三百兩 逋欠지니
家藏田地 다판후의 일가親戚 蕩盡한다
이런弊端 不足타고 또한弊端 지어내니
창역조 열말나락 古今의 없난弊端
昨年吏逋 收刷후의 결환으로 分給하여
不受計方 맽겼으니 창색利殖 없다하고
每結에 열말나락 法밖에 加徵한다
本邑原結 세아리니 三千六百 餘結이요
열말나락 收合하니 二千三百 餘石이라
年年이 二千三百餘石 백판으로 徵民한다
결환分給 하난골이 朝鮮八道 많컨마난
창역租 열말나락 우리井邑 뿐이로다
太祖大王 命이신가 黃政丞의 분부신가
粒粒艱辛 지은農事 疋疋苦生 짜낸베를
나라봉양 더져두고 衙前이식 몬저하니
어와세상 선배님내 글공부 하지말고
進士及第 구치말소 父母妻子 苦生하네
벗어놓고 衙前되면 千種祿이 게있나니
줠쌈지 아니어던 소매에 드단말가
만석중 아니로대 노닐대로 놀아준다
吏奴逋 徵民시켜 邑의슌을 充穀하고

足數가 미청하야 分石하기 어인일고
分石도 하려니와 허각공각 더욱분타
白晝의 分給하기 저도또한 無廉하야
奸邪한 꾀를내야 百姓의 눈을속여
還上分給 하는날의 才人廣大 불러들여
노래하고 재주넘겨 왼갖장난 다시키며
前瞻後顧 하난거동 魍魅魍魎 放恣하다
아깝도다 紗帽冠帶 우리임군 주신배라
이런작란 다한후의 日落西山 黃昏이라
沈沈漆夜 分給하니 허각공각 區別할가
衙前官奴 許多中의 將校使令 督促하니
三四十里 먼디百姓 終日굶어 배고파라
還上잃고 우는百姓 열의일곱 또셋이라
公事도 明決하니 글도또한 文章이라
하빈李氏 山訟題辭 古今의 稀罕하다
位石放糞 稱託하야 不知天地 일렀으니
天地도 모르거든 君臣有義 어이알리
民間弊端 다못하야 學宮弊端 지어낸다
辛丑年 閏三月의 재개자식 京試볼제
황괴書院 學宮中의 色掌庫子 잡아들여
儒巾둘씩 道袍둘씩 차례차례 불려내니
없다하고 발명하면 贖錢석냥 물려내고
儒巾道袍 받아다가 官奴使令 내어주어

185

場中의셔 정할제 老선배 꾸며내니

孔夫子 쓰든儒巾 鄒孟子 입든道袍

어찌타 우리井邑 老선배 쓰단말가

前後所爲 생각하니 분한마음 둘대없어

初二更 못든잠을 四五更 겨우드니

非夢인듯 似夢인듯 有形한듯 無形한듯

영금하다 우리夫子 大成殿의 殿座하야

三千第子 侍衛한데 顔曾思孟 前陪되고

明道伊川 後陪되니 禮樂文物 彬彬하다

子游子貢 請事하고 子路의 擧行보소

斯文亂賊 잡아들여 高聲大嘖 하난말삼

우리입든 儒巾道袍 老선배 當한말가

秦始皇 坑儒焚書 네罪目의 더할소냐

首足異處 나죄하고 우선鳴鼓 出送하라

우리고을 道山書院 書院中의 首院이라

寒軒一蠹 沙溪先生 三大賢을 併行하니

어떻게 所重하며 뉘아니 恭敬할고

辛丑八月 秋亭時의 各院儒生 入宮하야

各色祭需 奉進할제 祭物대구 없다커날

없난연고 詳考하니 禮房衙前 告한말이

本官使道 어제날의 쇠인댁의 奉物하고

祭物대구 없다하니 듣기도 놀랍도다

莫重한 祭物대구 봉물중의 드단말가

주네마네 詰難타가 日落黃昏 돌아드니
疾風暴雨 山峽길에 祭物원복 죽단말가
曾減祭物 致敗하고 白晝行祀 어인일고
斯文에 얻은罪를 伸寃할길 있을소냐
前後弊端 헤아리니 一筆로 難記로다
千里九重 멀고깊어 民間疾痛 알길없고
澄淸閣의 우리巡相 邑報만 導信하니
문불서양 아닐런가

# 05 류탁일본A

류탁일이 소장하고 있는 필사집 『居昌歌』에 실려 있는 이본이다.
순한글 표기법과 귀글체 2단 편집 형식의 기사 방식으로 실려 있다.

〈거창가〉

어화친구 벗임닉야 이닉말삼 드러보쇼
역녀갓흔 천지간에 부유갓흔 우리인싱
죠로갓치 시러지니 안이노든 못ᄒ리라
우쥬에 비겨섯셔 팔노강산 구어보니
빅두산 일지믹에 삼각산 삼겨잇고
더궐영 흐른믈이 환강수 디여셔라
천년산 만년수에 거록ᄒ다 우리왕○
인왕산이 주산이요 간악봉이 완디로다
질믜지 빅호되고 왕심산이 쳥룡이라
무학의 소졈으로 정도젼의 지혈이며
더명홍무 십오년에 환양성에 복지ᄒ니
일년에 성읍ᄒ고 삼년에 성도로다
망지여운 ᄒ시난중에 치지여일 ᄒ엿구나
천상에 빅리하를 안산의 씨를바다
함홍에 옴겻다가 환양에 북도두니

천지만렵 도든가지 금실옥실 미자구나
산호산호 지산호며 천셰천셰 천천셰라
오정력수 거나리고 허다궁궐 장셩홀졔
인의례지 문을다라 팔죠목을 버려셔라
경복궁 지은후에 인졍젼 지어너니
응천상지 삼강이요 비인가지 오복이라
빅각샤 지은후에 온갖시졍 포치ᄒᆞ니
하도락셔 바독체로 어게저게 헛트잇고
긔자셩인 닉신법도 항방촌의 쏘을바다
삼강오륜 발근중에 군명신츙 드옥장타
쥬천자의 오등작을 삼천팔빅 닉외관원
뉘안이 듕신이며 열ᄉᆞ가 몃몃친고
의졍부 삼당샹은 쥬공쇼공 보필이요
이호례 병형공은 팔언팔게 지국인가
졍언에 형방승지 양퇴부의 문장이며
구댱각 모든학ᄉᆞ 한퇴지의 박식이라
형죠에 일당샹과 금부에 판의금은
고요의 나문경게 직셜의 법을바다
젼옥에 쥬부드른 댱셕지의 츙평이라
오영문 장훈군병 항셕공의 진법이며
훈련영 도감포슈 오천칠빅 일흔두명
져갈무후 팔지도를 날날이 죠련ᄒᆞ니
남산에 봉화쇼식 사방에 완연ᄒᆞ다

군긔에 쓰인기게 치우잡든 여물이며
닉의원 약방제주 구쥬영지 삼신단을
죠셕으로 진지ㅎ야 조셕을 축원ㅎ며
션혜청 만리창은 소상국의 국양이며
호조에 졍비서리 에수의 산법이며
감상간 천문도슈 용성의 조역일니
복희씨 팔게체로 팔도감영 버렷난디
각진원 수천만호 견아상제 수직ㅎ야
갈츙보국 ㅎ난졍셩 여천장존 ㅎ오리라
십자가상 도라드니 죵누가 거긔로다
서촉에 동산철을 바리바리 시러다가
디풍긔에 불녀니니 만팔빅년 쇠북이라
삼십삼천 이십팔슈 죠셕으로 게퓌ㅎ니
화우씨의 구정인가 졔도도 거록ㅎ다
염졔의 일중위시 빅믈시졍 벗럿난디
도붏십유 ㅎ난풍속 갈천셰게 시졀인가
광츙교 노리쇼리 강구에 동요로다
인졍전 놉푼집에 오현금 남풍시를
빅공이 상하ㅎ니 근곤일월 발가서라
장락원 풍악쇼리 궁샹각치 오음육율
소소구셩 말근곡됴 봉황이 츔을춘다
환강수 깁픈믈에 룡마하도 나단말가
박셕틔을 너머드니 틴학간이 여긔로다

셩균관 장흔집과 명륜당 빗난집에
우리부자 주빅디고 안증사밍 비향ᄒ고
그나믄 칠십이현 삼천문도 시위중에
와동방 져디현도 차례로 안즈시니
장ᄒ고 거력ᄒ다 우리조선 이관문뮬
소즁화라 이른말슴 이제앗서 아는비라
틱조디왕 셩덕으로 사빅여년 나려오며
일츌이작 일입식의 함포고복 ᄒ난중에
남혼녀가 길거오문 틱평연월 조흘시고
장ᄒ다 게명구뙤 사방에 들엿쏘다
임진왜란 병자호란 중간에 깃친근심
현원 영지로도 치우의 란을당코
탕무에 셩덕으로 정별이 잇셔스니
그나문 셔절구투 엇지다 기록ᄒ리
원슈로다 원슈로다 갑오동지십삼일 원슈로다
창오산식 저문날에 옥련승천 ᄒ서거다
여상교비 ᄒ난비혜 심산궁곡 일반이라
하날갓흔 디왕디비 일월갓흔 자셩쿼화
틱림의 덕이시며 밍가의 훈게신가
셩인황후 볍을바다 수렴쳥정 ᄒ신후에
팔역이 안련ᄒ다 도강삼칠 신축년에
우리셩상 직위ᄒ샤 춘츄방셩 십오년에
환쇼제의 총명이며 주셩왕의 어린인군

191

팔빅년 긔업이라 우리전화 어리시되
만팔빅년 바리나니 작년도 풍년이요
금년도 풍년이라 천무열풍 음우ᄒᆞ고
희붏양파 삼년이라 가급인죡 길거온중
국틱민안 더옥장타 입아징민 빅셩드라
입아증민 빅셩드라 돈화문에 걸인륜음
환무제의 죠셔신가 쵸목군싱 길거옴도
이도쏘ᄒᆞ 셩화로다 장안쳥누 쇼년드라
협탄비응 ᄒᆞ련이와 틱평곡 격양가를
이쇼리 드려보쇼 어제쳥춘 오날빅발
넨들안이 모를숀가 창희일쇽 우리인싱
후회ᄒᆞᆫ들 어이ᄒᆞ리 장딕에 고운게집
네곳죠타 자랑마라 셔산에 지난희를
뉘라셔 금ᄒᆞᆯ숀냐 동희에 허른믈이
다시오기 어려아라 후원에 지난곳튼
명년삼월 다시피되 함지에 진난달난
후보름에 쏘발거나 우리인싱 늘거지면
다시오기 어려아라 낙량셩 십니외에
놉고나진 저무듬에 영웅호걸 뉘기뉘며
절딕가인 멋멋치뇨 요순우탕 문무쥬공
공밍완증 졍주부자와 게벽후 나리사젹
력력키 드려보소 우락등분 미빅년에
소년힝락 편시츄라 도덕이 관쳔ᄒᆞ샤

만고성인 일너시되 요마흔 후싱드리
일을말슴 안이로쇠 그나문 고리영웅
낫낫치 헤아르니 통일천화 진시황은
아방국 샤랑슴고 만일장성 단장삼아
억만셰 비겨실제 륙국저후 됴공밧고
삼천궁녀 시위홀제 삼신산이 멀고머되
원ᄒ나니 불사약을 동남동녀 오빅인이
소식죳차 돈절ᄒ랴 스구평디 저문날에
려산무릉 속절업다 우산에 지난힌난
졔경공의 눈믈이요 분수에 츄풍곡은
환무제의 실푸이라 불상ᄒ다 용반비간
만고튱신 일너시되 튱언즉각 실쎠업고
죽음도 참혹ᄒ다 장ᄒ다 빅이슉졔
천츄명절 일너시되 슈양산 깁푼골에
치미곡이 쳐량ᄒ다 강티공 항셕공과
샤마양져 손오한평 전필승 공필치에
용병이 여신ᄒ되 못쳣나니 염나국을
한번죽음 못면ᄒ고 면산에 봄이드니
게자츄의 무듬이요 삼감에 셩닌죠수
오자셔의 졍령이요 명나수 깁푼믈에
굴삼려의 튱혼이요 쇼진장의 말잘ᄒ야
천화를 힝힝ᄒ고 육국져후 달닉시되
염나왕을 못사괴셔 두견셩 셰우즁에

혼빅좃츠 우러잇고 밍상군에 게명구도
신릉군의 절부교명 전국시절 호걸이라
삼천식긱 어딕쑤고 공산셰우 잡초중에
일부토 과련ᄒ다 역발산 초픠왕은
천하장사 일너시되 시불이 츄불셔라
팔천병 헛터지니 우미인의 손목잡고
눈물노 화직홀졔 딕장부의 일촌간장
구부구부 다녹난다 오강풍랑 춘우중에
칠십여젼 가소롭다 운주유악 장자방과
동남풍 져갈공명 상통천문 중찰인의
만고조화 가져시되 졀통ᄒ다 흔번죽음
죠화로도 못면ᄒ고 샤마천 한틱지와
리틱빅 두자미난 제일문장 일너시되
장싱불스 못면ᄒ고 독힝천라 관운장은
명진천하 ᄒ야시되 거록ᄒ다 명촉달야
천츄늠늠 뿐이로다 장판영웅 장익덕은
편비의계 죽다말가 쾨만ᄒ다 위왕죠죠
당돌ᄒ다 오앙손권 삼분천화 분분중에
이도쏘흔 영웅이라 동작딕 셕두셩에
영혼이 자취업다 부츈산 도라드니
음자릉 간딕업고 적벽강 구어보니
소자쳠 어딕간노 진처사 도련명은
집터만 븨어잇고 왕샤의 장흔풍류

194

년강만 남단말가 곽분양의 ᄇᆡᆨ자천숀
부자중 웃듬이되 일ᄉᆡᆼ일사 환정잇셔
일시호강 젓뿐이요 도주이돈 석숭이난
갑시로도 못ᄉᆞᄂᆡ고 월서씨 쵸미인과
왕소군 양귀비난 선천년 후천년에
경국지ᄉᆡᆨ 일너시되 옥ᄐᆡ화룡 고운양자
진ᄋᆡ중에 뭇쳐잇셔 추우오동 엽락시에
항혼옥ᄇᆡᆨ 우러잇고 팔ᄇᆡᆨ년 ᄑᆡᆼ조수와
삼천갑자 동방샥도 피일시 차일시라
쥭어지면 그만이요 안기ᄉᆡᆼ 젹숑자난
동ᄒᆡ상 신션이되 귀로만 드려잇고
눈으로난 못보와라 환실락죵 사호선ᄉᆡᆼ
상산이 머러시니 천지도 게벽ᄒᆞ고
일월도 ᄒᆡ명커든 하물며 우리인ᄉᆡᆼ
쳔만년 장ᄉᆡᆼᄒᆞ랴 춘하홍 츄엽락에
셰월이 듯업나니 이러ᄒᆞᆫ 성셰승평
병쵹야유 ᄒᆞ올지라 죠션삼ᄇᆡᆨ 이십팔쥬
간곳마다 ᄐᆡ평이라 이령저령 장ᄒᆞ풍뮬
막비성상 덕화로다 엇지타 우리거창
업운이 불ᄒᆡᆼᄒᆞ야 만민이 도탄맛나
일경이 구갈리라 ᄂᆡ안이 호읍ᄒᆞ리
방곡에 원셩이라 요순의 성셰로셔
사흉이 잇셔시며 위왕에 명감으로

아디부 잇다말가 일월이 발가시나
복분에 난됴ᄒ고 양츈이 포덕인들
음곡에 밋칠숀냐 이제가 어인제며
져제가 어인젠가 거창이 픠창디고
집가가 망가로다 칙방이 젼방디니
헤게진ᄉ 다시로다 어화셰상 사람드라
우리거창 픠단보소 졔가임 나려온후
온갖픠단 지어ᄂ되 구듕쳔리 멀고머러
이런민졍 모로시니 징쳥각 놉푼집에
간픙찰속 우리슌상 읍보만 쥰신ᄒ고
문뷸셔왕 안일넌가 인리포 만여셕을
빅셩이 무삼지로 두돈식 분급ᄒ고
젼셕으로 뮬이너니 수쳔셕 부포아젼
미훈기 안이치고 두ᄉ3곡도 뮬이잔코
빅셩만 뮬이너니 디젼통편 됴목즁에
이런법 잇단말가 이쳔사빅 방치젼이
이도ᄊ훈 이포어날 결복에 붓쳐너여
민간에 붓쳐너니 왕셰가 소즁커든
요마훈 아젼포흠 왕셰에 붓쳐너여
임의로 작간ᄒ니 방치젼 픠단디미
비단금년 안이로셰 명년가고 우명년에
몃쳔년 픠단딜가 더구나 원통홀사
빅ᄉ장에 결복이라 권리에 락강셩쳔

196

구산갓치 쓰여난디 절통ᄒ다 우리ᄇᆡᆨ셩
ᄒᆞᆫ집지를 못면ᄒ고 지결에 희감ᄒ고
묘당처분 잇거마는 희감의 저지결을
중간도식 뉘아나냐 거창지경 둘너보니
삼가협천 안의지례 사읍즁에 처ᄒ야서
ᄆᆡ년결복 상정ᄒᆞᆯ제 타읍은 열ᄒᆞᆫ두양
민간에 츌질ᄒ고 거창은 십오류양
년년이 가증ᄒ니 타읍도 본상납를
호조혜쳥 밧제ᄒ고 본읍도 호조혜쳥 밧제ᄒ니
다갓ᄒᆞᆫ 왕민으로 왕셰야 다를손냐
엇지타 우리고얼 사오량슉 가증ᄒ노
결복가증 쩌저두고 과포피단 더러보소
과포즁 악과포난 제일노 딘과포라
악과포 ᄒᆞᆫ당번에 일향이 편칠ᄒ야
만어면 일이ᄇᆡᆨ양 저거면 칠팔십양
모야무지 모르거로 희방으로 드러가니
이과포 ᄒᆞᆫ당번에 몃몃집 탕산ᄒ노
그나문 허다과포 수륙군병 다던지고
인리포 노령보며 션무포 져번포라
명식다른 저과포을 ᄇᆡᆨ가지로 침칙ᄒ니
금담스리 ᄇᆡᆨ담스리 큰아기 저근아기
엇서가고 밧비가즈 향작쳥에 잡힌전령
저쵼에 짓난게난 간차보고 쏘리친다

뒷집에 우난아기 읍인앗다 우지말나
항구충정 서러마소 일신양역 닉잇노라
싱민과포 던저쑤고 빅골증포 무삼일고
항산곡 노방광시 네죽은제 밋희간디
과포돈 독츌ᄒ야 부모처자 형츄ᄒ노
간문압히 저슝장은 죽음도 셜엇거던
죽은슝장 다시파셔 빅골증포 무삼일고
뷸인ᄒ다 본간아전 시약심상 출슝ᄒ니
월락슴경 깁픈밤에 천음우십 젹막ᄒ다
과포탈 네원정을 뉘라셔 쳥시ᄒ리
쳥샹빅슈 우난관녀 그디우름 처량ᄒ다
음동셜한 진진밤에 독슉공방 ᄒ난사졍
남산에 져긴밧흘 어난장부 가라주며
동상에 익은슐을 뉘다리고 하답ᄒ리
어리자식 어비뷸너 엄에간장 녹여닌다
간장싱각 서른즁에 죽은가장 과포나니
엽엽히 우난자식 비곱파 서러ᄒ며
야속ᄒ다 임장비난 져관녀 쩌어니여
과포돈 쩌저쑤고 신발거리 먼저찻자
필필이 쌰난비를 탈취ᄒ야 간다말가
흉악ᄒ고 분ᄒᆫ일을 쏘다시 드려보소
정유 십월일에 젹화면에 일이낫니
우거양반 김일간을 선무포가 당타말가

쵸졍졔졍 오류졍에 통시뮬번 졔스ᄒ니
족보등뒤 공횡거름 희면임장 슈포할셰
양반늬졍 드러가셔 쳥샹과녀 쓰어늬니
반상명분 즁ᄒᆞ즁에 남녀유별 지엄커든
몹실픠셜 하감으로 두발분녀 ᄒᆞ단말가
장ᄒᆞ다 져부인이 이련욕 당ᄒᆞ후에
안ᄋᆞ죽어 실찌업셔 손목끈코 직샤ᄒ니
빅일이 무강ᄒᆞ고 쳥산이 욕열이라
일이년 삼셩약은 뜬구름이 더여잇고
만리장졍 이늬목슘 일금화에 죽단말가
흉악ᄒᆞ다 임장놈아 너도쏘ᄒᆞᆫ 스롬이라
례모졍졀 구든마음 네감히 능묘ᄒᆞ랴
만경창파 말근뮬에 이늬분홈 싯칠쇼냐
남산록죽 슈를논들 네의졔목 다놀쇼냐
열녀졍문 쩌져쑤고 뒤사도 못식키니
금년사월 본읍우박 이난젹원 안일른냐
예로붓터 탐간오리 아쳠ᄒᆞ기 일삼나니
춘츄슌력 감사들졔 거횡이야 거룩ᄒᆞ다
민간차일 바다드러 관샤사면 둘녀치니
춘당뒤 구럼장막 거창간가 외람ᄒᆞ다
좌사횡차 아니더면 빅포장이 무슴일고
거창삼빅 삼십동에 삼십동은 차일밧고
삼빅동은 쇽바드니 합ᄒᆞᆫ돈이 오륙쳔양

199

칙방과 분식호고 공방아전 살지운다

디다담 소다담이 디동힉감 잇거마난

디소다담 드린후에 별탁으로 니오진지

이러호 례의국에 남녀유별 소즁커든

샤돈팔촌 부당호디 니아진지 무슴일고

오빅리 동화현에 각화샤 어디미요

황갓침치 구희다가 손임샹에 별찬호니

니믈반찬 호가지를 오빅리에 구탄말가

우리거창 즁디읍에 칼지감샹 업다호야

전쥬감영 치치다라 감샹칼지 퇴츌호니

안의슈 민치셰라 긔롱으로 호난말이

네의집 친긔제슈 오빅리에 구홀손냐

니아진지 호지말고 니아방슈 드려보셰

빅셩의 졀각농우 엇지타 앗스드려

로영비을 니여주고 소임자를 일키호니

농가에 극호보비 공연이 일탄말가

옛티티수 공사호믈 자셰이 드러보소

큰칼파라 큰소사고 적은칼파라 소우삿셔

빅셩을 권농식키니 이런정치 엇더호요

불샹호다 각면임장 퓌이파관 주지보쇼

허다공납 수시즁에 춘화츄동 원랍잇셔

빅셩의 힘을보아 차례차례 식이드니

제갸임 나려온후 각양공납 미리바다

중간묘리 낭자ㅎ고 상납환경 이구ㅎ다
츄동에 밧칠공납 정죠에 츌질ㅎ고
동등에 밧칠써실 화간에 츌질ㅎ야
민간수셰 쳔련ㅎ되 관가독쵹 셩화갓다
쳬게젼 장변돈을 젼젼츄디 ㅎ야다가
급흔간쳬 면한후에 이달가고 져달오미
육방간인 토식ㅎ문 염나디왕 귀쫄인가
씨난거시 지뮬이요 드난거시 돈이로다
그히셧달 수셰환에 이삼빅양 포흠지니
가쟝젼디 다판후에 일가친쳑 탕진ㅎ다
학민도 ㅎ련이와 람살인명 무숨일고
한유퇵 정치셩과 김부디 강일샹이
너의난 무삼일노 쟝화에 죽다말가
열헐만의 죽은빅셩 보름만에 죽은빅셩
사오인이 디여시니 그젹원이 어디밋노
불상ㅎ다 져귀신아 과련ㅎ다 져귀신아
용쳔금 비겨들고 일산압희 젼비셔셔
앗참젼역 긔픠문에 고각셩과 갓치우러
공산편월 발근달과 빅양쳥산 셜긔중에
원통ㅎ다 우난쇼리 제갸신명 온젼홀가
비명의 죽은원졍 염라국에 상소ㅎ니
염나디왕 비답ㅎ되 너의졍지 과긍ㅎ다
호령홀ㅅ 야치라찰 쐬쏜실노 쵹치ㅎ니

201

우리명부 십전중에 철산옥이 제일중타
진지조고 송진회가 다그곳디 갓쳐시니
예로붓터 란식젹자 철산지옥 면홀소냐
하빈리씨 산송제샤 고금에 히환ᄒ다
위셕방분 충탈ᄒ고 부지쳔디 일너시니
공ᄉ도 명결이요 글도쏘ᄒᆫ 문장이라
천지을 모로거든 군신유의 어이아라
작년리포 수셰후에 결한으로 분급ᄒ니
저방츈 불수셰와 강동체 방급ᄒ니
창식작간 못홀시라 걱정이 실심되야
ᄒᆞᆫ믹에 열말나락 창역쏘라 일홈ᄒᆞ야
법밧기 가렴ᄒ니 이런퓌단 쏘잇난가
거창결수 혜아리니 삼천육빅 여결이라
열말나락 수합ᄒ니 이천사빅 여셕이라
년년이천 사빅여셕 빅판으로 증민ᄒ니
결한분급 ᄒ난고얼 영외숩남 만컷마난
창역쏘 열말나락 우리거창 쑌이로다
티조디왕 령이신가 항히정승 분부신가
음음간신 지은농ᄉ 필필고상 짜닌베을
나라봉양 던저쑤고 아젼의식 먼저ᄒ니
어화셰상 션비임닉 글공부 ᄒ지말고
진사급제 구치마오 부모쳐자 고샹ᄒ늬
버서노코 아젼디면 만종록이 거잇나니

쥘숨지 안이어든 쇼미에 드단말가
망셕즁이 도엿던지 논일디로 노라준다
더구나 우슈운일 쏘다시 더러보쇼
리포을 민증식여 읍외각창 츙수흔다
셕슈가 미츙흐니 분셕흐기 어인일고
분셕도 흐련이와 허각공각 더옥분타
빅쥬에 한상주기 그도쏘흔 무렴턴가
한상분급 흐난날에 지인광디 불너드려
지죠흐고 노리불너 온갖작란 다식이며
전첨후고 션웃심의 니민망낭 쏘잇도다
거창이 도호부요 직품이 절제스라
이런작란 다흔후에 일락서산 항혼이라
침침칠야 분급흐니 허다공각 분별업셔
삼사십이 먼디빅셩 종일굴머 비곱파라
아전간로 현란즁에 군노스령 제촉흐니
한상일코 우반빅셩 열에일곱 쏘셔히라
전후치졍 약츠흐니 견딀기리 전히업다
작년향히 공의시에 통문슈창 스실흐여
리우셕 잡아드려 죽일거죠 시작흐니
그어머임 거동보쇼 청샹과퇵 길인자식
악형흐믈 보기실허 결황치사 흐여시니
고금사젹 니여보니 이런변이 쏘잇난가
학민도 흐련이와 학궁퇴단 지여닌다

203

신튝슘월 초십일에 제갸아달 경시볼제
향교셔원 각학궁에 직정고자 즈바드려
유건둘식 도포둘식 차례차례 바다니되
업다고 말슘ᄒ면 속전ᄒ양 뮬여닉니
유건포도 바든거시 팔도선비 다씨겻다
장중에 접정홀제 노션비 ᄯᅮ며닉니
공부자의 씨든유건 츄밍자의 입든도포
엇지타 우리고얼 군로ᄉ령 입단말가
제갸소위 싱각ᄒ면 분ᄒ마음 쓸씨업다
초이경에 못든잠을 삼사경에 겨오드니
샤몽잇듯 비몽잇닷 유향ᄒ든 무향ᄒ든
셩급ᄒᆫ 우리부자 디셩젼에 젼좌ᄒ샤
삼천제자 나렬중에 완증사밍 젼빈서고
명도닉천 후비서고 례악문뮬 빈빈ᄒ다
자화자공 쳥사홀제 자로의 거동보쇼
샤문교젹 저ᄉ롬을 나립ᄒ여 수제ᄒ되
유건도포 중ᄒᆫ옷실 군로사령 당타말가
진왕정의 장유시셔 네제목에 드홀소냐
수족이쳐 나죵ᄒ고 명고츌송 위션ᄒ라
우리고얼 도사셔원 학궁중에 제일이라
한헌일두 동게션싱 천하에 명현이라
엇더키 소즁ᄒ며 뉘안이 공경ᄒ리

## 06 김일근본A

필사집 『ㄱㅅ集』에 실려 있는 이본으로 김일근이 『국어국문학』에 소개한 것이다.[4] 원래 순한글 표기인 것을 김일근은 한자어에 괄호를 하고 한자를 표기하여 소개했다. 여기서는 김일근이 소개한 활자본을 그대로 옮기되, 한자어는 생략하고 순한글로만 옮겨 적었다.

〈거창ㄱ〉

어와세샹 ᄉ람드라 이ᄂᆡ말씀 드러보소
부유갓튼 쳔지간의 역여갓튼 우리인싱
초로갓치 ᄢᅵ러지니 아니놀고 무엇ᄒ리
우등의 비겨서서 폴도강산 구어보니
빅두순 일지맥이 숨각순 숨겨잇고
ᄃᆡ관영 흐른물이 혼강수 되엿서ᄅᆞ
쳔연순 말연수의 거륵ᄒ다 우리왕긔
인황순니 주순이요 관학순니 안ᄃᆡ로싀
질미지 빅호데고 왕심니ᄂᆞᆫ 쳥용이라
무학의 쇼졈으로 정도젼의 지현이며
ᄃᆡ명홍무 시오연의 한양성의 복신ᄒ니

---

4  김일근, 「가사 거창가(일명 한양가)」, 『국어국문학』 제39·40합병호, 국어국문학회, 1968, 201~209쪽.

이연의 셩읍ᄒ고 삼연의 셩도로ᄃ
망귀여운 ᄒᄂᄂ중의 취지여일 ᄒ것구나
쳔상의 션니화를 완산의 씨를ᄇᄃ
함흥외 옴겻ᄃ가 한양의 북도두니
쳔지만엽 도든가지 금실옥실 미젓구나
산호산호 지산호여 쳔셰쳔셰 쳔쳔세라
오경역ᄉ 거ᄂ리고 허다궁궐 중셩이며
경복궁을 지은후의 인졍전을 지여ᄂᄂ니
응쳔상지 삼강이요 비인간지 오복이라
빅빅각사 지여두고 온갓치졍 포치ᄒ니
ᄒ도낙셔 ᄇ돌체로 여기져기 홋텃난ᄃ
기ᄌ셩인 니신법도 황방촌니 본을ᄇᄃ
삼강오륜 바른듸의 군의신츙 더욱중ᄐ
듀쳔ᄌ 오등죽은 삼쳔팔빅 니외관은
뉘아니 츙신이며 열시가 멋멋친고
이졍무 삼당상은 듀공쇼공 보필이요
이호례 병형공은 팔원팔기 지국이ᄅ
홀연영 도감포수 오쳔칠빅 일흔두명
졔갈무후 팔진도를 나날이 조련ᄒ니
남ᄉ의 봉화소식 ᄉ방이 안연ᄒ다
복히씨 팔괘체로 팔도감영 버런난ᄃ
오영문 중ᄒ군긔 치우줍든 여물인가
션혜쳥 말이츙은 쇼슝국의 국양이요

경원의 형방싱지 양틱부의 문장이요
규장각 모든학사 한퇴지의 박식인가
젼옥의 주부줄은 고요의 지친징게
직셜의 법을외와 즈셕지의 칭평일네
십즈ㄱ숭 도릭드니 종누가 거기로다
셔쵹의 동슨쳘을 ㅂ리ㅂ리 시러다가
귀풍긔 부러니니 반팔철연 쇠붑피ㄹ
이십팔수 삼십삼황 조셕으로 긔폐ᄒ니
하우씨의 구정인가 졔도도 거록ᄒ다
염졔의 일즁위시 빅물시즁 버럿난듸
일불십유 ᄒᆞᄂᆞ풍쇽 갈쳔셰계 시졀인가
구리긔 구어보니 실농씨 유업이요
광츙교 도리소릭 강구의 동요로다
인졍젼 노푼집의 오현금 남풍시를
빅공이 상화ᄒ니 건곤일월 발갓도다
즁악원 풍악소릭 궁상각치 오음육율
소소구셩 말근곡조 봉황이 춤을춘다
혼강수 깁푼물의 ᄒᆞ도용ᄆᆞ 나단말가
박셕치 너머드니 틱학관이 거기로듸
명눈당 빗ᄂᆞᆫ집과 셩균관 즁혼집의
우리부즈 듀벽되ㅅ 안징사밍 비향ᄒ고
그ᄂᆞ문 칠십이현 송조명현 뎡주부즈
아동방 졔지현도 ᄎᆞ례로 비례ᄒ니

207

중하고 거룩홀사 우리조션 의관문물
소즁화ㄹ 이른말삼 이제야 어ㄹ와라
티조디왕 셩덕으로 사빅여연 나려오며
일츌죽 일입식의 함포고복 ㅎㄴ빅셩
남혼여가 길러옴은 티평연월 이아니냐
님진왜란 병즈호란 듕간의 기친근심
헌훤씨 명졔로디 치우의 난이잇고
창무의 셩덕으로 정벌이 이셔시니
그나문 셔졀구투 엇지ㄷ 기록ㅎ리
원쉘네라 가오동지 십숨일이 원쉘네라
충오산식 져문날의 옥연싱쳔 ㅎ싯구나
여상고비 ㅎㄴ비창 심숀궁곡 일반이ㄹ
쳔지갓튼 디왕디비 일월갓튼 즈셩젼ㅎ
티임의 덕이신가 수렴쳥졍 ㅎ신후의
션인황후 뽄을받아 팔역이 아연ㅎㄷ
도광삼십 신츅연의 우리셩샹 직위ㅎㅅ
춘츄방셩 시오셰의 ㅎ쇼졔의 총명이며
쥬셩왕 어린인군 팔빅연 긔업이라
우리젼ㅎ 어리시되 팔쳔셰ㄴ ㅂ리나니
죽연도 풍연이요 금연도 풍연이라
장안쳥누 소연들아 협탄비웅 ㅎ려니와
티평곡 격양가를 이니노리 드려보쇼
어졔청츈 오날빅발 녠들어이 모를손가

흥희일속 우리인성 후회흔들 무엇흐리
장터의 미식들으 네곳좃타 즈랑마라
천무열풍 음우흐고 희불양파 하셧구나
입으징민 빅셩드르 어셔가고 밧비가즈
돈화문의 걸인조셔 흔문제의 윤음인가
초목군성 길거옴은 이도쪼흔 셩화로드
셔산의 지난희을 뉘라셔 금홀손야
동희의 흘은물이 다시오기 어려워라
뒷동순 지는쏫흔 봄들면 피려니와
우리인성 늘거지면 다시졈기 어려워르
낙양셩 십이허의 놉고나진 저무듬이
영웅호걸 몃몃치며 졀디가인 몃몃치야
우학중분 비빅연의 소연힝낙 편시츈을
기벽후 나린스젹 역역히 드러보소
요슌우탕 문무듀공 공밍안징 졍듀부즈
도덕이 관천흐사 만고셩인 일너시니
요미흔 후싱들이 이를말삼 아니로다
그나문 고리영웅 낫낫치 헤아리니
통일쳔흐 진시황은 아방궁 사랑삼고
말이셩 단중삼아 억만셰느 바리셔라
육국졔후 조공밧고 삼쳔궁여 시위중의
삼심산 멀고먼디 원흐나니 불스약을
동남동여 오빅인의 소식좃츠 돈졀흐드

사구평디 져문날의 여순청총 속졀업두
우산의 지ᄂ희는 제경공의 눈물이요
분수의 츄풍곡은 한무졔의 시름이ᄅ
강틱공 황셕공과 사마영져 손오한핑
젼필싱 공필취의 용병이 여신ᄒ디
못치나니 열나국을 ᄒ번주금 못면ᄒ고
면산의 봄이드니 긔ᄌ츄의 무듬이ᄅ
만방열국 츳운밥은 ᄒ식졀이 쳐량ᄒ고
불탄풀이 드시나니 속졀업난 지초로두
삼강의 셩ᄂ조수 오ᄌ셔의 졍영이요
명나수 깁흔물의 굴삼여의 영혼일네
말줄ᄒᄂ 소진중의 육국졔후 다친ᄒ디
못친ᄒ난 염나국을 한번쥬금 못면ᄒ야
세우야 두견셩의 혼빅이 우러잇고
밍상군 계명구도 실능군 졀무교명
젼국시 호걸이디 삼쳔십긱 어디두고
황산소우 젹막ᄒ디 이무토 가련ᄒ고
역발순 초픽왕은 쳔ᄒ중ᄉ 일너시디
시불의혜 추불세ᄅ 팔쳔병 흐터지고
우미인 손을줍고 눈물노 하직ᄒ며
오셩풍낭 수운듕의 칠십여젼 가소롭다
운주유악 중ᄌ방과 동남풍 졔갈양은
쳔문지리 중ᄒ인ᄉ 만고조화 가ᄌ시되

210

절통타 ᄒᆞ번쥬검 조화로 못면ᄒᆞ고
사마천 ᄒᆞ퇴지와 이티빅 두ᄌᆞ미는
제일문장 일너시ᄃᆡ 즁싱불ᄉᆞ 못ᄒᆞ엿고
독힝쳘이 관운중은 명진쳔ᄒᆞ ᄒᆞ엿셔ᄅ
장ᄒᆞ다 명촉달야 쳔추늠늠 ᄲᅮᆫ이로다
즁관영둔 즁익덕은 편비에 쥭단말가
ᄶᅩ만은 위왕조조 당돌타 오왕손권
삼분쳔ᄒᆞ 분분ᄒᆞᄃᆡ 이도ᄶᅩᄒᆞ 영웅이리
동죽ᄃᆡ 셕두셩의 영혼니 우러잇고
부춘산 도라드니 엄자룡 간곳업고
젹벽강 구어보니 소자쳠 어ᄃᆡ잇ᄂᆞ
진쳐ᄉᆞ 도연명은 집터만 비여난ᄃᆡ
왕ᄉᆞ의 장ᄒᆞ풍유 연ᄌᆞ만 나라든다
곽분양 비ᄌᆞ쳔손 일시호강 져ᄲᅮᆫ이다
도주의돈 셕숭이ᄂᆞ 부ᄌᆞ듕의 웃듬이ᄃᆡ
일싱일ᄉᆞ 한졍이셔 갑ᄉᆞ로 못사ᄃᆡ고
월셔시 우미인과 왕쇼군 양귀비ᄂᆞ
션쳔연 후쳘연의 경국지식 가ᄌᆞ시ᄃᆡ
옥티화용 고은방ᄌᆞ 진이듕의 뭇쳣구ᄂᆞ
츄우오동 엽낙시의 힝혼옥골 우러잇고
팔빅연 핑조슈와 삼쳔갑ᄌᆞ 동방식도
피일시 ᄎᆞ일시라 주거지면 그만이요
한실탁종 사호션싱 상산니 머러잇고

안기성 격슝ㅈ는 승회상 신션이라
귀로만 드러잇고 눈으로난 못보앗네
쳔지도 기벽ㅎ고 일월도 회명커든
ㅎ말며 우리인싱 쳔만연 중싱홀가
춘ㅎ홍 츄엽낙의 셰월이 덧업셔라
이러혼 틱평셰의 아니놀고 무엇ㅎ리
조션삼빅 이십구주 간곳마다 틱평이되
엇지타 우리거충 읍운니 불행ㅎ야
일성이 도탄되고 만민이 구츠ㅎ고
딕순의 성덕으로 사흉이 이셔시며
졔위왕의 명감으로 아디부 잇단말가
일월이 발것마는 북문의 난조로다
양츈이 포덕인들 음익의 미칠손가
이지가 나리온후 온갓폐단 지어닌다
이직가 어인지며 저직가 어인지고
거충이 폐충되고 직가가 방가로다
진스가 다사ㅎ고 틱슈가 원수로듸
졔리가 갈니되고 칙방이 돈방된다
어와셰승 사신님니 우리거충 폐단보소
구듕쳔이 멀고머러 이런민졍 모르시고
정쳥각 놉푼집의 관풍출쇽 우리순승
읍보만 준금ㅎ니 문물져앙 ㅇ일넌가
이직가 나려온후 각식펴단 드러보소

작연가고 금연오미 거거익심 어이홀고
김담사리 박담사리 큰아귀 즌근아씨
어서가고 밧비가즈 향청의셔 즈미단드
젼촌의 짓눈긔는 관치보고 쪼리치고
뒷집의 우눈아가 이교왓다 우지마라
황구츙정 가련둥의 빅꼴징포 무삼일고
일신양역 삼사역의 부즁싱남 즁싱여라
관문압희 저송즁은 네쥬건제 몃히와도
즈근영즁 다시니야 빅골징포 ㅎ던말가
월낙삼경 깁푼밤과 천음우심 실푼밤의
원통타 우는소리 동헌디공 함긔운다
청상빅수 우눈아여 너의우람 처랑ㅎ드
엄동설ㅎ 진진밤의 독숙공방 어이ㅎ리
남산의 지슨바슬 어ㄴ즁부 가르쥬며
동원의 익은술을 뉘라함긔 화답홀고
어린즈식 아비불너 어무간즁 녹히닌드
헐벗고 써눈즈식 비곱파르 후럼준다
가즁싱각 서른즁의 즈근가즁 가포달나
필필이 쓰난비을 즈즈이 쓴어가니
가포폐단 더져두고 쏘흔폐단 드러보소
졍유년 시월달의 적화선의 변이눈네
우거양반 김일광이 션무포가 당흔말가
김일광 츌타흔후 희면임즁 순포홀제

양반니졍 돌닙ㅎ여 청츈부여 씰어닌ㄷ
반상명분 즁ㅎ듕의 남여유별 지엄커든
강언티셜 ㅎ감으로 두발부의 ㅎ단말가
장ㅎᄃ 져부인은 이런욕을 보ᄋ시니
분ㅎ마음 츙쳔ㅎ야 손목쓴코 직ᄉㅎ니
빅일이 무광이요 쳥손이 용열이라
이일약 삼싱연은 등무운 여유슈로ᄃ
일검ㅎ 쳔츄ㅎ은 여쳔즁이 희활이라
요망ㅎᄃ 이즁놈아 너도쏘ㅎ 일유어든
여갓졍열 구든마음 네ᄅ감히 능모ㅎ랴
만경츙파 물을길러 이닉서럼 씨슬고려
쳥산녹슈 슐을준들 네죄목을 다ㅎᆯ손가
금연ᄉ월 본읍우박 그젹원이 아일넌가
학졍도 ㅎ려니와 남살인명 어인일고
불상타 저귀신아 원통타 저귀신ᄋ
용쳔금 벗듯드러 일산압픠 션빅서며
아젹져역 긔폐문의 고각셩의 우러준ㄷ
공산편월 쏘각달과 빅양쳥ᄉ 썰기듕의
무듸무듸 모와서셔 원통타 우눈소리
이런익ᄉ 쏘이시며 지가신세 온젼ㅎᆯ가

214

# 07 김일근본B

김일근이 소장한 이본으로 국한문혼용 표기법과 귀글체 3단 편집의 형식으로 기사되었다. 필사본은 종이가 파손되거나 낙장된 부분이 많아 구절이 완전하지는 못하다. 남아 있는 구절의 대부분이 〈거창가〉 본사설 부분인 것이 특징이다.

*앞에 낙장

三綱五倫 발근中의 君明臣忠 더옥장타
朱天子 五等爵은 三千八百 內外官員
뉘안○ 忠○○○ 烈士가 몃몃치고
議政府 三堂上은 周公召公 輔弼이며
吏戶禮 兵刑工은 八元八凱 爵位로다
伏義氏 八卦쳐로 八道監營 벌여셔라
麒獜閣 긔린朝士 三百六十 座目이며
五營門 壯한軍兵 黃石公의 陣法일네
訓練營 都監砲手 五千七百 일흔두명
諸葛武候 八陣圖을 날날이 操鍊흔다
南山의 烽火消息 四方이 安寧커다
軍器舍의 씨인긔계 蚩尤잡든 餘物인가
宣惠廳 萬里倉은 蕭相國의 局量인가
戶曹의 京備書吏 隸首의 算法인가
觀象監 天文敎授 容成의 造曆이며

215

政院의 刑房承旨 梁太夫의 文章일네
奎章閣 모든學士 韓退之의 博識이라
刑曹의 一堂上과 禁府의 判義禁의
○○○ ○문敬誠 ○○○○ ○○○○
殿獄의 主簿들은 ○○○○ ○○○○
十字街上 돌아든이 ○○○○ ○○도다
*중간에 낙장
三嘉陜川 安義地禮 四邑中의 쳐ᄒ야셔
每年結卜 相定홀졔 他邑은 열한두양
民間의 出秩ᄒ○ 居昌은 十六七兩
年年이 加增ᄒ네 他邑도 木上納의
戶曹禮廳 밧좌ᄒ며 本邑도 木上納의
戶曹禮廳 밧좌한이 다가튼 王民으로
王稅을 갓치하되
엇지타 우리居昌 두셩양식 加曾ᄒ야
더구나 우이百姓 白沙場의 結卜이라
近來의 落江成川 丘山갓치 싸여시뢰
絶痛타 우리百姓 災한줌을 못언네
災結의 회감하문 廟堂處分 잇건만은
廟堂회감 져災結은 中間偸食 뉘알이요
價布中의 액上布은 第一로 된價布라
三四年이 날여오며 탐학이 滋甚이커다
액上布 ○當番을 一鄕을 偏侵한이

만하면 一二百兩 져그면 七八十兩

暮夜無知 남모을게 冊房으로 들려가다

이가포 한당변의 멋○○ ○散하○

긔나문 許多價布 ○○○○ ○○○○

先無布며 ○○○○ ○○○ ○○○○

*중간에 낙장

兩班內庭 돌入하여 靑裳寡女 끼어니이

班常分明 重한중의 男女有別 至嚴커든

狂言敗說 何敢으로 頭髮扶曳 하단말○

장하다 져婦人아 일언욕 당한후로

안이죽고 씰디업셔 손목씬고 卽死하이

白日 無光하고 靑山이 欲裂이라

百年偕老 三生언약 쑤굴음이 되야셔라

말이前程 이늬몸이 一劍下의 죽단말가

凶惡할새 任長놈아 너도쏘한 人倫이어○

女慕貞節 구든마음 네라敢이 能侮할가

萬傾蒼波 무을질어 이늬분함 씨치고져

南山綠竹 數을뒤○ 네罪目이 다할손○

烈女旌門 고사하고 代死도 못하거다

杜鵑聲 細雨中의 英魂인들 안이울야

今年四月 本邑雨雹 其積冤이 안일○○

虐政도 할려이와 濫殺人命 무삼일고

韓有宅 丁致光과 田婦人 姜伊相等이라

네의等 무삼罪로 杖下의 죽단말가
한달만의 죽은사람 보롬만의 죽은百姓
五六人 죽어신이 其積寃이 어디믜요
不祥ㅎ다 져鬼神○ 可矜ㅎ다 져鬼神○
龍泉劍 빗게들고 日傘압퍼 션비셔셔
아젹전역 긔폐문의 鼓角○○ ○○○○
空山片月 쏙각달과 白楊○○ ○○○○
切痛타 우난소리 在家身命 온젼홀가
非命의 죽근寃情 閻羅國의 上疏ㅎ이
閻羅大王 批答ㅎ되 네의情志 可矜ㅎ이
別般處分 니홀이라 夜叉羅叉 쇠사실로
뉘分付라 거역할리 우리冥府 十殿中의
鐵床獄이 第一이라 秦之趙高 宋秦檜
다그고디 갓쳐신이 예로붓터 貪官汚吏
鐵床獄을 면홀손가 昨年會曲 鄕會板의
通文修創 사실ㅎ야 李禹錫 자바들여
죽일거조 시작ㅎ이 긔어만임 거동보소
靑裳寡宅 麒麟子息 惡刑ㅎ물 볼거시타
結項致死 몬져ㅎ이 古今事蹟 너여본달
이런法度 잇실손가 弊端업시 治民하면
會曲鄕會 擧措홀가 改過遷善 안이ㅎ고
無罪百姓 죽계ㅎ네 春秋巡歷 監司들계
擧行이 巨泉ㅎ와 民間遮日 바다들여

官家四面 둘너친이 勅使行次 안이여든
白布帳이 무삼일고 本邑三百 三十洞이
三十洞은 遮日밧고 三百洞은 돈바든이
合한돈 五六百兩 冊房의 分食ᄒ고
工房衙前 살직거다
大차담 小차담은 날이會減 잇거만은
大小差담 될인휴의 別擇으로 內衙進之
일러ᄒ 禮義邦의 男女有別 ○○커든
査頓八寸 不當ᄒ되 內衙진지 무삼일고
○○○ ○○○○ 佳華節이 어디민요
○○○○ ○○○○ 진지상의 별찬ᄒ이
나물반치 한가지를 五百里의 굿탄말가
우리거창 大邑中의 칼ᄌ감상 업다ᄒ고
全羅監營 치치달나 칼자감상 사니온이
安義倅 閔致瑞가 긔롱하야 일은말이
니아진지 ᄒ지말고 니아슛청 하여보소
네의집 親忌祭需 五百里의 구탄말가
百姓 絶角農牛 엇지다 아셔다가
奴슈불너 니여쥬어 소임지로 일커한이
예太守 公事한일 ᄌ니도 들어보소
큰칼팔라 크소사고 져근칼로 송치사셔
百姓으로 勸農ᄒ이 일언政治 엇더ᄒ고
불상ᄒ다 各面任長 弊衣破笠 躊躇보소

許多公納 收刷中의 春夏秋冬 月當잇셔
百姓의 심을퍼여 차려차려 시긔든이
三四年이 날려오며 各項公納 미리바다
夏牛의 밧칠公納 正初의 出秩ᄒ고
冬牛의 밧칠公納 七月의 督促ᄒ다
中間妖吏 任意ᄒ고 上納限定 依舊ᄒ다
民間收刷 天然ᄒ듸 官家督促 星火갓다
替契돈 장별이을
轉輾이 取ᄒ다가 急한官穀 免한後의
이달가고 져달오믹 六房下人 지촉ᄒ믄
閻羅國의 鬼卒인가 秋霜갓튼 져呼痛과
鐵石갓튼 져쥬먹을 일이치고 졀이친이
三魂七魄 나라난다 싀난거시 직物이요
드난거시 돈이로다 그年셧달 收刷後의
二三百兩 逋欠진이 家庄田地 다판휴의
一家親戚 蕩盡한다 이어弊端 不足다고
坐한弊端 지어닌다 칙역租 열말날악
古今의 업난폐단 昨年吏逋 收刷後○
結還의로 分給한이 倉色利食 업다하고
불슈게방 맛계신이 每結의 열말날악
법박긔 加斂ᄒ고 本邑元結 셰알은○
三千六百 餘結이요 열말날악 收合흔이
二千四百 餘石이라 年年이 二千四百餘石을

白板으로 徵民한○ 結還分給 하난고○
朝鮮八路 만컨만은
冊曆租 열말날악 우리居昌 뿐이로다
太祖大王 命이신○ 黃政丞의 分付신○
어화世上 션비임네
글工夫 하지말고 進士及第 求치말소
버셔노코 衙前되면 萬鐘祿이 거가인네
萬石重되 되야든가 놀인디로 놀아난다
吏逋逋欠 民徵시계 邑外各倉 充案한이
足水가 未淸ᄒ야 分石ᄒ괴 무삼일○
還上分給 하난날의 狡詐한 꾀을닉여
百姓의 눌을속여 才人狂大 불어들여
온갖作亂 다시근○ 前瞻後顧 하난양○
이미망양 彷彿ᄒ다 아갑쏘다 紗帽冠帶
우리임군 쥬신바라 이언作亂 다한휴의
日落西山 黃昏이○ 沈沈漆夜 分給ᄒ○
虛角空角 分別홀가 衙前官奴 셔亂中의
將校使令 督促한다 三四十里 면듸百姓
終日굴머 비고파○ 還上일코 우난百○
열예일곱 쏘셔이라 公事도 明決ᄒ고
글도쏘한 文章일네 海濱李氏 山訟題辭
古今의 히안하데 委席放冀 稱○○○
不知天地 일너씬이 天地도 몰로거든

君臣有義 어이알이 民間弊端 다한휴의
學宮펴단 지어난○
辛丑年 閏三月의 在開子弟 廷試볼져
鄕校書院 各之院의 色掌庫子 자바들여
儒巾둘식 道袍둘○ 차여로 바다닐졔
업다ᄒ고 발명하면 續錢으로 넝양물여
儒巾道袍 바다들여 奴令불너 니여쥬어
場中의 接戰할○ 노션비로 쐼며난○
孔夫子의 씨던儒巾 ○孟子의 입든道袍
어지타 우리居昌 奴令輩가 당할손가
前後所爲 시각○○ 憤한마음 둘○○○
初二更의 못든잠을 四五更의 계우든이
장ᄒ다 우리夫子 大聖殿의 젼座ᄒ사
顔曾思孟 ○○○○ 明道伊川 後配한니
禮樂文物 彬彬하다 子夏子貢 听事할졔
子路의 거동보소 斯門亂賊 자바들여
高聲大責 일은말삼 우리입든 유건도포
어지타 너의고을 奴令輩가 當할손야
秦始皇 坑儒焚書 네罪目의 더할손야
手足異處 니죵ᄒ고 又先鳴鼓 出送할라
우리고을 道山書院 學宮中의 首院이라
寒喧一蠹 桐溪先生 三大賢 并享ᄒ고
엇쩌커 所重하며 뉘안이 공경ᄒ야

辛丑八月 秋享時의 各院儒生 入宮ㅎ야
各邑祭需 타니올졔 祭物의 大口업셔
업난연유 事聞ㅎ이 禮房衙前 알올말이
本官使道 어졔날의 뇌인ᄶ의 封物ㅎ고
祭需大口 업다한이 늣긔조차 놀닉와라
莫重한 會減祭需 封物中의 드단말가
쥬네만네 셜난타가 日落西山 黃昏이라
疾風暴雨 山峽질의 祭物元伏 죽단말가
회감졔슈 치픠ㅎ고 白晝行事 어인일고
斯門의 어든죄을 伸寃할듸 바이업셔
前後所爲 셔알은이 一筆로 難記로다
九重宮闕 집고집퍼 民間疾苦 알글업셔
*이하 낙장

223

## 08 박순호본

원광대 도서관에 소장되어 있는 가사집 『娥林』에 실려 있는 이본
이다. 국한문혼용 표기법과 귀글체 2단 편집 형식의 기사 방식으로
실려 있다. 제목 밑에 "辛丑八月日滯囚中鄭子育所作"이라는 기록이,
그리고 가사의 말미에 '歲在癸酉二月二十六日 良村書堂始謄'라는 기
록이 덧붙여 있다.

〈居昌歌〉

辛丑八月日滯囚中鄭子育所作

어와親舊 번임네야 이니말슴 들려보소
逆旅갓튼 天地間의 蜉蝣갓튼 우리人生
草露갓치 시러지니 아니노던 못ᄒ리라
宇宙의 비켜셔셔 八路江山 구벼보니
白頭山 一枝脉이 三角山이 삼계잇고
大廣嶺 흐른물이 漢江水 도야셔라
千年山 萬年水의 巨錄ᄒ다 우리王基
人皇山이 主山이요 寬岳山이 案對로다
질마지 白虎되고 王尋里 靑龍이라
無學의 所占으로 鄭道傳의 裁穴이며
大明洪武 二十五年의 漢陽城의 卜地ᄒ니

二年의 成邑ᄒ고 三年의 成都로다

望之如雲 ᄒᄂ中의 就之如日 ᄒ거구나

天上의 神桃복샹 完山의 씨을바다

咸興의 윙계짜가 漢陽의 붓도두니

千枝蔓葉 도든가지 金寶玉寶 미ᄌᄯ나

山ᄒ山ᄒ 再山ᄒ여 千歲千歲 又千歲라

五丁役士 거나리고 許多宮闕 長城이며

仁義禮智 門을다라 八條目 버려셔라

景福宮 지은後의 仁政殿 지여ᄂ니

應天上之 三光이요 備人間之 五福이라

百各司 지어두고 왼갓市井 벼려시니

河圖洛書 바돌體로 여긔져긔 홋터잇다

箕子聖人 나싯後의 黃厖村이 本을바다

君明臣忠 더옥좃타 뉘안이 忠臣인가

三千八百 內外官員 議政府 三台相의

뉘안이 忠臣인가 烈士가 몃몃치며

議政府 三台相의 周公召公 輔弼이다

吏曹禮曹 刑曹베살 八元八凱 體局이요

伏羲氏 八卦體格으로 八道監營 벌여넛다

五營門 壯ᄒ軍兵 黃石公의 陳法이며

訓練都監 炮手 五千七百 일흔두명

諸葛武侯 八陣圖얼 ○○의 操鍊ᄒ여

南山의 烽火消息 四方이 晏然ᄒ다

225

軍器倉 싸인器械 蚩尤잡던 餘物이라

宣惠廳 万里倉은 蕭相國의 運粮이며

戶曹의 精備書吏 隷首의 算法이며

觀象監 擅文度數 容成의 造曆이며

政院刑曹 丞旨 梁怠傅의 文章이라

奎章閣의 모든 學士 韓退之의 博識이라

皐陶의 나문精械 稷契의 法을외와

殿獄의 主簿들은 張釋之의 稱平이며

十字街上 도라든이 鍾樓가 거긔로다

西蜀의 銅山鐵을 바리바리 실어다가

大풀무의 부러니여 万八百斤 쇠북이라

二十八宿 三十三天 朝夕으로 開閉ᄒ니

夏禹氏의 九鼎인가 制度도 巨錄ᄒ다

炎帝의 日中爲市 百物市井 버려느듸

道不拾遺 ᄒᄂ風俗 葛天世界 時節인가

龍山三긔 모든비ᄂ 黃帝軒轅 지은비요

九里긔 구버본이 神農氏의 遺業이며

廣衝橋 노리쇼리 康衢의 童謠로다

仁政殿 노푼집의 五絃琴 南風詩을

百官이 相和ᄒ니 乾坤日月 발가쏘다

掌樂院 風樂쇼리 宮商角徵 五音律을

簫韶九成 발근곡죠 鳳凰이 츔을춘다

漢江水 집푼물의 ○○河圖 나단말가

226

礪石峙 너며든니 太學館이 거긔로다 박

成均館 壯ᄒ집과 明倫堂 비ᄂ집의

우리夫子 主璧되사 顔曾思孟 配享ᄒ고

그나문 七十二賢 三千門徒 侍衛中의

我東邦 諸大賢도 次第로 侍衛ᄒ니

壯ᄒ고 巨錄ᄒ다 우리朝鮮 衣冠文物

小中華라 일은말슴 이졔와셔 알어쏘다

太祖大王 聖德으로 四百餘年 나려오네

日出作 日入息의 含哺鼓腹 ᄒ는百姓

男婚女嫁 즐거옴은 太平烟月 이쑨이라

壯ᄒ다 鷄鳴狗吠 四境의 들어쏘다

壬辰倭亂 丙子胡亂 中間의 쩌친근심이라

軒轅氏의 英宰로되 蚩尤의 亂을당코

湯武의 聖德으로도 征伐이 잇셔시며

그나문 鼠竊狗偸 엇지다 記錄ᄒ리

怨讐네라 怨讐네라 甲午年 冬至十三日이 怨讐네라

蒼梧山 져믄날의 玉輦上天 ᄒ시거다

如喪考妣 ᄒᄂ悲懷 深山窮谷 一般이라

하날갓튼 大王大妃 日月갓튼 慈聖殿下

太姙의 德이신가 宣仁皇后 法을바다

垂簾聽政 ᄒ신後의 八域이 晏然ᄒ다

道光十七 辛丑年의 우리聖上 卽位ᄒ사

우리殿下 어리시되 八千歲나 바리ᄂ니

春秋方盛 十五歲의 漢昭帝의 聰明이며
周成王 어린임군 八百年의 基業이라
昨年도 豐年이요 今年도 豐年이라
天無烈風 淫雨ㅎ고 海不揚波 ㅎ거구나
家給人足 ㅎ건이와 國泰民安 죠흘시고
粒我蒸民 百姓드라 어셔가즈 밧비가즈
敦化門의 걸인綸音 漢文帝의 詔書신가
草木群生 질거올졔 이도쏘흔 聖化로다
長安靑樓 少年드라 挾彈飛鷹 ㅎ련이와
太平曲 擊壤歌을 이니노리 드러보쇼
어졔靑春 오날白髮 넨들아니 몰을숀야
滄海一粟 우리人生 後悔흔들 어이ㅎ리
章坮의 고운졔집 네곳죳타 자랑마라
西山의 지는히을 뉘라셔 禁할쇼야
東海의 흘은물결 다시오기 어려웁다
뒤東山 지는꼿신 明年三月 다시피고
우리人生 늘근後의 다시少年 어렵쏘다
洛陽城 十里外예 놉고나진 져무덤아
英雄豪傑 몃몃치며 絶代佳人 몃몃친고
憂樂中分 未百年의 少年行樂 片時春을
開闢後 리인事跡의 歷歷희 들어보쇼
堯舜禹湯 文武周公 孔孟顔曾 程朱夫子
道德이 冠天ㅎ옵시니 万古聖人 안이신가
么妄흔 後生이야 일을말슴 아니로다

228

그나문 古來英雄 낫낫치 셰아린니
統一天下 秦始皇은 阿房宮 舍廊삼고
萬里長城 담을삼고 億万歲나 비계셔라
六國諸侯 朝貢밧고 三千宮女 侍衛할제
三神山 멸고면디 願ᄒᄂ이 不死藥을
童男童女 五百人이 消息죠ᄎ 頓絶ᄒ며
沙邱平坮 져문날의 驪山靑草 쇽졀업다
牛山의 진는희는 齊景公의 눈물이며
汾水의 秋風聲은 漢武帝의 실품이라
불샹타 龍逢比干 万古忠臣 이언만은
忠臣直諫 씰디업셔 쥬검도 慘酷ᄒ다
姜太公 黃石公과 司馬讓苴 孫臏吳起
壯ᄒ다 佰夷叔齊 淸風名節 일너시나
首陽山 집푼고듸 採薇曲 凄凉ᄒ다
安期生 赤松子ᄂ 東海上 神仙이라
귀로만 드려잇고 눈으로 못보와라
漢宗탁실 四皓先生 商山이 며려셔라
出爲儲王 定是非ᄂ 翻嫌多事 뿐이라
戰必勝 攻必取의 用兵이 如神ᄒ다
못치ᄂ니 閻羅國을 ᄒ번쥬검 못면ᄒ고
錦山의 봄이든니 介子推의 무덤니며
三江의 셩닌潮水 伍子胥의 精靈인가
汨羅水 집푼믈의 屈三閭의 忠魂이며
말잘ᄒᄂ 蘇秦張儀 天下을 橫行ᄒ며

六國諸侯 다親ᄒ되 閻羅王을 못달녀여
細雨夜 杜鵑聲의 魂魄이 울어잇고
孟嘗君의 鷄鳴狗盜 信陵君의 竊符矯命
戰國時 豪傑이되 三千食客 엇다두고
荒山細雨 秋草中의 一坏土가 可憐ᄒ다
力拔山 楚伯王은 天下壯士 이언만은
時不利兮 騅不逝兮여 八千兵 홋터두고
虞美人 손목잡고 눈물로 離別ᄒ며
烏江風浪 愁雲中의 七十餘戰 可笑롭다
運籌帷幄 張子房과 東南風 諸葛武候
天文地理 中察人事 万古造化 가져시되
切痛타 ᄒ쥬검을 造化로도 못면ᄒ고
司馬遷 韓退之와 李太白 杜子美은
第一文章 이것만은 長生不死 못求ᄒ고
獨行千里 關雲張은 名振天下 ᄒ여셔라
巨祿ᄒ다 明燭達夜 千秋凜凜 쓴니로다
長坂英雄 張翼德은 非命의 죽단말가
쇠만헌 魏王曺操 唐突ᄒ다 吳王孫權
三分天下 粉粉中의 이도쏘한 英雄이되
銅雀坮 石頭城의 靈魂이 자최업고
富春山 도라든니 嚴子陵이 간디업고
赤壁江 구버본이 蘇子瞻은 어디간고
晉處士 陶淵明은 집터만 부여잇고

王謝의 壯흔 風流 鷰子만 나라들고

郭汾陽 百子天孫 一時豪强 쑨니로다

陶朱猗頓 石崇이ᄂ 富者中의 으쓤이되

一生一死 限定업셔 갑시로도 못사닉고

越西施 虞美人과 王昭君 楊貴妃ᄂ

前後千年 나려오며 傾國之色 거져시되

玉態花容 고은 樣子 塵埃中의 뭇쳐잇고

秋雨梧桐 葉落時의 靈魂이 실피울고

八百年 彭祖壽와 三千甲子 東方朔도

彼一時 此一時의 죽어지면 그만이요

天地도 開闢ᄒ고 日月도 晦冥○○

허물며 우리人生 千万年 長壽할가

一死後 千載名은 不如生前 一盃酒라

春夏秋冬 四時節의 歲月이 덧업쏘다

일어혼 太平聖世 아니놀고 무엇ᄒ리

朝鮮三百 六十州의 各邑마당 太平ᄒ되

엇지타 우리居昌 時運이 不幸ᄒ야

一境이 塗炭ᄒ고 万民이 俱渴ᄒ니

堯舜의 聖德으로도 四凶이 잇셔시며

齊威王의 明鑑으로도 阿大夫가 잇단말가

日月이 발가션만은 覆盆의 難照ᄒ고

陽春이 布德혼들 陰崖의 밋칠숀야

李在稼 언의지며 져在稼 언의진고

231

居昌이 弊昌되고 在稼가 亡稼된이
諸吏는 奸吏되고 太守가 怨讐로다
冊房이 醉房되고 ○○가 多事ᄒ다
어화世上 使臣任네 우리居昌 弊端보쇼
在稼나려 온後의 왼갓弊端 지어니되
九重千里 멸고멸어 일언民情 모로시고
澄淸閣 노픈집의 觀風察俗 우리巡相
邑報만 準信ᄒ니 問佛西洋 안일넌가
吏奴逋 万餘石을 百姓이 무삼罪고
너돈식 分給ᄒ고 全石으로 徵出ᄒ며
數千石 逋欠衙前 미ᄒᆯ기도 안이치고
두홉穀 물니잔코 百姓게만 물여닌니
大典通編 條目中의 일언法이 잇단말가
三千四百 放債錢이 이도쏟ᄒ 吏逋넌가
結卜의 부쳐니여 民間의 徵出ᄒ니
王稅가 所重커든 么麿ᄒ 衙前逋欠
王稅의 부쳐짜가 任意로 作奸할가
戶首도 百姓이라 쏘다시 寃徵시계
衙前逋欠 收刷ᄒ니 非但今年 弊端이라
明年가면 쏘明年의 몃千年 弊端인가
本邑地形 둘너본이 三嘉陜川 安義地예
四邑中의 處ᄒ야 每面結卜 常定할졔
他邑은 ᄒ두兩式 民間의 徵出ᄒ되

居昌은 六七兩을 年年歲歲 加徵ᄒ니

他邑도 木上納을 戶曹惠廳 밧ᄌᄒ고

本邑도 木上納을 戶曹惠廳 밧ᄌᄒ니

다갓튼 王民으로 王稅을 갓치ᄒ니

엇지타 우리골은 두셕兩 加徵ᄒ며

더구다나 寃痛할사 白沙場의 結卜이며

近來落江 成川곳슨 邱山갓치 싸여는듸

切痛타 이늬百姓 灾한짐 못어던네

灾結의 會減함은 廟堂處分 잇건만은

廟堂會減 져灾結을 中間偸食 뉘ᄒᄂ냐

家布中 衙上布은 第一로 된家布라

三四年 나려오며 貪虐이 滋甚ᄒ다

衙上布 ᄒ當番을 一境의 侵漁ᄒ니

져그면 七八十兩이요 만ᄒ면 三四百兩이라

暮夜無知 남몰으게 冊房으로 들어가네

이家布 ᄒ當番의 面面집이 登散ᄒᆫ가

그나문 許多家布 水陸軍兵 던져두고

選武布 除番布와 吏戶保 奴令保라

名色달은 져家布을 다가지로 侵責ᄒ니

金淡士伊 朴淡士伊 큰阿只 자근阿只

어셔가고 밧비가ᄌ 刑作廳 잡퍼간다

前村의 즌는기는 官差보고 꼬리치고

뒤집의 우는阿只 吏校와짜 우지말아

233

一身兩役 寃痛中의 黃口充丁 可憐ㅎ다
生民家布 던져두고 白骨徵布 무삼일고
荒山古塚 路傍彊尸 네身世도 可憐ㅎ다
너죽은제 멋히관딕 家布돈니 어인일고
官門前의 져送葬아 죽긔도 셜워거든
죽은送葬 다시파셔 白骨爆陽 무삼닐고
家布頉함 ○○寃情 號令ㅎ야 쏘츠닌이
月落三更 집푼밤의 天陰雨濕 일어ㅎ되
寃痛타 우는소리 東軒大貢 함긔운다
靑山白水 우는寡婦 그디身世 凄凉ㅎ다
前生緣分 今生言約 날바리고 어디간고
嚴冬雪寒 진진밤의 獨宿空房 더옥셥다
南山의 지신밧슬 어닉丈夫 갈아쥬며
東園의 이근슐을 눌다리고 勸할숀야
어린子息 이비불너 어무肝腸 다녹는다
엽엽희 우는子息 비고파라 셔룬事情
家長싱각 셜운中의 죽은家長 家布난네
凶惡혼 私主人놈 寡婦숀목 쓰어니며
家布돈 던져두고 差使前例 몬졔츠져
疋疋苦傷 짜닌布을 奪取ㅎ야 가는고나
凶惡ㅎ고 憤혼말을 쏘다시 들어보쇼
丁酉年 十月日의 赤花面의 變이눈네
寓居兩班 金日光이 選武布가 當혼말가

金日光이 나간後의 該面面任 收布할제
兩班內庭 突入ᄒ야 靑春寡婦 쓰어니며
班常明分 重ᄒ中의 男女有別 自別커든
狂言悖說 何敢으로 頭髮扶曳 ᄒ단말가
壯ᄒ다 져夫人이여 일언辱 當ᄒ後의
아니죽고 쓸디업셔 손목쓴코 죽ᄌᄒ니
白日이 無光ᄒ고 靑山이 欲裂이라
百年偕老 三生佳約 쓴굴음이 되야시며
万里前生 이니목슘 一劍下의 죽단말가
凶惡ᄒ다 任掌놈아 너도쏘ᄒ 人類여든
女慕貞烈 구든마음 네라감이 凌辱할가
万頃滄波 물을질어 니의憤홈 싯고지고
南山綠竹 籌을두어 네罪目을 다할숀야
烈女旌門 姑舍ᄒ고 代殺도 못시겨신이
杜鵑聲 細雨中의 靈魂인들 안이울야
今年四月 收布時예 그것도 원이로다
虐政도 할연이와 濫殺人命 원일고
韓有宅 鄭致光과 田夫人 姜日相아
네의等 무삼罪로 杖下의 죽단말가
한달만의 죽근ᄉᆞ롬 볼음만의 죽근百姓
五六人이 되야신이 그積怨이 어디가며
不傷ᄒ다 져鬼神아 可憐ᄒ다 져鬼神아
龍泉劍 빗겨들고 日傘압피 前陪ᄒ며

아참전역 開閉門의 鼓角聲의 울어쥰이
空山片月 죠각달의 白楊靑山 뜻글쇽의
寃痛타 우는쇼리 在稼身命 온젼할가
非命의 죽은스룸 閻羅國의 上疏ᄒ니
閻羅大王 批答ᄒ되 네의情地 可憐ᄒ다
아직물너 待令ᄒ면 別般嚴治 니할리라
夜利羅刹 쇠사실로 뉘分付라 拒逆ᄒ랴
예로부터 貪官汚吏 鐵山獄의 더옥重타
秦之趙高 宋之秦檜도 다그고디 갓쳐신이
李禹錫이 자바들여 鐵山獄을 免할숀야
昨年會哭 留鄕會예 通文狀頭 査實ᄒ야
우리狀頭 沈全仲을 죽일거죠 시작ᄒ다
그엄멈 擧動보쇼 靑孀寡宅 키운子息
惡刑함을 보긔실어 結項致死 면져ᄒ다
호스룸의 貪虐으로 멷百姓이 죽어는가
人不可 獨殺인쥴 즈늬응당 알아스리
天作孽은 猶可違나 自作孽은 不可逭이라
上言가즈 上言가즈 聖上前의 上言가즈
발그시다 발그시다 우리聖上 발그시다
居昌百姓 호上言의 우리殿下 軫怒ᄒ사
날여온다 날여온다 禁府都事 날여온다
禁錮終身 호然後의 遠惡島의 安置ᄒ니
너망ᄒ여도 恨을말고 너죽어도 怨을마라

昭昭天道 神明ᄒᄉ 福善禍淫 ᄒᄂ거실

너도應當 들어써든 善道을 닥가셔라

作之不已 ᄒ거든면 乃成君子 ᄒᄂ이라

부디부디 니말듯고 惡ᄒᆫ일 다시마라

善人行步 ᄒᄂ곳의 션ᄒᆫ鬼神 딸어가고

惡人行步 ᄒᄂ곳의 惡ᄒᆫ鬼神 가ᄂ이라

善ᄒᆫ스롬 두고보쇼 速ᄒ면 졔當代요

더듸가면 子孫의게 富貴大昌 ᄒᄂ이라

惡ᄒᆫ스롬 두고보쇼 速ᄒ면 졔當代요

더듸가면 子孫의게 覆宗絶祀 ᄒᄂ이라

善ᄒᆫ일 ᄒᄂ스롬 하날이 福으로갑고

惡ᄒᆫ일 ᄒᄂ사롬 禍로써 갑ᄂ이라

勿以惡小 而爲之ᄒ며 勿以善小 而不爲ᄒ라

万古英雄 韓信이ᄂ 孤單貧賤 ᄒ여셔라

漂母의게 밥을빌며 屠中少年 辱을보되

善ᄒᆫ일을 崇尙ᄒ야 漢中大將 되야씨며

漢家外戚 梁冀ᄂ 富貴大昌 ᄒ여씨되

惡ᄒᆫ일 崇尙ᄒ다가 賊沒三族 ᄒ여신이

부디惡ᄒᆫ일 ᄒ지말고 부디善道을 닥그라

할말삼 無窮ᄒ나 忽忽ᄒ야 그만긋치니


歲在癸酉二月二十六日良村書堂始謄


237

# 09 김현구본

김현구가 소장하고 있는 이본으로 여기서는 조규익의 『봉건시대 민중의 저항과 고발문학 거창가』에 실려 있는 활자본[5]을 그대로 옮겨 적었다.

〈아림별곡〉

어와親舊 벗임에야 이니말삼 들러보소
逆旅갓튼 天地間의 蜉蝣갓튼 우리人生
죠료갓치 쓰러진이 아이로든 못홀리라
우쥬의 비겨셔셔 八로강산 구어보이
백두산 일지맥이 삼각산 생겨잇고
디궐영 흐른물니 한강수 되아셔라
철연산 말연수의 거룩ᄒ다 우리왕긔
인황산이 주산이오 관악산이 안디로쇠
질믜지 백호되고 왕심이 쳥용이라
무학의 소졈을오 졍도뎐의 지헐이며
디명홍무 입오연의 한양의셩 복지ᄒ니
이연의 셩읍ᄒ고 삼연의 셩도로쇠
망지여운 혼은즁예 취지여일 ᄒ겨군라

---

5 조규익, 『봉건시대 민중의 저항과 고발문학 거창가』, 앞의 책, 270~293쪽.

천상의 백이화을 완산의 씨을바다
함흥의 웡기ᄯ가 한양의 북도둔이
천지만엽 도은가지 금실옥실 미자ᄶ나
산호산호 지산회며 천세천세 천천세라
오정역사 거라히고 허다궁궐 장성이며
인이예지 문을달아 팔조목 버혀서라
경복궁 지은후의 인정전 지어닌이
응천상지 삼광이오 비인간지 오복니라
박각사 지어두고 온갓시정 포치ᄒ니
하도락서 바독처로 여게저게 헛치닛다
기자성인 닌신법됴 황방촌니 쏜乙바다
삼강오윤 발근중의 군명신츙 더옥장타
쥬천자 오등작을 삼천팔박 내외관원
뉘안이 충신이며 열사가 몃몃치오
이정 삼당상은 쥬공소공 뵈필니며
이호녜 벙형공은 팔원팔기 직국이라
복히씨 팔괘체로 팔도감영 버러난듸
기린각 긔인조사 삼박육십 지목니며
오영문 장한군병 황석공의 진법이오
훈연영 도감포슈 오천칠박 일흔두명
제갈무휴 팔진도을 날나리 고련ᄒ며
남산의 봉화소식 사방이 완연ᄒ다
군기사 샛인기계 치우잡던 여물이라

선혜청 말이창은 소상국의 궁양이며
호조의 젼바셔리 예슈의 산법인가
관상감 천문고슈 용성의 됴력이며
정원의 헝방승지 양틱부의 문쟁이오
구장각 모든학사 훈퇴지의 박식인가
헝됴의 일당상과 금부의 판이금은
고요의 남은경계 즉설의 법을외와
전옥의 쥬부들은 장석지의 칭평닐내
십자가상 도라든니 동류가 거긔로다
서촉 동산쇠을 발리발리 시러다가
디풍고 불려선니 만팔쳘연 쇠북이라
이십팔슈 삼십삼환 됴셕으로 긔폐ㅎ니
하휴씨의 규정인가 제도도 거록ㅎ다
염제의 일즁위시 박물시정 버러난듸
도불십유 ㅎ난풍속 갈천세게 시졀인가
구리긔 구어본니 실롱씨의 유엽니며
광청고 로릭소릭 강규의 동요료쇠
인정전 노푼집의 오헌금 남풍시을
백공이 상화ㅎ니 건곤일월 발가쏘다
장악원 풍악소라 궁상각치 오음육율
소소구성 말근곡조 봉황이 춤을춘다
한강슈 지푼물의 용마하도 ㄴ단말가
빅석치 너며든니 틱학관 거긔로쇠

성균관 장호집과 명윤당 빗는집의
우리부자 쥐벽되사 안증사밍 비항호고
그나문 칠십이헌 삼천문도 시위중의
아동방 제디현도 차여로 승무호니
소중화ㄹ 니론말삼 이계와 아로미라
티됴디왕 성덕으로 사빅여연 나러오며
우리조선 이관문물 장호고 거록호다
릴출이작 일입이식 함포고복 호는빅성
남혼여가 즐거옴은 티평연월 니쑨일네
장호다 게멍건페 시경의 들여쏘다
임진왜난 벙자호란 중간의 찌츤근심
흔원씨 영졔로되 치우의 난을당코
탕무의 성덕으로 정벌이 잇셔시며
원술네라 갑오연 동지십삼일 원수네라
그나문 셔졀구투 엇지다 기록홀리
창오산식 저문날의 옥연승천 하시거라
여상고비 하는비회 심산궁곡 일반니라
하랄갓툿 디왕디비 일월갓튼 ㅈ성전하
티님의 덕이신가 션닌황휴 볍乙바다
수렴쳥졍 호신후로 팔역니 완연호다
도광삼십 신축연의 우리성상 직위호사
츈츄방성 십오세의 환쇼제의 춍명이오
쥬성왕 어린인군 팔빅연 기업니라

우리전하 어리시되 팔천세나 바리는니
장연도 풍연이오 금연도 풍연니라
천무열풍 음우ᄒ고 해불양파 ᄒ거구나
가급인족 하거니와 국티민안 조흘시고
입아증민 빅성들아 어셔가고 밧비가자
돈화문의 걸인윤음 한문제의 조셔신가
쵸목군싱 즐거옴도 니도쪼ᄒ 성화로쇠
장안청누 소연드라 협탄비음 하려이와
창히릴속 우리인상 후훼ᄒ들 어니ᄒ리
장디에 고은게집 네꼴죠타 자랑마라
선산의 지난희을 뉘라셔 금홀숀야
동희의 흐은물니 다시오기 어려와라
티펑곡 걱양가을 니니로리 드러보쇼
어졔청춘 오날빅발 녠들아니 몰을숀야
뒷동산의 지난쏘츤 명연삼월 다시피되
우리인싱 늘근뒤의 다시소연 어렵쏘다
낙양성 십니밧거 놉고나진 저무덤니
영웅호걸 멷멷치며 절디가인 멷멷치냐
우락중분 미빅연의 소연힝낙 편시춘을
긔벽후 나린사적 역역키 드러보쇼
요순우탕 문무쥬공 공밍안증 정쥬부자
도덕이 관천ᄒ사 만고성인 일러시라
요미ᄒ 후싱드라 일울말삼 안니료쇠

그나문 고려영웅 낫낫치 셰아리이
통릴천하 진씨황 아방궁 사랑삼고
말이성 단장삼아 억만세 비거셔라
육국제휴 조공ᄒ고 삼천궁여 시위홀졔
삼신산 멀고멀디 원ᄒ나이 불사약을
동남동여 오빅인니 소식조차 돈절ᄒ다
사구펑디 져문날의 여상청총 속졀업다
우산의 진난희난 제경공의 눈물이며
분수의 추풍곡은 한무제의 실품니라
불상타 용방비간 만고충신 이연마는
충언직간 쓸디업서 쥬검도 차목하다
장ᄒ다 빅이슉제 천츄명졀 일너씨니
수양산 지푼골의 치미곡이 처양ᄒ다
강틱공 항석공과 사마양지 손빈오기
전필승 공필췌의 용벙이 여신ᄒ되
몬치ᄂ이 염ᄂ이국乙 ᄒ번주금 못면ᄒ고
면산의 봄ᄂ이든니 기자초의 무덤이라
삼강의 썽ᄂ인죠슈 오자서의 정영닌가
몡라슈 집푼물의 굴삼여의 츙졀니며
말잘ᄒ는 쇼진장의 천하을 횡힝ᄒ며
육국제휴 다친ᄒ되 염ᄂ이디왕 못달니예
세우야 뒤건성의 혼빅이 우려닛고
밍상군의 게명구도 실릉군의 졀부고명

전국시 호걸이되 삼천식킥 어디두고
항상세우 지푼중의 일부토가 가연ᄒ다
역발산 쵸피왕은 천하장사 닐너씨되
시불이 츄불서혜 팔천병 헌터지고
위미인 손목잡고 누물로 ᄒ직ᄒ며
오강풍낭 슈운중의 칩십여전 가소로다
운쥬유악 장자방과 동남풍 제갈공명
천문지리 슝찰닌사 만고조하 가자시되
절통타 ᄒ번쥭엄 고하로도 못면ᄒ고
사마천 ᄒ티지와 이티빅 두지미며
제일문장 닐넌말노 장싱불사 몬ᄒ야인고
독힝철니 관운장은 멍진천하 희야써라
거록ᄒ다 멍촉달쵸 쳔츄늠늠 쑌이로쇠
장판영웅 징익덕은 펀비예 쥭단말가
당돌ᄒ다 오왕소권 쇠만은 위왕조조
삼분천하 분분중의 이도쑈ᄒ 영웅이되
동작디 석두성의 영혼이 지초업고
부츈사 도라드니 엄자능 간디업고
격벽강 구어보니 쇼자첨 어디간요
진쳐ᄉ 도연명은 집터만 비여인네
왕ᄌ의 쟝ᄒ풍뉴 연자만 나라들고
곽분낭 빅자천손 일시호강 너쑌이라
도쥬의돈 셕슝이ᄂ 부지중의 웃씀이라

일싱일사 혼졍잇셔 갑스로도 못사니고
월서시 우미인과 왕소군 양귀비는
선휴천연 니려오며 경국지식 가자시되
옥티황용 고는영자 진인듕의 뭇치잇고
츄우오동 엽낙시의 영혼이 실피울고
팔빅연 핑조슈와 삼천갑자 동방삭도
피일시 차일시라 쥬거지만 그만이오
안기싱 적소자는 동희상의 신선이라
귀로만 드러잇제 눈의로 못보와라
한실퇵종 사호선싱 상산이 며려져라
천지도 기벽ᄒ고 일월도 회명커든
ᄒ말며 우리인싱 천말연 장싱ᄒ랴
춘화옹 츄엽낙의 세월이 덧엇ᄂ니
이려ᄒ 티평성세 아니로든 못ᄒ리라
조선삼빅 육십일쥬 간곳마당 티평이되
엇지타 우리거창 읍운이 불힝ᄒ야
일경이 도탄되고 만민이 구갈ᄒ니
요순의 성치로서 사흉이 잇서시며
제위왕의 명감으로 아디부 잇단말가
일월이 발것마는 복분의 난조ᄒ고
양춘이 포덕인덜 음의의 밋칠소냐
이지긔가 외인지며 저지긔가 외인진고
거창이 폐창되니 지긔가 망긔ᄒ리

245

제이가 갈이되고 티슈가 원슈로다
칙방이 취방되고 진사가 다사ᄒ다
어회셰상 사신님네 우리거창폐단 들여보쇼
지기기 니러온휴의 온갖폐단 지어너이
구중철니 멸고멸어 이런민졍 모로시고
증쳥각 놉푼집의 광풍찰속 우이순상
읍보만 쥰신ᄒ니 문불셔양 아닐넌가
이포 만여셕을 빅셩이 무삼罪고
너돈식 분식ᄒ고 젼셕으로 물우니여
수쳔셕 포음아젼 미ᄒ기 안이치고
승두곡 물이잔코 빅셕만 물예니이
디젼통편 됴목중의 일런볏 잇다말가
일쳔사빅 방치젼이 이도쏘흔 이표어늘
걸북의 붓쳐니여 녀간의 증출하니
왕셰가 쇼중커든 요마흔 아젼포흠
왕셰의 붓쳬다가 임의로 즉간할가
호슈도 빅싱이라 쏘다시 완증시겨
아젼포흠 슈쇄ᄒ이 비단금연 픠단이라
멍연가고 위멍연의 멋쳘연 폐단이야
본의지형 둘넙니 삼개합쳔 안이지예
사읍중 처희여서 미연걸복 상졍홀졔
타읍은 열흔두양 미간의 출질ᄒ며
본읍도 목상납의 호죠혜쳥 밧지ᄒ니

246

다갓탄 왕민으로 왕세를 가치ᄒ며
본읍은 십육칠양 열열이 가징ᄒ니
타홉도 목상납의 호조혜청 밧재ᄒ고
엇득타 우리골은 두석양식 가증혼다
더구더나 원통홀스 백사중의 결복니리
글니의 성쳔포락 구슨갓치 싸인난대
절통타 인니복성 지혼짐 못먼커라
지결의 회감ᄒ문 뫼당쳐분 인썬만는
뫼당회감 계혼지결 중간투식 뉘ᄒ는야
가표중 악상포는 제일로된 가포라
삼샤연 니려오며 탐학이 자심ᄒ다
약상포 혼당번을 일항이 편침ᄒ며
만ᄒ면 일이빅양 저그면 칠팝십양
모야무지 남모려게 칙방으로 들여간니
이가포 ᄒ당번이 멋멋집비 등산혼고
그나문 허다가포 수육군벙 더두고
션무포 계번포며 인이보 로영보라
각식마은 저가포로 빅가지로 침착ᄒ며
짐담사리 박담사리 큰익기 저근익기
어서가고 밧피가자 향작청의 잡피쏘다
전촌의 진는기는 관치보고 쏠리치며
뒤집의 우는악아 이고왓다 우지마라
일신양역 원통중의 항골혼정 가연ᄒ다

성민가포 더져두고 빅골증포 무삼일고
항산고통 로방강시 네의신세 불상ᄒ가
너죽은지 멋히관디 가포돈 어인말고
죽근송장 다시파셔 빅골포양 처양ᄒ다
가포탈 셔원정을 호령하여 쏘차니니
월락삼경 기푼밤과 천음우심 실푼밤의
원통타 우는소리 동원디공 흠기운다
청상과퇵 우는소리 그디시세 처양ᄒ다
전싱연분 니싱언약 날바리고 어디간고
엄동설한 차온밤의 동슈공방 더욱셥다
남산의 지신밧츨 언는장부 가라쥬며
동원의 니근슐을 릐디리고 권홀손야
얼인자식 애불너비 엄무간장 다녹키다
엽엽픠 우는자식 비곱푸다 서론ᄉ정
가장싱각 셔른중의 죽은가장 가포난네
훅학홀사 주인놈니 과부솔목 쓰어니여
가포돈 더저두고 치사절여 몬져차자
필필이 짜는베을 탈취ᄒ여 가단말가
홍악ᄒ고 분ᄒ일乙 쏘다시 드러보쇼
정유연 십월달의 적하면의 번이는네
우거양반 짐일광이 션무포가 당ᄒ말가
짐일광 나간후의 히멘멘님 쥬포홀제
양반니정 도입ᄒ여 청춘과부 쓰어니니

반상명분 즁호즁의 남녀유별 지엄커든
광언픽셜 호감으로 두발부예 호단말가
장호다 저부인네 이런욕 당한휴의
아니죽고 씰딕업셔 숀목쓴코 즉사호니
빅일이 무광호고 청산이 퇴열니라
빅연희로 삼상언약 쓴구롬니 되야시며
말이젼졍 니내목슘 일금하의 죽단말가
홍악호다 임장놈아 넌도쏘혼 인유어든
여모졍열 구든마음 네라감니 릉모홀가
만경창파 물을지어 닉의분함 셜치코져
남산록죽 수乙둔덜 네죄목의 더할쇼야
열여졍문 고사호고 디사도 못시기니
뒤건셩 세우즁의 영혼닌들 안니울가
금연사월 본읍우박 그셜원니 안닐넌가
학졍도 호건니와 남살인멍 어닌닐고
한이퇴 졍치광과 젼디부 강일상니
네의등 무삼됴로 장화의 죽단말가
혼달만의 죽은사암 보롬만의 죽은빅셩
오육인 되야시니 그적원 어더호고
불상타 져귀신아 가연호다 져귀신아
요쳔금 빗겨들고 일산압퍼 젼비셔며
아첨젼역 긔폐문의 그각셩의 우러쥬니
공산편월 쑈각달과 빅양쳥산 썰기즁의

원통타 우는쇼리 지긔신멍 온전홀가
비멍의 쥬은원정 염니국의 상쇼ᄒ니
염니디왕 비담ᄒ되 네의정지 가연ᄒ다
아즉물너 고디ᄒ면 벌반엄치 니ᄒ리라
야치사 쏘사실로 뉘분부라 거역홀가
우리멍부 십전중의 철산옥이 졔일중타
진지요고 송지진회 다그곳의 가치신니
예로부터 탐관오이 철산옥을 면홀숀야
작연회곡 항회관의 통문수창 시실ᄒ야
이우줌 자바들여 죽인거죄 시장ᄒ다
그어만이 거동보쇼 청상과퇵 키운자식
악형흠을 기실려 걸항치사 모져ᄒ이
고금사젹 니여본들 이런벗 쏘잇실가
폐단업시 치민ᄒ며 회곡항회 거죠홀가
기과천션 아이ᄒ고 부퇴빅성 죽거ᄒ가
춘츄순 감사들에 거항이 디록하다
민간채일 바다들여 관가시면 둘여치니
칙사힝차 안이여든 빅포장이 무삼일고
본읍삼빅 삼십동의 삼십동을 치일밧고
삼빅동은 속을밧다 합흔돈이 오육빅양
칙방이 분급바다 공방아전 살지기다
디차담 소차담의 나라회감 잇것만는
디소차담 듸릐후의 본탁으로 니아진지

이려훈 예리방의 남녀유별 지벌커든
사돈팔촌 부당훈데 니아진지 무슴일고
오빅이 봉화헌의 각화사 어디미요
산갓침치 구흐다가 잔치상의 벌찬흐니
나물반찬 한가지을 오빅연이 의구탄말가
우리거창 듕디읍의 칼자감상 업다흐여
전듀감영 치치달라 감상칼즈 쎄인흐이
안의슈 민치셔 긔롱흐여 일론말삼
니아진지 흐지말고 니아슈쳥 흐여보쇼
네의집 친긔제물 오빅이여 구할손야
빅셩의 졀각농우 엇지타 아사다가
로영비 니여주워 소임지로 일케흐니
옛티슈 공사하물 자세히 드려보쇼
큰칼팔라 큰소사고 져근칼로 송치시여
농가의 극한보비 굉연이 일탄말가
빅셩으로 원통흐니 이런치졍 엇쪄흐고
불상타 각면임장 페의파입 듀져흐며
허다공납 수쇄중의 춘하추동 원망잇서
빅셩의 힘을페여 차러차러 시긔더니
삼사연 나려오며 각양공납 미리바다
하등의 밧칠공납 정쵸의 출질흐고
동등의 밧칠공납 칠월의 독촉흐야
중간요리 임리흐고 상납한졍 이젼흐다

민간슈쇄 전연훈듸 관가독촉 성하갓다
체게돈 장벌이을 전전이 니여다가
급호관욕 면호후의 이달가고 저달가미
눅방하인 토식호문 염내국의 귀똘갓다
츄상갓튼 져호통과 철석갓튼 져쥬모를
일이치고 저리치니 삼혼칠정 나라는다
씨난거시 지물이오 드난거시 돈이로쇠
긔연랍월 슈쇄판의 이삼빅양 표음지니
가장전지 다판후의 일가친척 탕진호다
일언페단 부족다고 쏘호페단 지어닌되
칭역도 열말나락 고금의 업는폐단
죽연이포 슈쇄호여 결환으로 분급이요
불슈계방 미케시이 츙식이식 업다호여
미결의 열말나락 법밧긔 가영호이
본읍원걸 셰알인이 슴쳔육빅 예걸니오
열말나락 셰알인이 이쳔슴빅 여셕이라
결한분급 호난골 됴션팔노 만컨마난
츙역조 열말나락 우라거창 쑨이로쇠
틱됴디왕 멍이신가 황정셩의 분부런가
입입간신 지은농사 필필고상 짜는베을
나라봉양 더저두고 아전이식 먼저호니
어와세상 선빅입네 글공부 호지말고
진사급졔 굿치말고 부모처자 고상호니

버서노코 아젼되면 천동록이 계인논이
쥘슴지 아니어던 쇼민의 드단말가
망셕둥이 되얏는가 논릴디로 노라준다
이포을 민증시겨 읍외각창 추보ᄒ여
젹수가 미쳥ᄒ여 분셕ᄒ긔 외연일고
분셕도 하거이와 허각공각 더옥분타
빅쥬의 분급ᄒ기 져도쏘ᄒ 무렴ᄒ여
간싸ᄒ 꾀을비져 빅셩의 눈을쐬거
환상분급 ᄒ는날의 지인광디 불러들려
노리ᄒ고 지죠시게 온갓장는 다시기며
젼쳠후고 ᄒ는거동 이미망냥 방사ᄒ다
앗갑쏘다 사묘관디 우리인군 주신비라
이련장난 다ᄒ후의 일낙셔산 황혼이라
침침칠야 분급ᄒ니 허각공각 분벌홀가
아젼관속 셜난줌의 쟁교사령 독촉ᄒ니
삼사십니 먼디빅셩 동일굴머 비고파라
환상일코 우는빅셩 열의입곱 쏘셔이라
공사도 멍결이오 글도쏘ᄒ 문장이라
ᄒ빈이씨 산송졔사 고금의 히ᄒ할사
위셕방분 칭탈ᄒ야 부지천지 일너시니
천지을 모로거든 군신유리 어이알이
민간폐단 다못ᄒ야 학궁폐단 지여닉니
힝교셔원 각항궁의 식장고자 자바드려

유건도포 둘식둘식 찰려찰려 바다닉되
업다고 발명ᄒ면 속젼두양 물려닉니
신츅연 윤사월의 지기ᄌ졔 겅시볼졔
유건도포 바다다가 괄로사령 난나주워
장즁의 졉잡을졔 노션비 쒸머닉니
공부자 씨신유건 츄밍자 입던도포
엇지타 우이거창 노령비 쓰단말가
젼후쇼위 싱각ᄒ니 분흔마암 둘디업셔
쵸이경의 못든잠乙 사오경의 거오들어
ᄉ몽이덧 비몽이덧 유형흔닷 무형흥덧
졍엽다 우리부자 디셩젼의 젼좌ᄒ사
삼쳔졔자 못든즁의 안징사밍 젼배셔고
멍도이쳔 후비셔니 예악문물 빈빈ᄒ다
자화자공 쳔거홀시 자로의 거동보쇼
사문난젹 자바들여 고셩디독 일은말슴
우리입썬 뉴건도포 괄노사영 당홀말가
진시황 강유분셔 네뙤목의 더홀손야
슈독이쳐 니송ᄒ고 위션명고 츨송ᄒ라
우리골 도산셔원 흑궁즁의 슈원이라
한원일두 동게션싱 슴디현 비항ᄒ니
엇쩌케 소즁ᄒ며 뉘안니 굉경홀고
신츅연 팔월추항시의 각원뉴싱 입궁홀졔
각식졔물 타닐져계 졔물디구 엽다커들

업눈연고 칙문ᄒ니 에방아젼 고훈말삼
본관사도 어졔랄로 뇌인틱의 봉물할졔
졔물더구 업다ᄒ니 듯긔죠차 놀닉왈라
막즁훈 회감졔물 봉물즁의 드단말가
쥴리말리 실난타가 일낙황혼 도라올졔
질풍폭우 산엽질의 졔물원복 죽단말가
회감졔수 치픠되고 빅듀힝사 어인일고
사문의 어든죄을 신원홀쏜 이실손야
젼후폐단 셰아리면 일필로 난긔로쇠
쳘니구즁 집고집퍼 민간질고 알길업다
아틱우 긔운인가 쳥주목사 이비로쇠
학민탐지 ᄒ여다가 사상히기 일삼으이
불상타 쳥쥬빅셩 네의골도 불항ᄒ다
불칙ᄒ다 이우방아 앙급홀놈 너아이야
말벌감이 볘스리며 오십양이 쳘양이야
의송쓴 뎡자늇을 구타이 잡단말가
잡긔도 실숨케든 의송초을 아사다가
관가로 쵹도한니 그포악이 오작홀가
거창일겅 모든빅셩 상하남여 로소업시
비나이다 비나이다 하날임게 비눈이다
의송쓴 져ᄉ람을 무ᄉ방송 노에쥬소
살리소셔 살리소셔 일월셩신 살리소셔
만빅셩 위훈사람 무삼퇴 잇단말가

장하다 눈치관아 굿써다 눈치관아
일읍페단 마그야고 연연정비 결통하다
청천의 외기러가 어디로 황하느야
소상강을 바라느야 동정호을 향하나야
북희상의 놉피써셔 상임원을 향하느야
청쳔일장 지여다가 셰셰민졍 그려니여
닌졍젼 용상압폐 빨니나려 논니다가
우리셩상 보신후의 별본쳐분 나려소셔
더듸도다 더듸도다 암힝어사 더듸도다
빌리느니 빌리느니 금부도사 바리느니
부듸쌈의 잡바다가 노방가의 버려쇼셔
어화 빅셩드라 연후의 틱평셰기라
만셰만셰 윽만셰의 여즁동낙 하오리라

# 10 소창본

동경대학 小倉進平 문고에 소장되어 있는 이본으로 여기서는 조
규익의『봉건시대 민중의 저항과 고발문학 거창가』[6]에 실려 있는 활
자본을 그대로 옮겼다. 〈거창가〉의 본사설 부분은 7구에 불과하다.

語話親舊 벗님니야 이니말슴 드려보소
逆旅갓탄 天地間의 浮雲갓탄 우리人生
朝露갓치 시려지니 아니노든 못ᄒ리라
宇宙의 비겨셔셔 八道江山 구어보니
白頭山 一肢脉은 三角山이 숨겨잇고
大關嶺 흐른믈이 漢江水 되어서라
千年山 萬年水의 巨錄ᄒ다 우리王基
仁皇山이 主山되고 關鶴이 按岱로다
武學의 地眼으로 鄭道傳의 裁穴이며
大明洪武 二十五年 漢陽城의 卜地ᄒ니
二年의 成業ᄒ고 三年의 成都로다
望之如雲 ᄒᄂ中의 就之如日 ᄒ개굿나
天上의 碧李花를 完山의 氏을바다
咸興의 옴게짜가 漢陽의 북쏘두니
千枝萬葉 도든가지 金實玉實 미ᄌ굿나

---

6 조규익,『봉건시대 민중의 저항과 고발문학 거창가』, 앞의 책, 294~303쪽.

山呼山呼 再山呼 千歲千歲 又千歲
五丁力士 거날리고 許多宮闕 長城이며
仁義禮智 門을다라 八條目 벼려시라
景福宮 지은後의 仁政殿을 지여내니
應天上之 三光이오 備人間之 五福이라
百各司 지은後의 온간市井 布置ᄒ니
河圖洛書 바독체로 여게저게 훗더잇고
箕子聖人 니신법도 黃龍村의 쏜을바다
三綱五倫 발근中의 君明臣忠 더욱壯다
周天子 五等爵을 三千八百 內外官員
뉘이니 忠臣이며 烈女가 면면치라
議政府 三堂上은 周公召公 輔弼이며
吏戶禮 兵刑工은 八元八卦 아니신가
伏羲氏 八卦體로 八道監營 벼려는디
麒麟閣 긔인功臣 三百六十 宰牧이라
五營門 壯ᄒ軍兵 黃石公의 陣法이며
訓練院 都監砲手 五千七百 七十二名
諸葛武侯 八陣圖을 날날리 操鍊ᄒ며
軍兵寺 ᄉ인器械 蚩尤잡던 餘物이며
南山의 烽火消息 四方이 宛然ᄒ다
宣惠廳 万里倉은 蕭相國의 局量이며
戶曹의 貞裨書史 隷首의 籌法이며
政院의 刑房承旨 梁太傅의 文章이며

奎章閣 모든學士 韓退之의 博識인가

皐陶의 나믄警誡 稷契의 法을외와

觀象監 天文教授 容成의 造曆이며

典獄의 主簿들은 張釋之의 稱平인가

十字街上 도려드니 鐘樓가 겨게로다

西蜀 銅山鐵을 바리바리 시려다가

大風器의 부러닌니 萬八百年 쇠북이라

二十八宿 三十三天 朝夕으로 開閉ᄒ니

夏禹氏 九鼎이가 制度도 巨錄ᄒ다

炎帝의 日中爲市 百物市井 버려는디

道不拾遺 ᄒᄂ風俗 葛天世界 時節인가

九里浦 구어보니 神農氏之 遺業이며

廣衝橋 노리소리 康衢의 童謠로다

仁政殿 놉푼집의 五絃琴 南風詩을

百工이 相和ᄒ니 乾坤日月 발가시라

掌樂院 風樂노리 宮商角徵 五音律을

昭昭九成 발근曲調 鳳凰이 춤을춘다

漢江水 집푼물의 龍馬河圖 나다말가

博石峙 너머드니 太學館이 거게로다

成均館 壯흔집과 明倫堂 발근집의

우리夫子 主僻되스 顏曾思孟 配享ᄒ고

그나믄 七十二賢 三千門生徒 侍衛ᄒ고

我東邦 諸大賢도 次例로 升庶ᄒ니

壯ㅎ고 巨錄ㅎ다 우리朝鮮 衣冠文物

小中華라 이란말슴 이제와 이로미라

太祖大王 聖德으로 四百餘年 나려오며

日出作 日入息의 含哺鼓腹 ㅎ는百姓

男婚女嫁 질겨옴문 太平烟月 아니신가

壯ㅎ다 鷄鳴狗吠 四境의 들이쏘다

壬辰倭亂 丙子胡亂 中間의 것친근심

軒轅氏 炎帝로되 蚩尤의 亂을당코

湯武의 聖德으로 征伐이 니셔시니

그나문 鼠竊狗偸 엇지다 긔록ㅎ리

怨讐내라 甲子年 冬至十三 怨讐내라

蒼梧山色 저문날의 玉輦升天 ㅎ시개라

如喪考妣 ㅎ는悲懷 深山深谷 一般이라

하날간든 大王大妃 日月갓든 玆聖殿下

太任의 德이신가 宣仁皇后 法을바다

垂簾聽政 ㅎ신후의 八城이 晏然ㅎ다

道光三十 辛丑年의 우리聖主 卽位ㅎㅅ

春秋方盛 十五歲의 漢明帝의 聰明이며

周成王 어린임금 八百年 基業인가

우리殿下 어리시되 八千歲 바러는이

昨年도 豊年이오 今年도 豊年이라

天無烈風 淫雨ㅎ고 海不揚波 ㅎ기구나

粒我烝民 百姓드라 어셔가고 밧비가즈

敦化門 결인倫音 漢文帝의 詔書신가
草木羣生 질거오문 이도쏘호 聖化로다
長安靑春 少年들아 挾彈飛應 ㅎ려니와
太平曲 擊壤歌을 이닉소리 드려보소
어제靑春 오날白髮 네들아이 모을손양
蒼海一粟 우리人生 後悔호들 어이ㅎ리
章坮의 고은게집 네곱다 자랑마라
西山의 지난히을 뉘라셔 금할손양
東海의 흐른믈이 다시오기 어려외라
東園의 지난곳튼 明年三月 다시피되
우리人生 늘근後의 更少年이 어려와라
洛陽城 十里쌘의 놉고나진 저무덤은
英雄豪傑 몃몃치며 絶代佳人 몃몃치라
堯舜禹湯 文武周公 孔孟顔曾 程朱夫子
道德이 貫天ㅎᄉ 萬古聖人 일너시니
幺麼ㅎ 後人들이 니질말슴 아니로다
그나문 古來英雄 낫낫치 헤아리니
萬里長城 墻場솝아 億萬歲 비겨시라
三千宮女 侍衛ㅎ고 六國諸侯 朝貢할졔
三神山이 멀고며ᄉ 願ㅎᄂ이 不死藥을
童男童女 五百人이 消息좃창 頓絶ㅎ고
沙口平臺 저문날의 驪山靑塚 速絶업다
牛山의 지ᄂ히ᄂ 齊景公의 눈물이라

汾水의 秋風曲은 漢武帝의 설푸이라
不祥타 龍鳳比干 萬古忠臣 일너시되
忠言直諫 실디업서 주금도 慘酷ᄒ다
壯ᄒ다 伯夷叔齊 千秋名節 일너시되
首陽山 깁푼골의 採薇曲이 凄凉ᄒ다
姜太公 黃石公과 司馬讓苴 孫臏吳起
戰必勝 功必取ᄂ 用兵이 如神ᄒ되
못친훈이 閻羅國을 훈번주금 못면ᄒ고
錦山 봄이든이 介子推의 실푸이라
三江의 성닌조수 伍子胥의 精靈닌가
明羅水 짐픈믈의 屈三閭의 忠魂이며
말잘훈 蘇秦張儀 天下을 橫行ᄒ며
六國諸侯 다親ᄒ되 閻羅大王 못달니여
杜鵑聲 細雨中의 魂魄좃차 우며잇고
孟嘗君의 鷄鳴狗盜 信陵君의 竊符矯命
戰國時節 豪傑이되 三千食客 어디쑤고
荒山細雨 집푼죵의 一抔土 可憐ᄒ다
力拔山 楚覇王은 天下壯士 일너시되
時不利兮 騅不逝라 八千兵馬 훗터시니
虞美人 손목잡고 눈믈노 ᄒ직ᄒ고
烏江風浪 水雲죵의 七十餘戰 可笑롭다
運籌帷幄 張子房과 東南祈風 諸葛孔明
天文地理 中察人事 萬古造化 가져시되

切痛타 흔번쥬금 造化로 못면ᄒ고
司馬遷 韓退之와 李太白 杜子美ᄂ
第一文章 일너시되 長生不死 못면ᄒ고
獨行千里 關雲長은 名振天下 ᄒ여시되
壯ᄒ다 明燭達朝 春秋凜凜 이로다
長板英雄 張翼德은 偏裨의게 쥴다말가
쇠만타 魏王操曹 唐突타 吳王孫權
三分天下 紛紛中의 이도쪼흔 英雄이되
銅雀臺 石頭城의 靈魂이 지초업다
富春山 도라드니 嚴子陵 어디간노
赤壁江上 도라드니 蘇子瞻이 간곳업다
晉處士 陶淵明은 집터만 비여잇고
陶走倚頓 石崇이라 富子中의 웃듬이되
一生一死 限定이서 갑시로 못면ᄒ고
越西施 虞美人과 王昭君 楊貴妃은
先千年 後千歲의 萬古絶色 일너시되
玉態花容 고은樣子 塵埃中의 무쳐시니
秋雨梧桐 葉落時의 魂魄조차 우러잇고
八百年 彭祖壽의 三千甲子 東方朔도
彼一時 此一時라 죽어시니 그만이라
安期生 赤松子ᄂ 東海上 神仙이라
귀로만 드려잇고 눈믈로 못보와려
天地도 開闢ᄒ고 日月도 晦明커든

263

ᄒ믈며 우리人生 ᄒ번죽검 못ᄒᆯ손가
春花紅 秋葉落의 歲月이 덧업는이
이러ᄒᆫ 太平聖世 아니놀고 무어할리
朝鮮三百 二十八州 갓곤마다 太平이되
엇치나 우리居昌 邑運히 不幸ᄒ야
百姓이 塗炭되고 萬民이 飢渴이라
冊房이 醉房되고 進士가 亂士로다
吏奴逋 萬餘石은 白骨懲出 므슴일고
澄淸閣 노픈지의 觀風察俗 을이巡相
邑報ᄆᆫ 준信ᄒ고 問佛西洋 아니하니
此身이 無用ᄒ야 聖上이 니치시니
富貴을 ᄒ직ᄒ고 一間茅屋을 出水의지고
三旬九食을 몬머가나 十年一冠을 시거나
分別이 업서시니 블말을 들을손양
靑招停 綠竹下의 홀노안자 바리보니
壺中 天地의 夕陽이 여게로다
地勢도 조커마는 風景이 더욱죤타
花〇은 齊飛ᄒ고 水天은 一色이나
三山이 여디인노 武陵이 여게로다
南北村 兩三家의 落花暮烟 잠겨시나
아참의 걸은눌을 일어시다 머은이
낙디을 둘녀미고 釣坮의 나려가니

# 11 연세대본

연세대학교 중앙도서관에 소장되어 있는 이본이다. 순한글 표기
법과 귀글체 2단 편집의 기사 방식으로 실려 있다.

〈거창가〉

어화친구 변님니야 이니말숨 드려뵤쇼
역여갓한 쳔지긴이 뷰뉴갓탄 우리인싱
됴로갓치 쓰려지니 아니노던 못ᄒ리라
우쥬이 비겨서셔 팔로강산 구어뵤니
빅두산 일지믹이 삼각산 삼겨잇고
디궐영 흐른물니 한강슈 되엿셔라
쳔년산 먄년수이 거록홀ᄉ 우리왕긔
인왕산니 쥬산이뇨 관악니 안기로다
길믜제 빅호되고 왕심산니 쳥룡니ᄅ
무학의 쇼졈으로 뎡도젼의 졔혈니며
디명홍뮤 이십오년이 한양셩의 복지ᄒ니
일년이 셩읍ᄒ고 삼년이 셩도로시
망지여운 ᄒ시난즁 취지여일 ᄒ엿ᄯ나
쳔상이 벽리화랄 완산이 씨를바다
함흥이 옴겨다갸 한양이 븍기도니
쳔지먄엽 도든가지 금실옥실 믹자ᄯ나

샨호샨호 졔산호며 쳔시쳔시 쳔쳔셰라
오졍력샤 거나리고 허다궁궐 장셩홀졔
인의례지 문을다라 팔조목을 벼려셔ㄹ
경복궁 지은후이 인졍젼 지어너니
응쳔상지 삼광니요 비인간지 오복니라
빅각스 지은후이 온갓시졍 죤치ㅎ니
ㅎ도낙셔 바돌치로 여기져기 헛터잇ㄷ
기쟈셩인 닉신법도 황방촌의 쏀을바다
샴강오륜 발은즁이 군명신충 더옥장ㅌ
쥬쳔주의 오등작을 삼쳔팔빅 닉외관원
뉘아니 충신이며 열사ㄱ 몃몃친고
의졍뷰 삼당샹은 쥬공쇼공 뵤필이요
리호례 병형공은 팔원팔계 졔국이갸
졍완이 형방승지 냥터뷰의 문장니며
규장ㄱ 묘든학스 한퇴지의 박식니ㄹ
형죠이 일당샹과 금뷰이 판의금은
고요의 남은경긔 직셜의 법을바다
젼옥이 쥬뷰드른 장셕지의 층평니ㄹ
오영문 장한군스 황셕공의 진법니며
홀연령 도감표슈 오쳔칠빅 일헌두명
졔갈무후 팔진도랄 나나리 조련ㅎ니
남산이 봉화쇼식 샤방이 아낸허ㄷ
군기이 사인기긔 치우잡던 녀물니며

니외원 약방지쥬 구쥬영지 삼신단을
죠셕으로 진지ᄒ냐 셩슈랄 축원ᄒ며
션희쳥 만리창은 쇼슝국의 국양니요
호죠의 졍비셔리 이슈의 산법니며
감상관 쳔문도슈 용셩의 죠역일니
복히씨 팔괴치로 팔도감녕 벼런난디
○진원 수쳔만효 견아승제 수직ᄒ냐
갈충보국 ᄒ난졍셩 여쳔중존 ᄒ올리ᄅ
십쟈가상 도라드니 종누ᄀ 여기로다
셔촉의 동산쳘랄 바리바리 시려다가
디풍기의 뷰려니니 만팔빅년 쇠북니라
삼십삼쳔 이십팔숙 죠셕으로 기픠ᄒ니
하우씨의 구졍인ᄀ 제도도 겨록ᄒ다
염지의 일중위시 빅물시졍 벼련난디
도불십뉴 ᄒ난풍속 갈쳔시기 시졀인갸
룡산삼표 모든빈난 황졔헌원 지은비며
구리기 구어보니 신농씨의 뉴업니라
광충교 노릭소릭 강구의 동뇨로다
인졍젼 놉푼집의 오현금 남풍시랄
빅공이 상화ᄒ니 견곤일월 발ᄀ쏘다
장낙원 풍락쇼릭 궁상각치 오음뉵률
소쇼구셩 발근곡죠 봉황이 춤을춘다
한ᄀ슈 깁푼물의 룡마ᄒ도 나단말가

267

박셕틔 넘어든이 틱학관니 거기로다
셩균관 장한집과 명눈당 빈난집이
우리뷰즈 쥬벽되스 안증샤밍 비향ᄒ고
그남은 칠십이현 샴쳔문도 시위중이
아동방 져디현도 챠례로 안즈시니
장ᄒ고 거록ᄒ다 우리죠션 의관문물
쇼중화라 이란말슴 이지와셔 알지어다
틱죠디왕 셩덕으로 사빅녀년 나려오며
일출이작 일닙이식 함표교복 ᄒ난중의
남혼녀갸 길겨오문 틱평연월 죠홀시고
장ᄒ다 기명구퓌 사방이 드렷도다
임진외란 병즈효란 중건의 깃친근심
현원씨의 영지로도 치우의 난를당코
탕뮤의 셩덕으로 졍벌니 잇셔시니
그남은 셔졀구투야 엇지다 기록ᄒ리
원슈로다 원슈로다 갑오동지 십삼일니 원슈로다
창오산식 져문날이 옥연승쳔 ᄒ시거다
녀상고비 ᄒ난비회 심산궁곡 일반니ᄅ
ᄒ날갓한 디왕디비 일월갓탄 쟈셩뎐ᄒ
틱임의 덕니시며 밍묘님의 훈기신ᄀ
셩인황휴 볍을바다 슈렴쳥졍 ᄒ신후이
팔녁니 안연ᄒ다 도광삼칠 신축년이
우리셩상 즉위ᄒ스 춘츄방셩 십오년이

한뮤지의 총명니며 쥬셩왕의 어린인군
팔빅년 기업니라 우리젼ᄒ 어리시되
만팔쳔년 바리난니 작년도 풍연니요
금년도 풍연니라 쳔무열풍 음우ᄒ고
희불냥ᄑ 삼년니라 가급인족 길겨온즁
국티민안 더옥장타 입아즁민 빅셩드라
엇셔ㄱ고 밧바갸자 돈화문 걸닌유름
한뮤지의 죠셔신갸 쵸목군싱 길겨옴도
이도쏘한 셩화로다 장안쳥누 쇼년드라
협탄비웅 ᄒ런니와 티평곡 격냥갸를
이쇼리 드려보소 어졔쳥춘 오날빅발
녠들아니 묘를손냐 창희일속 우리인싱
휴회ᄒ들 어니ᄒ리 장딕이 고운기집
네쏫좃타 자랑ᄆᆯ 셔산이 지난희랄
뉘ᄅ셔 금할쇼며 동희이 흐른물니
닷시오기 어려와라 휴원이 지난쏫흔
명년삼월 다시피고 함지이 지난달은
휴뵤름이 쏘발겻다 우리인싱 늘겨지면
깅쇼년니 어려와라 낙냥셩 십리밧기
놉고나진 져뮤듬아 영웅호결 뉘기뉘며
졀딕가인 멋멋친뇨 요순우탕 문뮤쥬공
공밍안즁 쥬뮤자와 계벽후 나린사젹
녁녁히 드려보쇼 우락즁분 미빅년이

소년힝낙 편시츄라 도덕니 관천ᄒᄉ
만고셩인 일너시니 요마훈 후싱드리
일을말슴 아니로다 그남은 고러영웅
낫낫치 히아리니 통일쳔ᄒ 진시황은
아방궁 사랑삼고 만리장셩 단장삼아
억만시 비겨실졔 늇국져후 조공밧고
슘쳔궁녀 시위홀졔 슘신산 멀고먼디
원ᄒ난니 불ᄉ냑을 동남동녀 오빅인니
쇼식좃ᄎ 돈졀ᄒ랴 사구평디 져문날의
여산뮤릉 속졀업다 우산이 지난희난
졔경공이 눈물니요 분수이 츄풍곡은
한무졔의 시렴니ᄅ 불숭ᄒᄃ 용방비근
만고충신 일너시되 충언직근 실쩌업셔
죽음도 참혹ᄒ다 장ᄒ다 빅이숙지
쳔츄명졀 일너시되 슈양산 깁푼골이
치미곡니 쳐량ᄒ다 걍틱공 황셕공과
샤마냥져 숀오훈펑 전필승 공필취이
용병니 녀신ᄒ되 못쳔난니 염나국을
한변죽음 못면ᄒ고 면산에 봄니든니
계자츄이 뮤듬니요 상강의 ᄲᅥ닌조슈
오자셔의 졍령니요 멱나슈 깁푼물이
굴삼여의 충혼일니 말잘ᄒ난 소진장의
쳔ᄒ랄 횡힝ᄒ야 늇국져휴 달니시되

염나왕을 못달니셔 두견성 시우중이
혼빅좃ᄎ 우려잇고 밍상군의 기명구도
신릉군의 졀뷰교명 전국시졀 호걸니ᄅ
삼쳔식긱 어듸두고 공산시우 잡쵸중이
일분토 갸련ᄒᄃ 력발산 쵸픠왕은
쳔ᄒ장ᄉ 일너시되 시불리히 츄불셔ᄅ
팔쳔병 홋터진니 우미인의 손목잡고
눈물로 ᄒ직홀졔 중뷰의 일촌간장
구비구비 다녹난다 오강풍낭 춘우중이
칠십녀젼 가쇼룹다 운쥬유악 장자뱡과
동남풍 지갈공명 상통쳔문 중찰인의
만고조화 가져시되 졀통ᄒ다 ᄒ변죽음
됴화로 못면ᄒ고 샤마쳔 한퇴지와
리티빅 두쟈미난 졔일문장 일너시되
쟝셩불샤 못면ᄒ고 독힝쳐리 관운장은
명진쳔ᄒ 일너시되 겨록ᄒ 명쵹달냐
쳔츄늠늠 쓴니로다 쟝판영웅 쟝익덕은
편비로 죽단말갸 쇠만타 위왕죠됴
당돌ᄒ다 오왕손권 샴분텬ᄒ 분분중이
이도쏘ᄒ 영웅니ᄅ 동작디 셕두셩이
녕혼니 쟈츄업다 뷰춘산 도라드니
엄쟈능 간디업고 젹벽ᄀ 구어본니
쇼쟈쳠 어듸간노 진쳐ᄉ 도연명은

271

집터만 비여잇니 왕스의 쟝호풍류
년광만 남단말ᄀ 곽분양의 빅ᄌ쳔숀
일시효ᄀ 져쑨니요 도쥬의돈 셕슌니난
뷰ᄌ중이 엇듬이되 일셩일ᄉ 한졍잇셔
갑스로 못샤니고 월셔시 쵸미인과
왕소군 냥귀비난 션쳔년 후쳔년이
경국지식 일너시되 옥퇴하뇽 고은냥ᄌ
진이중이 뭇쳐잇셔 츄우오동 엽낙시이
훙혼옥골 우려잇고 팔빅년 핑죠수와
삼쳔ᄀᄌ 동방삭는 피일시 ᄎ닐시ᄅ
죽어지면 그만이요 안기셩 젹숑ᄌ는
동ᄒᆡ숑 신션니라 귀로만 드러잇고
눈으로난 못뵤와라 한실낙죵 상산ᄉ효
상산니 며려시니 쳔지도 기벽ᄒ고
일월도 회명꺼던 ᄒ물며 우리인셩
쳔만년 쟝싱ᄒ랴 춘화홍 츄엽낙이
셰월니 덧업나니 이려ᄒ 승평셩시
병촉냐뉴 ᄒ올지라 됴션샴빅 이십팔쥬
간곳먀다 티평니ᄅ 이령져령 쟝호풍물
막비셩상 덕화로다 엇짓타 우리거챵
읍운니 불힝하여 만민니 도탄만니
일경니 규갈니라 뉘아니 호읍ᄒ리
방곡의 원셩니ᄅ 요순의 셩치로셔

샤홍니 잇셔시며 위왕의 명감으로
ㅇ디뷰가 잇단말가 일월이 발ㄱ시나
복분의 난죠ㅎ고 춘낭니 표덕인덜
음곡이 밋칠숀냐 이졔가 어인졔며
져지가 어인진가 거창니 픠창되고
집가ㄱ 먕가로다 칙방이 젼뱡되니
회계진ㅅ 다샤ㅎ다 어화세상 사람드라
우리겨챵 픠단뵤소 졔가님 나려온후
온갓픠단 지어니되 규중쳐리 멸고며러
이련민졍 모르시니 증쳥각 놉푼집이
관풍찰쑉 우리승상 웁보만 준신ㅎ니
붓치짜려 셔왕뭇지 아젼표 만여셕를
빅셩이 뮤삼죄로 두돈슥 분급ㅎ고
젼셕으로 물녀닌다 슈쳔셕 뷰표아젼
미혼계랄 아니치고 두승곡도 물니잔코
빅셩이만 물녀니니 디젼통편 조목중이
이련법니 이단말갸 이쳔사빅 뱡치젼니
이도쑈한 리표어랄 결복이 붓쳐니녀
민간이 증츌ㅎ니 왕시ㄱ 소중커던
요ㅁ호 아젼표험 왕시이 붓쳐다ㄱ
임의로 작ㄱㅎ니 뱡치젼 픠단되미
비단금년 아니로쇠 명년가고 우명년이
밋쳔년 픠단인고 더구나 원통홀샤

273

빅샤쟝이 결복니ᄅ 근리이 낙강셩쳔

규산갓치 ᄡᅡ엿난디 졀통ᄒᆞᄃ 우리빅셩

한짐지랄 못먹어라 지결의 회감하문

묘당쳐분 잇견마난 회걈의 져지결을

즁간도식 뉘아난냐 거챵지경 둘너보니

샴가합쳔 안의지례 수읍즁의 쳐ᄒᆞ엿셔

미년결복 샹졍할지 타읍은 열한두냥

민간이 출질ᄒᆞ고 거챵은 십오뉵냥

년년니 갸즁ᄒᆞ니 타읍도 본샹납을

호죠희쳥 밧쟈ᄒᆞ고 본읍도 호죠희쳥 밧지ᄒᆞ니

다갓ᄒᆞ 왕민으로 왕시냐 달를손냐

엇짓타 우리골은 샤오양식 갸즁ᄒᆞ노

결력갸즁 던져두고 가표퓌단 드려뵤소

가표즁 악공표난 졔일로뒨 가표라

옥공표 한당변이 일홍이 편칠ᄒᆞ냐

만ᄒᆞ면 일이빅냥 져그면 칠팔십냥

묘냐무지 묘르기로 희방으로 드려가니

이가표 ᄒᆞ당변이 몃몃집을 탕산ᄒᆞ노

그남은 허다가표 슈뉵군병 다던지고

인리표 로령뵤며 션뮤표 져변표라

명식다른 져가표랄 빅가지로 침착ᄒᆞ니

금담스리 빅담스리 큰익기머 져근익기

엇셔가고 밧비가즈 항작쳥이 잡힌결령

져촌이 진난기난 관츠보고 쏘리친다
뒷집이 우난익기 읍인왓다 우지말라
황구충졍 셔려마쇼 일신냥력 니잇로라
싱민가표 던져두고 빅골증표 무삼일고
황산곡 로방강시 너죽은지 멋힉관디
가표돈 독출ᄒᆞ냐 뷰묘쳐자 헝츄ᄒᆞ노
광문압히 져슝장은 죽음도 셜원켜던
죽은슝장 다시파셔 빅골증표 무삼일고
불인ᄒᆞ다 본관안젼 시냑심상 출송ᄒᆞ니
월낙삼경 깁푼밤이 쳔음우습 젹막ᄒᆞ다
가표탈 너원졍을 뉘라셔 쳥시ᄒᆞ리
쳥상빅슈 우난과녀 그디우름 쳐량ᄒᆞ다
엄동셜한 진진밤이 독슉공방 ᄒᆞ난ᄉᆞ졍
남산이 져긴밧틀 어난장뷰 ᄀᆞᆯ쥬며
동상이 익은술를 뉘다리고 화답ᄒᆞ리
어린자식 어미불너 엄의간쟝 녹녀닌다
간쟝싱ᄀᆞ 셔른즁이 죽은가장 ᄀᆞ표나니
녑녑히 우난자식 비곱파 셜워ᄒᆞ며
야속ᄒᆞ다 임장비난 져과녀 쓰어닉여
가표돈 던져두고 신발쎠리 먼져닉ᄅᆞ
필필니 ᄯᆞ난비랄 탈취ᄒᆞ여 가단말가
홍악ᄒᆞ고 분ᄒᆞ일을 쏘다시 드려뵤쇼
졍유년 십월일이 젹화면이 일니난니

우거양반 김일관을 션무표ㄹ 당탄말가
초증지증 오뉵증이 토지물변 지사ᄒ여
족뵤등디 공힝거름 희면임장 수쇠홀시
양반니졍 드려가셔 쳥샹과녀 쯔어닌니
비샹명분 중한중이 남녀뉴별 지엄켜던
몹슬픠셜 ᄒ감으로 두뱔뷰녀 ᄒ단말가
쟝ᄒ다 져뷰인이 이련욕 당호휴이
아니죽어 슬디업셔 손목쓴쿄 직사ᄒ니
빅일니 뮤광ᄒ고 쳥산니 욕열니라
빅년희로 삼싱냑은 쓴구름니 되여잇고
말리전졍 이니목숨 일금ᄒ이 죽단말가
홍악ᄒ다 님쟝놈아 너도쏘한 사람니라
례묘졍졀 구든마음 뉘라감히 능묘ᄒ랴
만경챵프 말근물이 나의분함 쏫츨손냐
남산녹죽 슈랄논들 너의죄목 다놀손냐
열녀졍문 던져두고 디ᄉ도 못시기니
금년ᄉ월 본읍우슙 이난젹원 아니넌가
예로붓터 탐관오리 아첩ᄒ기 일삼난이
춘츄슌력 감ᄉ들졔 거힝니냐 거록ᄒ다
민간차일 바다드려 관사사면 둘너치니
춘당디 구름쟝막 거챵관ㄹ 외남ᄒ다
자사힝차 아니어던 빅표장이 뮤삼일고
거챵삼빅 삼십동이 삼십동은 ᄎ일밧고

삼빅동은 속바드니 합한돈니 오뉵천냥
칙방과 분식ᄒ고 공방아젼 슬지은다
디다담 쇼다담니 디동회감 잇견마난
디소다담 드린후이 별탁으로 니아진지
이려한 례의국이 남녀유별 쇼즁켜던
사돈팔촌 불당한디 니아진지 뮤삼일고
오빅리 동화헌이 각화사 어디민요
한갓침치 구희다가 숀임상이 별찬ᄒ니
니물반찬 훈가지랄 오빅리이 구탄말가
우리겨창 즁디읍이 칼졔감상 업다ᄒ여
뎐쥬감령 치치달나 감상칼지 탁출ᄒ니
안의슈 민치시가 기롱으로 ᄒ난말이
너의집 친기지슈 오빅리이 구홀숀냐
니아진지 ᄒ지말고 니아방슈 드려뵤지
빅셩이 졀각농우 엇지ᄒ냐 아스드려
노령비를 니여쥬어 쇼님지랄 일괴ᄒ니
농가의 극훈뵤비 농가니 일탄말가
렛티슈 공ᄉᄒ물 쟈셔니 드려뵤쇼
큰칼파라 큰소사고 져근칼로 쇼우사셔
빅셩을 권농ᄒ니 이련졍치 엇더ᄒ뇨
불상ᄒ다 각면님장 픠의푸관 쥬졔뵤소
허다공납 수시즁이 춘화츄동 원납잇셔
빅셩의 심을뵤와 차례차례 시기더니

제가님 나려온후 각냥공납 미리ㅂ다
즁근요리 낭자ㅎ고 상납졍한 의구ㅎ다
추동이 밧칠공납 졍죠이 출질ㅎ고
동등이 밧칠거슬 화간이 출질ㅎ냐
민간수쇠 쳔연ㅎ디 관구독쵹 셩화갓다
치곗돈 장변돈을 젼젼츄리 ㅎ여다가
급한관칙 면ㅎ휴이 이달구고 져달오민
뉵방ㅎ닌 토식흠은 염나디왕 괴졸인가
시난거시 지물니요 드난거시 돈니로다
그히셧달 슈쇠ㅎ이 이삼빅냥 표험지니
가쟝젼토 다판후이 일가친쳑 탕진ㅎ다
학민도 ㅎ련이와 남살인명 무삼일고
한뉴탁 졍치셩과 김뷰디 강일상니
너의난 무삼죄로 장ㅎ의 죽단말가
여름만이 죽은빅셩 뵤름만이 죽은빅셩
소오인니 도여신이 그젹악니 어디잇노
불상ㅎ다 져귀신아 가련ㅎ다 져귀신아
용쳔금 빗겨들고 일산압히 젼비셔셔
아참젼역 긔피문이 교각셩과 굿치우려
공산편월 발근달과 빅냥쳥산 운기즁이
원통ㅎ다 우난쇼리 지가신명 온젼홀가
비명이 죽은원졍 염나국이 상소ㅎ니
염나디왕 비답ㅎ되 너의졍지 구긍ㅎ다

278

효령홀스 냐화나찰 쐬사실로 착치ᄒ니
우리명뷰 십젼즁이 쳘산옥니 졔일즁타
진지죠고 슝진화가 다그곳 갓쳐시니
례로붓터 난신젹자 쳘산지옥 면할숀냐
ᄒ빈리시 산송지스 고금이 히한ᄒ다
위셕방분 츙탈ᄒ고 불지쳔디 일너시니
공스도 명결니요 글도쏘한 문쟝니ᄅ
쳔지랄 묘로거던 군시뉴의 어이아리
작년리표 슈쇠후이 결환으로 분급ᄒ니
뱡촌이 슈쇠못홈과 강동최 방급ᄒ니
창식작간 못할시ᄅ 격졍니 실삼되냐
한딕의 열말나락 챵역쏘라 일홈ᄒ여
볍밧기 갸렴ᄒ니 이련퓌단 쏘인난가
거창결수 히랄은니 삼쳔뉵빅 여결니ᄅ
열말나락 수합ᄒ니 이쳔사빅 녀셕니ᄅ
년년이 쳔스빅셕을 빅판으로 증민ᄒ니
결환분급 ᄒ난고을 영외삼남 만켼마난
챵력쏘 열말나락 우리거창 쑨니로다
티죠디왕 령니신가 황히졍승 분뷰신ᄀ
엄엄간신 지은농사 필필고상 짠난비랄
나라봉냥 던져두고 아젼의복 면져ᄒ니
어화시상 션비님니 글공뷰 ᄒ지말고
진스급졔 구치마오 뷰묘쳐ᄌ 고상ᄒ니

벗셔놋쿄 아젼되면 만종녹니 그인난이
쥘삼지 아니어든 쇼민이 드단말가
망셕즁니 되엿던지 논일디로 노라준다
더구나 우수운일 쏘다시 드려뵤소
리표랄 민증식겨 읍외각창 충슈흔다
셕슈가 미충흐여 분셕흐기 어인일고
분셕도 흐런니와 허곽공곽 더옥분타
빅쥬이 환상쥬기 져도쏘한 뮤렴텬가
환상분급 흐난날이 제인광디 불너드려
지죠흐고 노리불너 옷갓작란 다시기며
압풀뵤고 뒤를보미 이미망냥 쏘잇도다
거창니 도호뷰뇨 직품니 졀졔스라
이련쟉란 다흔후이 일낙셔손 황혼니ᄅ
침침칠냐 분급흐니 허다공곽 분별업셔
삼스십리 먼디빅셩 동일굴며 비곱흐라
아젼관로 현란즁이 군로스령 지촉흐니
환상일쿄 우난빅셩 디로상이 무슈터라
젼휴치졍 냑츠흐니 견딜길니 젼히업다
작년향회 공의시이 통문수창 스실흐여
리셕우 잡아드려 쥑일거조 시작흐니
그어만님 거동뵤쇼 쳥상과틱 길인ᄌ식
악형흐물 뵤기시려 결항치스 흐엿시니
고금스젹 니여본들 이련변니 쏘인난가

학민도 ᄒ련니와 흑궁퓌단 지어닌다
신츅삼월 쵸십일이 지가아달 경시볼지
향교서원 각학궁이 직정교자 잡아드려
뉴근둘식 도표둘식 ᄎ례ᄎ례 바다니되
업다고 말슴ᄒ면 속젼ᄒ냥 물려닌니
뉴근도표 바든거시 팔로션비 다시견다
장중이 접정할제 노션비을 ᄊ며닌니
공뷰ᄌ의 씨던뉴근 추밍ᄌ의 입던도표
엇지타 우리고을 군로ᄉ령 닙단말ᄀ
졔ᄀ소위 싱ᄀᄒ면 분ᄒ마음 둘쎄업드
쵸경이경 못든잠을 삼사경이 기우든이
사몽잇덧 비몽잇덧 유ᄒᆞᆼ든덧 뮤ᄒᆞᆼᄒ덧
관일ᄒ신 우리뷰자 디셩젼이 졍좌ᄒ사
삼쳔제자 나열중이 안증사밍 압셔우고
명도이쳔 후향되니 례악문물 빈빈ᄒ다
자화자공 쳥ᄉ홀졔 자로의 거동뵤쇼
사문교젹 저사람을 합입ᄒ여 수죄ᄒ되
뉴근도표 중한옷슬 군로사령 당탄말ᄀ
진왕졍 쟝뉴시셔 너죄목이 더할손냐
슈쵹을나 니죵ᄒ고 명고출송 위션ᄒ라
우리고을 도산셔원 학궁중이 졔일니ᄅ
한흔일두 동계션싱 쳔ᄒ이 명헌니ᄅ
엇덧키 소즁ᄒ며 뉘아니 공경허리

281

# 12 청낭결본

필사집『靑囊訣』에 실려 있는 이본으로 홍재휴에 의해 소개되었다.[7] 국한문혼용 표기법과 귀글체 3단 편집의 기사 방식으로 실려 있다. 제목 밑에 "李進士所作"이라는 기록이 덧붙여 있다. 〈거창가〉의 본사설 부분은 49구에 불과하다.

〈居昌歌 〉

李進士所作

어와츤구 벗임더들 이닉말삼 들어보소
逆旅갓탄 天地間의 蜉蝣갓탄 울리人生
草露갓치 쓸어진이 안이노던 못하리라
宇宙의 비겨셔셔 八道江山 구어보이
白頭山 一枝脈의 三角山 되어잇고
大골嶺 흘은물은 漢江水 되야잇고
千年水 萬年山의 거록하다 우리王畿
人皇山이 主山이오 冠嶽山이 前山이라
길믜직가 白虎되고 狂尋이가 靑龍이라
舞鶴의 良占이오 鄭三峰의 뎡혈이라

---

大明洪武 卅五年의 漢陽城의 卜地하니
二年의 成邑ㅎ고 三年의 成都로다
就之如日 하난중의 望之如雲 하개쏜아
天上의 碧桃花는 完山의 氏을바다
咸興의 옴겨다가 漢陽城의 복돈쏜이
天枝萬枝 도든가지 金實玉實 미즈닌니
珊瑚珊瑚 再珊瑚요 千歲千歲 又千歲라
五州力士 거라이고 許多宮闕 將成하며
仁義禮智 門을니여 八條目을 버러셔라
景福宮 지은後의 仁政殿 지어닌이
應天上之 三光이요 備人間之 五福이라
百각셔 지어닌여 온갓市井 排設하니
河圖洛書 바독體로 여게저게 훗터잇고
箕子聖人 니신法도 黃厖村 쏜을바다
三綱五倫 발근중의 君明臣忠 더옥壯타
議政府 三堂上은 周公召公 輔弼이요
뉘안이 忠臣이며 烈士가 몃몃친고
朱天子 五等爵邑 三千八百 內外官員
吏戶禮兵 刑工은 八元八凱 才局이요
伏羲氏 八卦體로 八道監司 벌여난디
麒麟閣上 그린朝士 三百六十 지목이요
五營門 壯한軍兵 黃石公의 陣法이요
訓鍊廳 都監砲手 五千七百 七十二名

283

諸葛武侯 八陣圖을 나나리 組鍊하니
南山烽火 消息의 四方이 晏然하다
軍器庫 싸인긔계 蚩尤잠던 餘物인가
宣惠廳 萬里倉은 蕭相國의 局量이요
戶曹의 덩비書吏 隷首의 籌法이요
監象官 天文校書 容成의 造曆이요
싱원의 극방承旨 梁太傅의 文章이요
奎章閣 모든學士 韓退之의 博識이라
刑曹의 一堂上과 禁府의 判義禁은
皐陶의 나문警誡 稷契의 쏜을바다
殿獄의 모든主人 張釋之의 稱平이라
十字街 도라든이 鍾漏閣이 거게로다
西蜀의 銅山鐵을 바리바리 스러다가
大풍고의 불어내니 萬八千年 쇠북이라
三十三天 二十八宿 朝夕의 開閉하니
夏禹氏 九鼎인가 畿都도 거록하다
炎帝의 日中爲市 百物市井 버러난듸
道不拾遺 하던風俗 葛天世界 時節인가
龍山三긔 미인비은 軒轅氏의 지은빈가
九里긔 구어본이 神農氏 遺業이라
廣忠다리 모라든이 康衢의 童謠로다
仁殿政 노푼집의 五絃琴 南風詩을
百관이 相和한니 乾坤日月 발갓도다

掌樂院의 風樂소리 宮商角徵 五音六律
蕭韶九成 말근曲調 鳳凰이 추멀춘다
漢江水 지푼물의 龍馬河圖 나다말가
樸石틔 너머든이 太學館이 거게로다
明倫堂 壯한집과 成均館 빗난집이
우리夫子 主辟되여 顔曾思孟 配享하고
그나문 七十二賢 三千門徒 侍位中의
我東邦 諸大賢이 ᄎ제로 陞廡한이
壯하고 거룩하다 우리朝鮮 衣冠文物
小中華라 일은말을 이졔야 아라노라
太祖大王 聖德으로 四百餘年 나려오며
日出作 日入息의 含哺鼓腹 ᄒ난百姓
男婚女嫁 질기옴도 太平烟月 그뿐이라
壯하다 鷄鳴狗吠 四境의 들인도다
壬辰倭亂 丙子胡亂 中間의 깃친근심이라
軒轅氏 靈帝로ᄃ 蚩尤의 亂이잇고
湯武의 聖德이되 征伐이 잇셔슨이
그나문 鼠竊狗偸 엇지다 그록하리
원쉬로다 원쉬로다 甲午冬至 十三日이 원로다
蒼梧山邑 저물날의 玉輦昇天 하시거다
如喪考妣 하난悲懷 深山窮谷 一般이라
하날갓탄 大王大妃 日月갓탄 慈聖殿下
太任의 德이신가 어진皇后 法을바다

285

垂簾聽政 하신후의 八域이 晏然하다
道光辛丑 七十年의 우리聖上 卽位하사
春秋方盛 十五歲라 漢昭帝의 聰明인가
周成王 얼인人君 八百年 基業이라
우리殿下 어리시되 八百歲나 바래난이
去年의도 豊年이요 今年의도 豊年이라
天無烈風 淫雨하고 海不揚波 三年이라
物均人足 하거이와 國泰民安 조홀시고
粒我蒸民 百姓들아 어셔가자 밧비가자
敦化門의 걸인綸音 漢文帝의 詔書신가
草木群生 질거옴도 이도쏘한 聖德일세
長安靑樓 少年들아 挾彈飛鷹 할지라도
이닉노래 들러보소 실푸고 可憐하다
어졔靑春 오날白髮 넨들안이 모를손야
淸明一炷 우리人生 後悔하들 어이하리
粧坮의 고운계집 네꼿좃타 즈랑말고
西山의 지는희을 뉘라셔 금할손야
東海로 흘은물은 다시오기 어려와라
東山의 지는꼿쳔 明年三月 다시피되
우리人生 늘근후의 다시少年 어러와라
洛陽城 十里外의 놉고나진 져무덤은
英雄豪傑 면면치며 絶代佳人 면면친고
憂樂中分 未百年의 少年行樂 片時春이라

開闢後 날닌事蹟 歷歷키 혜알인이
堯舜禹湯 文武周公 孔孟顔曾 程朱夫子
道德이 貫天하사 萬古聖賢 님네신이
么麼한 後生等이 이를말삼 안이로다
그나문 古來英雄 낫낫치 드러보소
統一天下 秦始皇은 阿房宮 사랑삼고
萬里長城 短墻삼아 億萬歲나 비겨잇셔
六國諸侯 朝貢하고 三千宮女 侍位할데
瀛洲蓬萊 三神山의 願하난이 不死藥은
童男童女 五百人은 消息죤차 頓絶하다
沙邱平臺 지는날의 驪山靑塚 속절업다
西山의 지는날은 齊景公의 눈물이요
汾水의 秋風曲은 漢武帝의 슬픔이라
불상하다 龍逢比干 萬古忠臣 이언만넌
忠臣直諫 쓸디업고 주검조차 慘酷하다
壯하다 伯夷叔齊 千秋名節 일너쓰되
首陽山 지푼골의 採薇曲 悽惊하다
姜太公 黃石公과 可馬穰苴 孫臏吳起
戰必勝 攻必取은 用兵이 如仙하되
못치난이 閻羅國을 한번주검 몬면하고
綿山의 봄이든이 介子推의 무덤이요
三江의 썽닌潮水 伍子胥의 精靈이요
汨羅水 집푼물은 屈三閭의 忠魂이며

287

말잘ㅎ난 蘇秦張儀 天下을 橫行히며
六國諸侯 다親하되 閻羅王을 못달니셔
秋雨夜 杜鵑聲의 魂魄이 슬피울고
孟嘗君의 鷄鳴狗吠 信陵君의 竊符矯命
戰國時節 豪傑이되 三千食客 어디두고
荒山細雨 쓰씰속의 一坏土가 可憐하다
力拔山 楚伯王은 天下壯士 닐너시되
時不利 騅不逝의 八千精兵 홋터지고
虞美人 손목잡고 눈물로 하직할제
烏江風浪 水雲中의 七十餘戰 可笑롭다
運籌帳幄 張子房과 東南風 諸葛孔明
天文地理 中察人事 萬古造化 가즈스되
切痛타 한번주검 造化로도 못면ㅎ고
獨行千里 關雲長은 名振天下 하야서라
거록하다 明獨 千秋凜凜 그쑨이요
長坂英雄 張益德은 編神의 죽단말가
쇠마난 魏王曹操 唐突하다 吳王孫權
三分天下 紛紛中의 이도쏘한 名將이되
銅雀臺 石頭城의 英魂이 슬피울고
司馬遷 韓退之와 李太白 杜子美은
第一文章 이연만언 長生不死 못히약고
富春山 도라든이 嚴子陵 간곳업고
赤壁江 구어본이 蘇子瞻 어디간요

288

晉處士 陶淵明은 빈터만 나마잇고

王謝氏 壯한風流 燕雀만 나라들고

郭汾陽 百子千孫 一時豪傑 너섄이다

陶朱猗頓 石崇이넌 富者中의 웃씀이되

一生一死 限定잇셔 갑스로도 못면하고

越西施 虞美人과 王昭君 楊貴妃은

先後千年 날여오며 傾國之色 가저시되

玉態花容 고은樣子 塵土中의 무처이셔

秋雨梧桐 葉落時의 靈魂이 실피울고

八百年 彭祖壽와 三千甲子 東方朔도

彼一時 此一時라 쥬거지만 거만이요

安期生 赤松子은 東海上 神仙이라

귀로마 드러잇디 눈으로난 못바악고

漢宗퇵실 四皓先生 商山이 어디매요

天地도 開闢하고 日月도 晦明커던

朝鮮三百 六十州의 간곳마당 太平이되

엇지타 우리居昌 邑運이 不幸해야

一境이 塗炭되고 萬民이 燥渴하다

堯舜의 聖治로셔 四凶이 잇셔스며

齊威王의 明監이되 阿大夫 잇단말가

日月이 발건만넌 覆金이 難照하고

陽春의 布德인들 陰崖의 미츨손야

이재가 원인지며 뎌재가 원인지고

289

居昌이 弊昌되고 지가가 망가한이
諸吏가 姦吏되고 太守가 원쉬로다
冊房이 就謗하고 進士가 多事로다
山疊疊 險한지는 넘고가면 그마이되
房안의 안진지가 弊端이 그지업다
어와世上 仕臣임너 우리居昌 弊端보소
지가ᄂᆞ러온 몃날만의 온갓弊端 디어닌다
九重天闕 집고집퍼 어런民情 모로시고
觀風祭俗 우리巡相 邑報만 준힝하고
文不施行 안일넌가 吏孥逋 萬餘石을
百姓은 무삼罪로 四錢式 分給하고
金石으로 물이닌다 二千四百 방치錢도
이도또한 吏逋넌이 結役의 부처다가
民間의 徵出하다 前村의 진난기은
官差보고 쏠이치고 뒷집의 우난이기
吏校왓다 우지마라 黃口充丁 可憐하다
生民가布 던지둘고 白骨徵布 무삼일고
浚民膏澤 히여다가 事上하기 일삼은이
阿大夫의 기림이라 淸州牧使 移拜로다
불상하다 淸州百姓 너고을도 不幸하다
近來의 落江成川 邱山갓치 써여난더
白沙場이 結卜이라 災結의 회감함은
廟堂處分 이썬마넌 廟堂處分 져災結을

290

中間偸食 뉘하난고 春秋巡行 監司들데
學行이 자록하다 水陸進饌 다바리고
五百里 奉化縣의 覺華寺가 어디며요
山間蔬菜 求히다가 使道床의 進旨한이
직가의 親忌祭需 五百里의 求할손야
勅使行次 안이어던 白布帳은 무삼일고
居昌一境 三百三十洞의 三十洞은 遮日밧고
三百洞은 갑설밧고 都合한이 一二百兩을
暮夜無知 남몰을게 冊房의가 分紛한이
無數한 온갓弊端 엇지다 그록하리
靑天의 외그려리 瀟湘江을 向한는야
洞庭湖을 바리난야 上林園中 갈야는야
靑天一張 큰조우의 細細民情 그러니여
仁政殿 龍床압페 펄덕날야 올이셔라
바리난이 바리난이 暗行御史 바리난이
비리소셔 비리소셔 부디쌈의 御命으로 비리소셔
어와탐탐 百姓더라 然後太平 다시보자
萬歲萬歲 壽萬歲로 與人同樂 하올이라

# 13 창악대강본

『唱樂大綱』의 판소리 단가 사설 모음에 수록되어 있는 이본이다.[8]
〈거창가〉의 도입 부분만을 판소리 단가 사설로 수용했으므로 매우
짧다. 한자어는 괄호를 하여 한자를 병기했다. 활자본임에도 불구
하고 줄글체로 실려 있는데, 여기서는 4음보를 1행으로 하여 옮겨
실었다.

〈민원가(民怨歌)〉

어이타 우리거창(居昌) 읍운(邑運)이 불행하여
일경(一境)이 도탄(塗炭)되고 만민이 구갈(俱渴)하니
요순(堯舜)의 성덕(聖德)으로 사흉(四凶)이 있었으며
제위왕(薺威王) 명감(明鑑)으로 아대부(阿大夫) 났단말가
일월(日月)이 밝았건만 복분(覆盆)에 난조(難照)로다
양춘(陽春)의 포덕(布德)으로 음애(陰崖)에 미칠소냐
두승곡(斗升穀) 몰수코저 백성만을 예란(穢亂)하니
이재(災)가 어인잰가 저자가 재가되고
거창(居昌)이 폐창(廢昌)되고 자(自)개가 망(亡)개로다
향리(鄕吏)가 간리(奸吏)되고 태수(太守)가 원수(怨讐)
로다

---

8  박헌봉, 『창악대강』, 국악예술학교 출판부, 1966, 531~532쪽.

책방(冊房)이 취방(醜房)되고 진사(進士)가 자사(自死)
로다

어와세상 사신님네 우리거창(居昌) 폐단보소

자개가 나린후에 온갖폐단 지어내되

구중궁궐(九重宮闕) 멀고멀어 이런민정(民情) 모르시니

증청각(澄淸閣) 관풍찰속(觀風察俗) 우리순상(巡相)

읍(邑貌)만 순사(巡査)하니 문물세상(文物世上) 아니신가

너돈씩 분급(分給)하고 전곡(錢穀)으로 울려낼제

천하에 간험(奸險)아전 매한대 아니치고

대전통편(大典通編) 조목중(條目中)에 이런법이 있단말가

근년(近年)에 낙강성천(落江成川) 구산(邱山)같이 많은
지라

불상타 우리백성 벼한짐 못먹어라

재결(災結)의 세감(稅減)함은 묘당청(廟堂廳)이 있것마는

묘당청(廟堂廳) 감세결재(減稅決裁) 그누구라 투식(偸
食)한고

백지증세(白地徵稅) 던져두고 또한폐단(弊端) 들어보소

가포중(加布中)에 낙상포(落上布)는 가포중(加布中)에
된가포(加布)라

많으면 일이백량(一二百兩) 적으면 팔십량(八十량)을

해마다 가증(加徵)하니 이가포(加布) 한당번(當番)에

몇몇집이 파산(破産)하뇨 우거(寓居)양반(兩班) 김광일
(金光一)은

　선문포(先問布) 무삼일고 삼가(三嘉)합천(陜川) 안의(安
義)칠곡(漆谷)

　인읍(隣邑)의 태상납(太上納)은 열두석량 납금(納金)하나

　본읍(本邑)의 태상납(太上納)은 스무량씩 받자하니

　다같은 왕민(王民)으로 국세(國稅)어이 같지않뇨

# 14 한국가사문학관본A

한국가사문학관에 소장되어 있는 이본으로 필사본 원문은 한국가사문학관 홈페이지에 jpg 파일로 올라와 있다. 서두에만 잠간 국한문 혼용체이고 전체는 순한글 표기법과 귀글체 2단 편집의 기사방식으로 기사되었다. 김현구본과 일부 글자만 차이가 있을 뿐 구절은 동일하다. 마지막 부분에 줄글체로 "아림은 거창 고호니 거창수 이진가 학미니 주심한 고로 신츅연 팔월에 톄수 즁에 이 글을 지엇시되 글 지은 사람의 성명은 블긔ᄒ엿괴로 이칙의도 블기ᄒ노라"라는 관련 기록이 덧붙여 있는데, 여기서는 띄어쓰기를 하여 옮겨 적었다.

〈娥林歌〉

여와친구 벗임네덜 이ᄂᆡ말삼 드려보쇼
역여갓탄 天地間예 부유갓탄 우리인생
草露갓치 시러씨니 아이노던 못ᄒ리라
宇宙의 비거서서 八道江山 구버보이
白頭山 일지믹예 三角山이 삼거잇고
大八嶺 흐르무리 沃江水 되야서라
千年山 萬年水의 거룩ᄒ다 우리왕도
인왕산 쥬산이요 관악산이 안딕로다
질마직 빅호되고 왕시미 청용이라

무학의 소점으로 경도수으 지혈이라
딕명홍무 二十五년 한양성의 복지ᄒ이
二年의 成邑ᄒ고 三年의 成道로다
望之如雲 ᄒ난중의 取之如一 ᄒ거쑤나
天上의 설이花을 王山의 쓰열바다
함흥의 옴것싸가 한양의 붓도도이
千枝萬葉 도든가지 錦實玉實 미자쏘다
山好山好 在山好며 千歲千歲 千千歲라
五正力使 거라리고 許多宮闕 장셩이며
仁義禮智 문열다라 파조목 버려서라
경복궁 지의후의 인정전 지여너니
應天上之 三光이요 備人間之 五福니라
白鶴山 지여두고 왼갓시졍 포치ᄒ니
하도낙서 바돌테로 여긔저긔 뇌여잇다
긔자성인 니신법도 황방초의 본을바다
삼강오륜 발근중의 군명신충 더욱장타
주천즈 오등작을 삼천팔빅 니외관원
츙시니 뉘아니이며 열스가 몃몃시뇨
의정부 삼당상은 주공소공 보필이요
이호예병 형공조ᄂ 팔원팔기 지국이라
복히쓰 팔패테로 팔노감영 버려너니
긔린각 긔린조사 삼빅육십 지목이며
오영문 장호군병 황석공의 진법이라

휼연영 도감포수 오천칠빅 일혼두명
제갈무후 팔진도얼 날날이 교련ᄒ니
남산예 봉화소슥 팔역이 안연ᄒ다
군긔사 쏫인긔계 치우잡던 여믈이요
선혜청 말이창은 소상국의 국양이라
호조예 정빗서리 예수의 산법인가
관상곰 천문교수 용성의 조력이며
정원예 형방승지 양티부의 문장이요
규장각 모든학스 한퇴지의 박슉인가
형조의 일당상과 금부예 판의금은
고요의 나문경계 즉설의 법얼외와
전옥예 주부덜은 정석지의 층평이라
십자가상 도라드니 종누각이 거긔로시
섯촉예 동산철을 바리바리 시러다가
더풍긔예 부러너니 만팔빅연 쇠북이라
삼십삼환 이십팔수 됴석으로 긔폐ᄒ니
하후쓰 구정인가 졔도도 거룩ᄒ네
염졔의 일즁위시 빅물시졍 버려난듸
도불십유 하ᄂᆫ풍속 갈쳔셰계 시절인가
용산삼긔 모든빈ᄂᆫ 황졔헌원 지은비요
구리긔 구버보니 실농쓰의 유업이며
광츙교 노러소릭 강구예 동요로쇠
인정전 노푼집예 오현금 남풍시럴

297

빅공이 상화ᄒ니 건곤일월 발가난듸
장악완 풍유소리 궁상각치 오음육율
소소구성 발근곡조 봉황이 춤을춘다
한강수 집푼물예 용마하도 나단말가
박석치 너머드니 틱학관이 거긔로쇠
성균관 장훈집과 명윤당 빗ᄂ집의
우리부즈 주벽되ᄉ 안증ᄉ밍 비향ᄒ고
그나문 칠십이현 삼천문도 시위중에
아동방 졔듸현도 차례로 승무ᄒ니
장ᄒ고 거룩ᄒ다 우리조선 의관문믈
소중화라 이른말ᄉ 이졔야 아노미라
틱조디왕 성덕으로 사빅여연 나려오며
일츌작 일입슥에 함포고복 ᄒᄂ빅성
남혼여가 질거옴도 틱평연월 이쑨이라
장ᄒ다 계명구폐 사방에 들여쏘다
임진왜란 병자호란 중간의 찟친근슴
헌원쓰 영졔로되 치우의 난을당코
탕무의 성덕으로 정벌이 잇서시며
그나문 서절구투 어이다 긔록ᄒ리
원술네라 갑오연에 동지십삼 원술네라
창오산 저문날의 옥연승천 ᄒ시거다
여상고비 ᄒᄂ비회 심산궁곡 일반이라
하날갓탄 디왕디비 일월갓탄 자성전ᄒ

틱임의 덕이신가 선인왕후 법얼바다
수렴청정 호신후의 사경이 안연호다
도광십칠 신축연의 우리성상 즉위호스
츈추방성 십오세에 한소졔의 총명이며
주성왕 어린인금 팔빅연 긔업이니
우리젼호 어리시되 팔천셰나 바리나니
작연도 풍연이요 금연도 풍연이라
천무열풍 음우호고 희불양파 하거쑤나
가급인족 호건이와 국퇴민안 조흘시고
입아증민 빅성더라 어서가고 밧비가자
도화문 걸인윤음 한문졔의 조서신가
초목군싱 질거옴도 이도쪼한 서화로쇠
장안청누 손연더라 협탄비웅 호련이와
틱평곡 격양가얼 이니노리 드러보소
어졔청츈 오날빅발 녠들아니 모롤소냐
창희일속 우리인싱 후회한들 어이호리
장틱에 고은계집 네쯧조타 자랑마라
서산의 지난희을 뉘라서 금할소냐
동희에 흐른무리 다시오기 어려와라
뒷동산 지난쏫선 명연삼월 다시피되
우리인싱 늘거지면 다시소년 어렵쏘다
낙양성 십이외에 놋고나진 저무덤의
영웅호걸 몃몃치며 절틱가인 몃몃시냐

우락즁분 미빅연의 소년힝낙 펜시츈을
긔벅후 나린ᄉ적 역역키 드러보소
요순우탕 문무주공 공밍안증 졍주부ᄌ
도더긔 관천ᄒᄉ 만고셩인 일너시니
요미한 후싱더라 이를말슴 아니로다
그나문 고리영웅 낫낫치 시아리니
통일천ᄒ 진시황은 아방궁 ᄉ랑삼고
말이장셩 단장삼아 억만셰 비계서라
육국졔후 조공ᄒ고 삼쳔국여 시위할졔
삼신산 멀고머러 원하난바 불ᄉ약을
동남동여 오빅이니 소식좃ᄎ 돈졀ᄒ가
사구평디 져문날에 여산쳥춍 속졀업다
우산의 지난히ᄂ 졔경공의 눈믈이요
분수의 추풍곡은 한무졔의 시럼이라
불상타 용방비간 만고츙신 이연마ᄂ
츙신직간 쓸디업서 주검도 ᄎ목ᄒ다
장ᄒ다 비이슉졔 쳔추명졀 일너시되
수양산 집푼골에 치미곡이 쳐량ᄒ다
강티공 황셕공과 사마양져 손빈오긔
젼필승 공필취의 용벙이 여신ᄒ되
못첫나니 염나국을 한번주검 못면ᄒ고
면산의 보미드니 긔자추의 무덤이며
삼강의 셩닌조수 오자서의 졍영인가

명나수 집푼믈의 굴삼여의 츙혼이라
말잘ᄒ난 소진장의 천ᄒ을 횡힝ᄒ며
육국을 다친ᄒ되 염나국을 못달니여
셰우야 두견성의 혼빅이 우러잇고
밍상군의 계명구폐 실능군의 절부교명
전국시 호걸이되 삼천슥킥 어디두고
황산셰우 잡플즁의 일부토 가련ᄒ다
역발산 초픠왕은 천ᄒ장ᄉ 일너시되
시블이 추블서라 팔천병 훗터지고
우미인 소목잡고 눈물노 ᄒ즉ᄒ니
오강풍낭 수운즁에 칠십여전 가소롭다
운주유악 장ᄌ방과 동남풍 졔갈공명
천문지리 즁찰인ᄉ 마고조화 가저시되
절통타 ᄒ번주겸 조화로도 못면ᄒ고
ᄉ마천 ᄒ퇴지와 이티빅 두ᄌ미며
제일문장 이연마난 장싱블ᄉ 못하엿고
독힝철이 관운장은 명진천ᄒ ᄒ여서라
거룩ᄒ다 명촉달좌 천추늠늠 뿌이로다
장판영웅 장익덕은 편비의 죽단말가
쇠만한 위왕조조 당돌ᄒ다 오왕손권
삼분천ᄒ 분분즁의 이도쏘한 영웅이되
동작디 석두성의 영혼이 ᄌ최업고
부츈산 도라드니 엄ᄌ릉 간디업고

적벅강 구버보니 소즈첨 어디가뇨
진처스 도연명은 집터만 부여잇다
왕스에 장흔풍유 연즈만 날라들고
곽분양의 빅즈천손 일시호강 쑤니로다
도주의돈 석슌이눈 부즈중의 웃쏨이되
일싱일스 한정업서 갑스로도 못스니고
월서시 우미인과 왕소군 양귀비눈
선후천련 나려오며 경국지식 가저쓰되
옥티화용 고은양즈 진이중의 뭇처잇서
추우오동 엽낙시에 영호니 슬피울고
팔빅연 핑조수와 삼천갑즈 동방삭도
피일셰 차일셰라 주거지면 그만이요
안긔싱 적송즈눈 동희상 신선이라
귀로만 드러잇졔 눈으로 못보와라
한슬탁종 스호선싱 상산이 머러서라
천지도 긔벅흐고 일월도 회명커든
조선삼빅 이십팔주 간곳마당 티평이되
엇지타 우리거창 욺우니 블힝흐야
일경이 도탄되고 만미니 구갈흐니
요슌의 성덕으로 사홍이 잇서시며
졔위왕의 명감으로 아디부 잇단말가
일월이 박건만난 복부에 난조흐고
양츄니 포덕인덜 음이에 밋칠소냐

이진가 어인진며 저진가 어인진고
거창이 펴창되니 진가가 망가호네
졔리가 갈이되고 티수가 원수로쇠
칙방의 취방호니 진소가 다소로다
어와셰상 소신임너 우리것창 페단보오
진가가 나려온후 외갓폐단 지여너되
구중철이 멀고머러 이런민정 모로시고
증청각 노푼집의 관풍찰속 우리순상
읍보만 준신호니 문블서양 안일넌가
이로포 만여석을 빅성이 무슴죄로
너돈슥 분급호고 년석으로 믈여너니
수천석 포흠아전 미한기 아니치고
두승곡 믈이잔코 빅성만 믈여너니
디전통편 조목중이 이런법 잇단말가
이천소빅 방쵀저니 이도쪼한 이포여날
결복의 붓처너여 민간의 증츌호니
왕세가 소중커날 요미훈 아전포흠
왕세에 붓처다가 임의로 젹간할가
호수도 빅성이라 쪼다시 원증시겨
아전포흠 수쇄호니 비단금연 페단이라
명년가고 우명년의 몃천연 펴단인가
본읍지형 둘너보니 삼가합천 안의지례
사읍중 처호여잇서 미년결복 상정할졔

타읍은 열한두냥 민간에 츌질하면
것창은 열육칠냥 연연이 가증ᄒ니
타읍도 목상납의 호조혜청 밧ᄌᄒ고
본읍도 목상납의 호조혀청 밧ᄌᄒ니
다갓탄 왕민으로 왕세을 갓치ᄒ며
엇지타 우리고을 두석양슥 가증하야
더구나 원통할사 빅ᄉ장의 결복이라
근러의 낙강성천 구산갓치 ᄊᆞ엿난듸
절통타 이너빅셩 지한짐 못엇거라
지결의 회감하문 묘당처분 잇건마난
묘당회감 저지결을 중간투슥 뉘ᄒᄂ야
가포중 악셩포ᄂᆞᆫ 제일로 된가포라
삼ᄉ년 나려오며 학미니 ᄌᆞ슴ᄒ다
악셩포 한당번을 일향의 편침ᄒ니
만ᄒ면 일이빅양 저그면 칠팔십양
모야무지 남모로게 칙방으로 듸려가니
이가포 ᄒᆞᆫ당번에 몃몃집이 등산ᄒ랴
그나문 허다가포 수류군벙 더저두고
선무포 졔번포며 일이보 노령보라
각삭다른 저가포을 빅가지로 침칙ᄒ니
듬담ᄉ 박담ᄉ며 콘아긔 ᄌᆞ근아긔
어서가고 밧비가자 향작청의 잡펴싼다
전촌의 짓ᄂᆞᆫ긔ᄂᆞᆫ 관치보고 쏘리치고

뒷집에 우는악아 이교왓다 우지마라
일신양역 원통중의 황구충정 가련ᄒ다
싱민가포 더저두고 빅골증포 무삼일고
황산고총 노방강시 네신셰가 불상ᄒ다
너주근계 멧힌관디 가포도니 어인일고
관문압폐 저송장아 죽긔도 설업거던
주근소장 다시파서 빅골포양 허량ᄒ다
가포번 저원정을 호령ᄒ여 쪼츠니니
월낙삼횡 집푼밤과 천음우십 슬픈날의
원통할사 우는소리 동헌디공 함긔운다
빅수청산 우난과부 그디신셰 처량하니
싱전연분 이싱언약 날바리고 어디가뇨
엄동설한 진진밤의 독수공방 더욱셥다
남산의 지신밧설 어니장부 가라주며
동원에 이근슐을 눌다리고 권할소냐
어린ᄌ슥 이비불너 에미간장 다녹인다
엽엽피 우는ᄌ슥 비곱파라 설운사정
가장싱각 설운중의 주근가장 가포낫네
흉악할사 주인놈아 과부손목 쓰어니야
가포돈 더저두고 치ᄉ전예 몬저차ᄌ
필필이 짜닌비을 탈취ᄒ여 가단말가
흉악ᄒ고 분ᄒ말슴 ᄯ다시 드러보소
정유년 시월일에 적화면의 벼니낫네

우거양반 딤일광이 선무포가 당탄말가
딤일광 나간후의 희면면임 수포할졔
양반니졍 돌입ᄒ야 쳥츈부녀 ᄶ어니여
반상분별 즁한즁의 남여유별 지엄커든
광언픠셜 하감으로 두발부예 하단말가
장ᄒ다 져부인니 이련욕 당ᄒ후의
아니쥭고 쓸듸업서 손목ᄯᅳᆫ코 직ᄉᄒ니
비일이 무광ᄒ고 쳥사니 욕열이라
빅년히로 삼ᄉᆡᆼ언약 ᄶ언구로미 되얏스며
말이젼졍 이니목슴 일검ᄒ의 쥭단말가
흉악ᄒ다 임장놈아 너도ᄯᅩ한 인류여던
여모졍열 구던마음 네라가미 능모할가
만경창파 믈을지러 니의분함 싯고지고
남산녹쥭 수얼된덜 네죄목을 다할소냐
열여졍문 고ᄉᄒ고 디살도 못시긔니
셰우야 두견셩의 영혼인덜 아니울야
금연ᄉ월 본읍우박 그셜원이 아닐넌가
학졍도 ᄒ련이와 남살인명 무슴일고
한유퇵 졍치광과 딤부듸 강일상아
너의등 무삼죄로 장ᄒ의 쥭단말가
한달만의 쥬근사람 보름만의 쥬근빅셩
오륙이니 되야스니 그적워니 어듸미요
불상타 져귀신아 가긍ᄒ다 져귀신아

용천검 빗기들고 일산압퍼 전비서서
아적저녁 긔펴문에 고각성의 우러주니
공산편월 쪼각달과 청산빅양 썰긔즁의
원통타 우는소릭 진가신셰 온전할가
비명의 주근원정 염나국의 상소ㅎ니
염나디왕 비답ㅎ되 너의정지 가긍ㅎ다
아즉믈너 고디하라 별반처분 닉하리라
야치나열 쇠ㅅ슬노 뉘분부라 거역하리
우리명부 십전즁의 철산오긔 졔일즁타
진지조고 송진회도 다그고디 갓첫나니
예로붓터 탐관오리 철산옥을 면할소냐
장년회곡 향회판의 통문수창 ㅅ슬ㅎ여
이우석 자바듸려 쥐질거조 시작ㅎ니
그어마임 거동보소 청상과턱 지른ㅈ슥
악형하믈 보기실타 결항치ㅅ 몬저ㅎ니
고금ㅅ적 닉리본덜 이런베니 쪼잇는가
펴단업시 치민ㅎ면 회곡향회 거조하랴
긔과천선 아니ㅎ고 무죄빅셩 쥭계ㅎ니
츈추순 감ㅅ드러 거힝이 자록ㅎ다
민간에 츠일밧다 관가ㅅ면 둘너치니
측ㅅ힝츠 아니여던 빅포장이 무슴일고
본읍삼빅 삼십동에 삼십동은 츠일밧고
삼빅동은 속바드니 합한돈이 오빅양을

307

칙방으로 분급ᄒ니 공방아전 살찌것다
뎌다담 소다담이 나라회감 잇건만는
뎌소다담 되리후의 별틱으로 니아진지
이러ᄒ 예의방의 남여유별 ᄌ별커던
ᄉ돈팔초 부당ᄒ되 니아진지 무삼일고
오빅이 봉화헌의 각화ᄉ가 어디미요
산간침치 구ᄒ여다 진지상의 별찬ᄒ니
나물반찬 ᄒ가지을 오빅이에 구탄말가
우리것창 중틱읍의 칼ᄌ감상 업다ᄒ여
전주감영 치치달나 감상칼ᄌ 셰인ᄒ니
안의수 민치서가 긔롱ᄒ여 이른말이
니아진지 ᄒ지말고 니아수청 ᄒ여보소
너의집 친기졔수 오빅이에 구할소냐
빅셩의 절각농우 엇지타 아ᄉ다가
노령비 너여주워 쇠임지로 일케ᄒ니
농가의 극한보비 공여니 일탄말가
옛틱수 공ᄉ함믈 ᄌ셔니 드러보소
큰칼파라 큰소ᄉ고 자근칼노 송치시여
빅셩을 권롱ᄒ니 이런치졍 엇더할고
블상타 각면임장 폐의파관 주졔ᄒ여
허다한 공납수쇄 츈ᄒ추동 월당잇서
빅셩의 심을여러 츠례츠례 시긔더니
삼ᄉ년 나려오며 각양공납 미리밧다

흥등의 바들거설 정초의 츌호고
동등의 밧칠공납 칠월의 독촉호여
중간요리 임의호고 상납한정 의전한다
민간수쇄 천연호되 관가독촉 성화갓다
척예돈 장별이을 전전이 판츌호야
급호관욕 면호후의 이달가고 저달오미
육방호인 토식호믄 염나국의 귀졸인가
추상갓탄 저호령과 철석갓탄 저주먹을
이리치고 저리치니 삼혼구빅 나라난다
쓰는거시 지믈이요 드는거시 동이로쇠
그희섯달 수쇄판의 이삼빅양 포흠지니
가장전지 다판후의 일가친척 탕진호다
이런펴단 부족타고 쏘호펴단 지여니되
창역조 열말나락 고금의 업는펴단
장연이포 수쇄후의 결환으로 분급호니
블수계방 믹켜시미 창식이슥 업다호여
민결의 열말나락 법밧긔 가렴호니
본읍원결 시아리니 삼천육빅 여결이요
열말나락 수합호니 이천스빅 여석이라
년년이천 스빅석을 빅파으로 증민호니
결환분급 호는고을 조선팔노 만컨마는
창역조 열말나락 우리거창 쑨이로쇠
틱조디왕 명이신가 황정승의 분부런가

입입간신 지은농스 필필고상 짜니비을
나라봉양 더저두고 아전이속 몬저ᄒ니
어와세상 선비임니 글공부 ᄒ지말고
딘스급졔 구치마오 부모처즈 고상ᄒ네
버서놋코 아전되면 천종녹이 계잇나니
쥘씀지 아니여던 소민속의 드단말가
망석즁 되야던가 놀인디로 노라준다
이포을 민증시겨 읍외각식 충슬ᄒ니
적수가 미청ᄒ여 분석ᄒ긔 어인일고
분석도 ᄒ련이와 허각공각 더욱분타
빅주의 분급ᄒ기 저도쪼한 무렴ᄒ여
간스한 꾀얼써서 빅성의 눈을속여
환상분급 ᄒ는날의 지인광디 블여듸려
노림ᄒ고 지조넝겨 왼갓작난 다시기며
전첨후고 ᄒ는거동 이미망양 방스ᄒ다
악갑쪼다 스모관디 우리인군 주신비라
이런작난 다ᄒ후의 일낙서산 황혼이라
침침칠야 분급ᄒ니 허각공각 분별할가
아전괄노 혈난즁의 장교스령 독촉ᄒ니
삼스십이 먼듸빅성 종일굴머 비곱피라
황상일코 우는빅성 열에일곱 쪼서이라
공스도 명결이요 글도쪼한 문장이라
하빈이쓰 산송졔스 고금의 히한할사

310

위석방분 칭탁ᄒ야 블지천지 일너스니
천지을 모로거던 군신유의 어이알고
민간펴단 못다ᄒ야 학관펴단 지여니되
신츅연 윤삼월의 지가ᄌ졔 졍쓰볼졔
힝교서원 각학관의 식장고ᄌ 자바듸려
유건둘슥 도포둘슥 ᄎ례ᄎ례 바다니니
업다고 발명ᄒ면 속전넉양 믈여니니
유건도포 바다다가 괄노ᄉ령 니여주워
장즁의 접졍ᄒ졔 노선비 쐬며니니
공부ᄌ 쓰신유건 추밍ᄌ 입던도포
엇지타 우리거창 노령비가 쓰단말가
전후소위 싱각ᄒ니 분ᄒ마음 들더업서
초이경의 못든잠을 ᄉ오경의 졔우드니
ᄉ몽인덧 비몽잇덧 무형ᄒ듯 유형ᄒ듯
성겁다 우리부ᄌ 더성졍의 전좌ᄒᄉ
삼천졔ᄌ 쓰른즁의 안즁ᄉ밍 비전서고
명도이천 후비서니 예악문물 빈빈ᄒ다
자ᄒ자공 청ᄉ할졔 자로의 거동보소
ᄉ문난적 자바듸려 고셩디칙 이론말슴
우리입던 유건도포 괄노ᄉ령 당한말가
진황졍 킹유시서 네죄목에 더할소냐
수족이처 종ᄎᄒ고 위선명고 출송ᄒ라
우리고을 도산서완 학관즁의 수완이라

한헌일두 샹계션싱 삼더혀니 병향ᄒ니
엇더커 쇼즁ᄒ며 뉘아니 공경ᄒ리
신츅팔월 추향시에 각원유싱 입관ᄒ야
각식계수 타닐저긔 졔믈더구 업다커날
업난연고 ᄉ문ᄒ니 예방아젼 고ᄒ말슴
본관ᄉ쏘 어졔날에 노인딕의 봉믈ᄒ고
졔믈더구 업다ᄒ니 듯기조ᄎ 놀나와라
막즁ᄒ 회감졔수 봉믈즁의 드단말가
주네마네 슬ᄂ타가 일낙황혼 도라올졔
질풍폭우 산협긔에 졔믈완복 죽단말가
회감졔수 치퍼ᄒ고 빅쥬힝ᄉ 어닌일고
ᄉ문의 어든죄을 신원할곳 잇슬소냐
젼후펴단 시아리면 일필노 난긔로쇠
철이구즁 집고집퍼 민간질고 알길업서
학민탐지 ᄒ여다가 ᄉ상ᄒ기 일삼으니
아디부의 지림인가 쳥주목ᄉ 이비로쇠
불샹타 쳥쥬빅셩 네고을도 불힝ᄒ다
불칙ᄒ다 이방우야 앙급할노 이방우야
말별감이 볘사리며 오십양이 철양이냐
의송쓴 졍ᄌ육을 구틱여 잡단말가
잡기도 실삼커던 의송초을 아ᄉ다가
관가로 촉노ᄒ니 그포악이 오직할가
거창일경 모든빅셩 샹ᄒ남여 노소업시

비는이다 비는이다 하날임계 비는이다
의송쓴 저스람을 무스방송 노여주오
살피소서 살피소서 일월성신 살피소서
만빅성 위한스람 무삼죄 잇단말가
장흐도다 윤치광아 굿세도다 윤치광아
일읍펴단 막으랴고 년년정비 절토흐다
청천의 외기럭아 어디미로 향흐는야
소상강을 바리는야 동정호로 향흐는야
북희상 놉피쩌서 상임원을 향흐는야
청천 일장지에 세세민정 기려니야
인정전 용쌍압폐 빨이나라 올여다고
우리성상 보신후의 별반처분 니리시리
더듸도다 더듸도다 암힝어스 더듸도다
바리나니 바리나니 금부도스 바리나니
푸디쌈 자바다가 노들에 바리소서
어와 빅성더라 연후티평 세계로다
만셰만셰 억만셰에 여즁동낙 흐오리라
아림가라


아림은 거창 고호니 거창수 이진가 학미니 즈심한 고로
신축연 팔월에 톄수 즁에 이 글을 지엿시되 글 지은 사람의
성명은 블긔흐엿긔로 이칙의도 블긔흐노라

# 15 한국가사문학관본B

한국가사문학관에 소장되어 있는 이본으로, 필사본 원문은 한국
가사문학관 홈페이지에 jpg 파일로 올라와 있다. 국한문 혼용 표기
법과 귀글체 2단 편집의 방식으로 기사되었다.

〈居昌歌〉

어와친구 벗임니야 이니말삼 들어보소
영네갓탄 쳔지간에 불운갓탄 우리인싱
조로갓티 쓸어지니 안이놀고 못ᄒ리라
宇宙의 비겨서서 八路江山 굽어보이
白頭山 一枝脉의 三角山 삼계잇고
大關嶺 흘은물이 漢江水 되야서ᄅ
千年山 萬年水의 거룩ᄒ다 우이왕기
人皇山이 主山이요 冠岳山이 案待로ᄃ
질민지가 빅호되고 왕심이가 쳥룡이ᄅ
무학의 金점으로 졍도젼의 지혈이니
大明홍무 십오○○ 호양셩이 복지ᄒ고
○○○ 셩읍ᄒ고 ○○의 셩도로다
望之如雲 ᄒ난○○ 就之如日 ᄒ것구ᄂ
○○의 ○○○○ ○○의 씨를○○
咸興의 옴겨다가 漢陽의 붓도두어

千枝萬葉 도든가지 ○實玉實 미자구나
산호산호 再산호며 쳔셰쳔셰 부쳔셰라
○○역사 거나이고 ○多宮闕 壯盛ᄒ니
仁義禮智 門을달아 八條目 버러셔라
경복궁 지은휴의 인경젼 지어니니
응쳔상지 삼강이요 비인간지 오복이라
빅각ᄉ 지어두고 온갓시졍 布置ᄒ니
ᄒ도낙셔 바돌체로 여기져기 홋터잇다
箕子聖人 니신법도 黃枕材이 쏜을바다
三강五윤 발근즁의 君明臣忠 더옥장타
朱夫子 五等을작 三千八百 니외관작
뉘안이 츙신이며 烈士가 몃몃치요
의졍부 삼당상은 쥬공소공 보필이며
吏戶禮兵 刑工은 八元八凱 작위로다
伏羲氏 八卦체로 八道監營 버렷난디
긔린각의 긔린조사 三百六十 字牧이며
五營門 장흔軍兵 黃石公의 陣法이요
訓鍊營 都監포수 五千七百 일흔두명
諸葛武侯 八陣圖○ 날날이 죠련흔다
南산의 烽火消息 四方이 安寧커다
군긔ᄉ의 싸인기게 蚩尤잡든 여물이라
宣惠廳 万里倉은 簫相國의 局量이요
戶曹의 졍비열리 隷首의 산법인가

315

觀象監 天文敎슈 容成의 造曆이며
政院의 刑房승지 梁太傅의 文章이○
고요의 나문경게 稷셜이 법을바다
殿옥의 主○○○ ○○之의 ○○○○
十字街上 돌아드니 鍾樓가 여긔로다
西蜀의 ○○철을 바리바리 실어다가
더불의 불여넌니 万八千年 쇠북이라
三十三天 二十八수 朝夕으로 開閉ᄒ니
규장각 모든學士 韓退之의 박식이요
刑曹의 堂一上과 禁府의 판의금은
夏禹氏 九鼎인가 制度도 거록ᄒ다
炎帝의 日中爲市 百物市井 버렷난디
도不습유 ᄒᆞᆫ風俗 갈쳔氏 時졀인가
九里긔 굽어보니 神農氏 유업이며
만忠교 노리쇼리 康구의 童謠로다
仁政殿 노픈집의 五絃琴 南風詩를
百工이 相和ᄒ니 乾坤니 발거시라
장악원 風유소리 宮商角徵 五音六律
소쇼九成 말근곡조 봉황이 춤을춘다
漢江水 집픈물의 용마河圖 나단말가
박石치 너머드니 太學관이 여긔로다
成均관 장흐집과 明倫堂 빗ᄂᆞᆫ집의
우리夫子 主벽되ᄉ 안증ᄉ밍 비향ᄒ고

그나믄 七十二夫 三千文武 侍衛中의
我東方 諸大夫도 차례로 升廡ᄒᆞ니
장ᄒᆞ고 거록ᄒᆞ다 우리朝鮮 衣冠文物
小中華라 일은말슴 이제와셔 알오미라
太祖大王 聖德으로 百四餘年 니려오며
日出作 日入息은 含포고복 ᄒᆞᄂᆞᆫ百姓
남흔女가 질거옴은 太平연月 이붓일네
장ᄒᆞ다 게명구다 四境의 들너도다
壬辰倭亂 丙子胡亂 ○간의 기친근심
헌원씨 炎제로도 치우의 난을당코
湯武의 셩덕으로 征벌이 이쎠씨며
그나믄 셔졀구투 엇지다 긔록ᄒᆞ리
원슐네라 甲午年의 冬至十三 원슐네라
蒼梧山 저믄날의 玉輦이 昇天커다
如喪고비 ᄒᆞᄂᆞᆫ수회 深山窮谷 一반이라
하늘ᄀᆞ튼 大王大妃 日月ᄀᆞ튼 ᄌᆞ셩젼下
太任의 聖덕이신가 宣仁王侯 법을바다
수렴쳥졍 ᄒᆞ신후로 八역이 안연컷다
道光三七 辛丑年의 우리셩上 卽位ᄒᆞ사
春秋方盛 十五歲의 漢少帝의 총명이며
周成王 어린님금 八百年 긔업일네
天無烈風 ᄒᆞᄂᆞᆫ中의 海不揚波 ᄒᆞ것구나
家급人足 ᄒᆞ거니와 國泰民安 조흘시고

우리殿下 어리시되 八千歲나 바린나이다
昨年도 豊年이요 今年도 豊年이라
立我증民 百姓들아 어서가고 밧비가즈
돈화門의 걸인유음 漢武帝의 조셔신가
草木군싱 질거옴은 이도쏘한 聖化로다
長安靑樓 少年들아 협튼비응 하려니와
태평곡 격양가를 이닉노리 들어보소
어제靑春 오날白髮 녯들아니 몰을소냐
滄海一粟 우리人生 後悔ᄒᆞᆫ달 어이ᄒᆞ리
章坮의 고은게집 네꼿조타 자랑말아
西山의 지난히를 뉘라셔 금할손냐
東海로 흘은물이 다시오기 어려와라
뒷東山 지ᄂᆞᆫ쏫슨 明年三月 다시피되
우리人生 늘거지면 다시少年 어렵도다
洛陽城 十里原의 놉고나진 제무덤에
英雄호걸 뉘뉘시비 絶世佳人 몃몃치요
우락中分 未百年의 少年行樂 片時春을
기벽으로 닉린ᄉᆞ젹 역역키 들어보소
堯舜禹湯 文武周公 孔孟안증 程朱夫子
道덕이 관天ᄒᆞ샤 万古聖人 일너시니
요마ᄒᆞᆫ 후싱들이 그른말슴 아니로시
그나문 古來英웅 낫낫치 헤아리니
통一天下 秦始皇은 阿방궁 ᄉᆞ랑삼고

万里長城 단장삼고 億万歳 바리더니
六國諸侯 朝회ᄒ고 三千宮女 侍위홀제
三神山 멀고머되 원ᄒᄂ빈 不死약을
童남동녀 五百人니 消息조츠 돈절ᄒ며
沙邱平臺 저문날의 이靑山塚 속졀업다
牛山의 지난히ᄂ 齊경공의 눈물이며
汾水의 秋風曲은 漢武帝의 셜움이라
불상ᄒ다 용방비간 万古忠臣 이언마는
忠言直간 쓸디업셔 죽엄도 참혹ᄒ다
장ᄒ다 伯夷叔齊 千秋名졀 일너시되
首陽山 깁픈골의 采薇曲이 체량ᄒ다
姜太公 黃石公과 司馬穰苴 孫臏吳起
戰必勝 功必取라 用兵의 여神ᄒ되
못첫나니 염ᄂ국을 한번죽엄 못면ᄒ고
면山의 봄이드니 介子推의 무덤이요
三江의 셩난조수 伍子胥의 졍령인가
明羅水의 기푼물의 屈三閭의 忠魂이요
말잘ᄒᄂ 소신장의 天下을 橫行ᄒ며
六國諸侯 다친ᄒ되 염니王을 못달니여
細雨中 杜鵑聲의 혼빅이 울어잇고
밍상君의 게명구폐 信陵君의 竊符교명
戰國時졀 호걸이되 三千食客에 더두고
黃山細雨 잣풀中의 一坏土가 可憐ᄒ다

319

力拔山 楚패王은 天下壯士 일너시되

時不利兮 츄不逝라 八千兵 홋터지고

虞美人 손목잡고 는물로 ㅎ직홀제

吳江風浪 水雲中의 七十餘戰 可笑롭다

運籌帷幄 張子房 東南風 諸갈孔明

天文地理 中察人事 萬古造化 가젓시되

졀통타 ㅎ번죽엄 造化로도 못면ㅎ고

司馬遷 韓退之와 李太白 杜子美며

第一文章 일너시되 長生不死 못면ㅎ고

獨行千里 關雲將은 名振天下 ㅎ여서라

거록ㅎ다 明燭達朝 千秋늠늠 쑨이로롸

장판英雄 張翼德은 片時예 죽단말가

쇠만ㅎ 위王조죠 唐突ㅎ다 吳王孫權

三分天下 紛紛中의 이도쪼ㅎ 英雄이되

銅雀坮 石頭城의 靈혼이 자초업고

富春山 돌아든니 嚴子陵이 간디업고

赤壁江 구버보니 蘇子쳠 어디간고

晋處士 도연명은 집터만 비여잇다

王子의 장ㅎ 風流 연자만 날아드네

곽분양 빅자쳔손 一時호결 너쑨이라

도쥬의돈 셕승이도 부자중의 웃듬이되

一生一死 ㅎ졍잇셔 財物로도 못면ㅎ고

월셔시 위미인과 왕소군 양귀비난

전휴철연 니려오며 경국지식 가져시되
옥티화용 고은단장 진익중의 뭇쳐시며
秋雨오동 엽낙시의 영혼이 슬피울며
八百年 핑죠슈와 三千甲子 東方朔도
彼一時 此一時라 죽어지면 그만이요
안기싱 젹송자난 동희상 신션이되
귀로만 들어잇제 눈으로난 못보와라
흔실틱젹 사호션싱 상산이 멸어셔라
쳔지도 긔벽ᄒ고 日月도 회명커든
하물며 우리인싱 쳔말연 장싱홀가
춘화홍 츄엽낙의 셰월이 덧업도다
이려ᄒ 티평셰예 안이놀고 무엇ᄒ이
조션三百 六十八州 간곳마다 太平이되
엇지타 우리겨창 읍운이 불힝ᄒ야
一境이 도탄되고 만민이 곤궁ᄒ니
요슌의 셩셰로도 사힝이 잇셔시며
졔위왕의 明감으로 아딕부가 잇단말가
日月이 박견만난 복분의 난조ᄒ고
츈양의 布德인들 음의예 비출손야
李子開가 어인지며 져지기가 어인지고
겨쳥이 폐쳥되고 지가가 망가로다
졔이가 간이되고 티슈가 원슈로다
칙방이 취방이요 진ᄉ가 다ᄉ로다

어와셰상 사인임네 우리겨창 폐단보소
자긔가 니여온휴의 온갓폐단 지어닉이
九重千里 멸고멸어 이런민졍 몰노시고
슈쳥각 놉폰집이 관퐁찰속 우리슌상
읍보만 시힝ᄒ니 문불시힝 안일년가
吏奴布 쳔여셕은 百姓이 무삼죈고
딕젼통편 조목즁의 이런법이 잇단말가
二千四百 방치젼이 이도쏘흔 이포여날
結卜의 부쳐다가 민간의 징츌ᄒ니
왕셰가 소즁커든 요망흔 아젼포음
왕셰예 부쳐다가 이으로 작간홀가
호슈도 빅셩이라 쏘다시 원졍ᄒ여
아젼포음 슈쇄ᄒ니 비단김연 폐단이라
明年가고 又明年의 몃쳔연 폐단이가
본읍지경 돌아보니 삼가헵쳔 안으지예
사읍즁의 쳐ᄒ여셔 미연곌복 상졍홀졔
타읍은 열흔두양 민간의 츌질ᄒ며
겨창은 십욱칠양 연연의 가징ᄒ니
타읍은 목상납의 호조예방 밧지ᄒ고
본읍도 목상납의 호조예방 밧지ᄒ니
다갓탄 왕민으로 왕셰날다 갓티ᄒ되
엇지타 우리골은 두셩양식 가징홀가
더구나 우리빅셩 빅사총의 곌복이라

지곌의 회감홈은 묘당쳐분 잇건만은
묘당회감 져지곌을 중간투식 그뉘알니
가포중의 익상포난 졔일로 된가포라
三四年 나려오며 貪학이 조심커다
익上布 한당번을 一항의 遍侵ᄒ여
만ᄒ면 一二百兩 져그면 七八十兩
暎夜無知 남모로게 冊房으로 들어가니
이가布 흔당번의 몃몃치 등산ᄒ뇨
近來의 落江成川 邱山갓치 싸난연디
切통ᄒ다 우리百姓 지흔줌을 못먹는다
그나문 許多가布 水陸軍兵 더저두고
션무布와 제번布며 일리보며 노령보라
名色업는 저가布를 萬가지로 侵責ᄒ여
金담살리 朴담살이 안이가 저근아가
어서가고 밧비가자 힝作쳥의 잡펴단다
전촌의 짓는기는 간치보고 꾜리치며
뒷집의 우난악아 이괴○○ ○○○○
일신양역 원통중의 ○구츙졍 가연ᄒ다
싱민가포 다○○고 빅골징포 무삼인고
○○고총 노방강시 너의신역 불상토다
죽은종 다시파셔 빅골포양 쳐양ᄒ다
가포탈홀 져원졍을 호강ᄒ야 조차니니
월낙삼혼 깁픈밤과 천음소식 슬폰밤의

원통타 우난소리 동혠더곡 홈긋우니
靑山間水 우난소리 그디신상 체양ᄒ나
젼싱언약 이싱연분 날발이고 어디간고
엄동셜ᄒ 진진밤의 독슉고방 더옥셥다
남산의 짓난바슨 어늬장부 갈아쥬며
동원의 익은슐은 뉘달이고 권ᄒ소야
어린자식 아비불너 어미간장 다녹인다
엽엽피 우난자식 비곱파라 셜운사졍
가장싱각 셜운중의 죽은가장 가포로다
흉악ᄒ사 쥬인놈아 과여손목 ᄯ어니이
가포돈 더져두고 치ᄉ졀예 몬여츠자
필필이 ᄶ난비을 탈취ᄒ여 가단말가
흉악ᄒ고 분ᄒ일을 ᄯ다시 들어보소
丁酉年 十月달의 덕화면의 변이난너
우거양반 김일관이 션무포가 당ᄒ소야
김일관이 나간휴의 희면면임 슈시ᄒ졔
양반니졍 도입ᄒ여 靑春과여 ᄯ어니이
반상분명 즁ᄒ즁의 남여우별 지엄커든
광언픠셜 ᄒ감으로 頭髮부예 ᄒ다말가
장ᄒ다 져부인이 이런욕 당ᄒ휴의
안이죽고 쓸디업셔 손목ᄭ고 직ᄉᄒ니
白日이 무광ᄒ고 靑山이 욕연이라
빅연히로 삼싱언약 ᄯᄂ구름이 되야셔

말이젼졍 이니몸이 일겸ᄒᆞ의 죽단말가
흉악ᄒᆞ다 임장놈아 너도쏘ᄒᆞ 인윤이어든
예모졍열 구든마음 네라감이 닝모할가
만경창파 물을길너 너의분홈 씨으고져
남산녹죽 슈을둰들 네조목이 다홀소야
열여졍문 고ᄉᆞᄒᆞ고 디사도 못ᄒᆞ것다
두견셩 셰우즁의 영혼인들 안이울야
김연ᄉᆞ월 본읍우박 그졀원이 안일넌가
학졍도 홀려이와 남살인명 무삼일고
韓유탁 졍치광과 졀부人 姜이상이라
네의등 무숨일고 장하의 죽단말가
한달만의 죽은사롬 보롬만의 죽은百姓
五六人이 죽어시니 그積寃이 적을손야
불상ᄒᆞ다 저鬼神아 가연ᄒᆞ다 저귀신아
용쳔검 빗겨들고 밀산압페 젼비셔며
아젹젼역 긔페문의 고角셩의 울어주니
空山片月 쏘각달과 白楊青荷 쩔긔中의
원통ᄒᆞ다 우는솔리 지가신명 온젼할가
非命의 죽은寃情 염내왕끠 上疏ᄒᆞ니
염羅大王 批답ᄒᆞ되 너의情地 可긍ᄒᆞ니
아직물너 고디ᄒᆞ면 別般處分 니홀이라
夜差羅差 쇠사슬도 뉘分부라 거역ᄒᆞ리
地下몡부 十젼中의 鐵山옥이 第一이라

딘디조고 宋진조도 다그곳이 갓처시니
예로붓터 貪관오吏 鐵山옥을 면홀손야
작年回谷 鄕會판의 通文首倡 사실ᄒ여
이우錫 자바들여 죽일거조 시작ᄒ니
그어마님 거동보소 쳥상가틱 길운子식
악형홈을 보기슬타 결경致死 못저ᄒ니
고今사적 나리본들 이런법이 쏘이실가
폐도업시 治민ᄒ며 回谷鄕會 거조홀가
改過遷善 아니ᄒ고 무죄百姓 죽게ᄒ네
春秋巡역 감ᄉ들졔 舉行이 거록ᄒ다
民間遮日 ᄇᄃ들려 官가四면 둘너치니
칙ᄉ行次 아니어든 白포帳이 무슴일고
본음三百 六十洞의 三十洞은 遮日밧고
三百洞은 돈바드니 合훈돈이 五六百兩
冊방의 분식ᄒ고 공방아전 살디것다
딕ᄎ담 소ᄎ담의 나라會減 잇건마는
大小ᄎ담 들인후의 別擇으로 內衙진지
이러훈 禮義邦의 男女有別 자별거든
사돈八寸 不당훈듸 內衙진지 무슴일고
五百里 奉산현의 佳養결이 어듸미뇨
온갓침치 구희ᄃ가 진지상의 別찬ᄒ니
나물반찬 훈가지를 五百里에 求탄말가
우리居昌 大邑中의 칼ᄌ감상 업ᄃᄒ고

326

全羅감영 치치돌아 칼ㅈ감상 사니오니
安의슈 閔치서가 괴롱ㅎ여 일은말이
內衙진지 ㅎ지말고 니이수쳥 ㅎ여보소
네의집 친忌祭需 五百里에 求홀손야
百셩의 折脚농牛 엇지타 아셔다가
노령불너 니여주어 손님지 알케ㅎ니
농가의 귀혼보비 公然이 일탄말가
옛太슈 공사혼일 ㅈ니도 들어보소
큰칼ㅍ라 큰쇼사고 젹은칼노 송치사며
百姓으로 치농ㅎ니 이런졍治 엇더ㅎ고
불숭ㅎ다 面任장 폐衣破립 주제ㅎ고
許多公納 收刷中의 春夏秋冬 月當이셔
百姓의 힘을페여 차례차례 시기더니
三白年 나려오며 各項公納 미이바다
삼빅연 나려오며 각항공납 미이바다
夏등의 바칠公納 正初의 出秩ㅎ고
冬등의 바칠公納 七月의 독칙ㅎ여
中間料理 任意ㅎ고 工納限定 依前ㅎ다
民間收刷 天然타고 官家督責 星火갓다
체게돈 장변이며 전전이 取ㅎ다가
급혼官곡 만혼후의 이달가고 저달오미
六房下人 지축홈은 염羅王의 鬼卒인가
秋霜갓튼 저호통과 鐵石갓튼 저주먹을

이리치고 저리처니 三혼七빅 날니난다
쓰는거시 지물이요 드는거시 돈니로다
그年섯달 收刷中의 二三百兩 포음지니
家장전지 다판후의 一家친척 탕진혼다
이런폐돈 不足호고 쏘혼폐돈 지닌다
冊曆租 열말날악 古今의 업는폐다
昨年吏甫 收刷후의 結還으로 分給호니
不受除防 막켜시니 倉色利食 업다호여
每年의 열말날악 法박긔 加징호니
本邑元結 혜아린니 三千六萬 餘結이요
열말날악 收合호니 二千四百 餘石이라
年年二千 四百石을 白板으로 징民호니
結還分結 호는골은 조선八路 만컨마는
冊曆租 열말날악 우리居昌 쑤이로다
太祖大王 命이신가 黃政丞의 分付신가
어와셰上 선비님네 글공夫 호지말고
進士及제 求티말쇼 父母妻子 고승된다
버서노코 아젼되면 千餘祿이 거긔인네
쥐일쌈지 아니어든 소미안의 드돈말가
만셕중 되야던가 놀인디로 놀아는다
이노포 民징시겨 邑外若倉 充실호니
跡水가 未淸호여 分石호기 어인일고
分石도 호거니와 허공곡 더옥분타

328

白晝의 分給ㅎ기 져도쏘ㅎ 無렴ㅎ여
간스훈 쐬롤비저 百姓의 눈을쇼겨
還上分給 ㅎ는날의 才人狂大 불너들려
교스훈 쐬를니여 온갓작난 다시기며
젼쳠후고 ㅎ는거동 이미망양 방불ㅎ다
앗갑도다 스모관디 우리임금 주신비라
이런作亂 다ㅎ후의 日落西山 黃昏이라
沈沈칠야 分給ㅎ니 허각공각 分別홀가
아젼官奴 셜난中의 將校使令 독쳑ㅎ니
三四十里 먼듸百姓 終日굴머 비고푼다
還上일코 우는百姓 열에일곱 쏘세히라
公事도 明決이요 글도쏘ㅎ 文章일네
하빈李氏 山訟제사 古今의 희훈홀셔
委席放糞 稱頌ㅎ고 不知天地 일너씨니
天地도 모로거든 君臣有義 어이알이
民間폐든 다한후의 學宮폐든 지어닌다
辛丑年 閏三月의 지가子弟 京시볼졔
鄕校書院 各書院 色掌庫子 자바들러
儒巾둘식 道포둘식 차례차례 ㅂ다니되
업다ㅎ고 발명ㅎ면 속젼으로 넝양물녀
儒巾道포 바다다가 官奴使令 니여주어
장中의 졉졍홀졔 奴션비 쑤며닌니
孔夫子 쓰던유巾 추孟子 입던道袍

329

엇지타 울리居昌 奴令비가 쓰든말가

前후所爲 상각ᄒ니 분ᄒ ᄆ음 둘디업다

初二更의 못든잠을 四五更의 거우들어

장ᄒ시다 울리夫子 大成殿의 정좌ᄒ샤

三千弟子 쓸은中의 顔曾思孟 전비되고

明道伊川 후배ᄒ니 禮樂文物 彬彬ᄒ다

子夏子貢 所事ᄒᆯ제 子路의 경동보쇼

斯門亂賊 ᄌᄇ들려 高聲大責 일은말合

울리입던 儒巾道포 官奴使令 당ᄒᆯ손야

秦始皇 강유분셔 네罪目의 더ᄒᆯ손야

手足이處 니종ᄒ고 爲先鳴고 出送ᄒ라

울리고을 道山書院 學宮中의 首院이라

寒暄一두 桐溪先生 三大夫 幷享ᄒ니

엇더케 所重ᄒ며 뉘안니 공敬ᄒᆯ고

辛丑八月 秋享時에 各院유생 入宮ᄒ여

各色祭슈 타니올제 祭物에 大口업셔

업난연고 스문ᄒ니 禮房아젼 ᄒᄂ말이

本官使道 어졔날의 老人宅의 封物ᄒ고

祭需大口 업다ᄒ니 듯기조차 놀나와라

막중ᄒ 회감계需 봉物中의 드단말가

주네마네 흘난다가 日落黃昏 도라올제

질風폭雨 山峽질의 졔物院복 죽단말가

회減祭수 치敗ᄒ고 白晝行事 어인일고

斯門의 어든罪을 伸원홀터 바이업다

前우폐든 헤아리니 一筆로 難記로다

千里九重 집고집퍼 民間疾苦 알길업셔

학民탐지 ᄒ여다가 事上ᄒ기 일삼으니

阿大夫를 기리기로 淸州牧使 移직ᄒ네

不상ᄒ다 淸州百姓 자니골도 不祥토다

不測ᄒ다 李方友야 殃及홀놈 李方友야

말別감이 벼살이며 五十兩이 쳔兩인냐

義送쓴 鄭子郁을 구타여 잡단말가

잡기도 일삼커든 義送草을 아서다가

官家로 쵹노ᄒ니 그포악이 오직홀가

居昌一境 모든百姓 上下男女 老少업시

비ᄂ이다 비ᄂ이다 하놀임끽 비ᄂ니다

義送쓴 鄭子郁을 無事放送 ᄒ여주소

살피소셔 살피소셔 日月星辰 살피보소

万百姓 爲ᄒᄉ롬 무슴죄가 잇든말가

壯ᄒ도다 尹致光아 꾓세도다 尹致光아

一邑폐든 막으랴고 年年定配 절통ᄒ다

靑天의 외글억이 어디민로 向ᄒᄂ야

瀟湘江으로 向ᄒᄂ야 洞庭湖로 向ᄒᄂ냐

北海上의 놉피쩌셔 上林苑을 向ᄒ거든

廣大靑天 一張紙에 細細世情 길려ᄂ여

仁政殿 龍床압폐 쌜니날아 올녀다가

울이聖上 보신후의 別般處分 날우소셔
더듸도다 더듸도다 暗行御史 더듸도다
바리ᄂᆞ니 바리ᄂᆞ니 禁府都史 바리ᄂᆞ니
금부도使 자바다가 노돌의 발이소셔
어와世上 百姓들아 然後太平 世界로다
千歲萬歲 億萬歲 與衆同낙 ᄒᆞ오리라

# 16 한국가사문학관본C

한국가사문학관 소장본으로 필사본 원문은 한국가사문학관 홈페이지에 jpg 파일로 올라와 있다. 순한글 표기법과 귀글체 2단 편집의 기사 방식으로 실려 있다. 가사의 말미에 "慶尚道居昌郡西一面竹田里鄭某辛丑八月日滯囚中作"이라는 기록이 덧붙여 있다.

〈거창가라〉

어와친구 벗님네야 이닉말삼 드러보소
역여갓튼 천지간의 부유갓튼 우리인싱
초로갓치 시러지니 아니노든 못하리라
우쥬의 빗거서서 팔도강산 구버보니
빅두산 일지믹의 삼각삼 삼거잇고
디관영 흐른물리 한강수 되야서라
천련산 만련수의 거록하다 우리왕기
인왕산이 주산이요 관악산이 안디로다
질마지가 빅호되고 왕심이가 청룡이라
무학의 소점으로 정도전의 지헐이라
디명홍무 이십오연 한양성의 복지하니
니연의 성읍하고 삼연의 성도로다
취지여일 하난중의 망지여운 하것구나
천상의 벽리화을 완산의 씨을바다

함흥의 옴것다가 한양성의 붓도두니
천지만엽 도든가지 금실옥실 믹잣구나
산호산호 지산호며 천셰천셰 천천셰라
오정역사 거라리고 허다궁궐 창성하니
인의예지 문을다라 팔조목을 버러서라
경복궁 지은후의 인정전 지여니니
응천상지 삼광이요 비인간지 오복이라
빅각사 버러두고 왼갓시정 포치하니
하도낙셔 바돌체로 여기저기 헛터잇다
기자성인 닉신법도 황방촌이 쏜을바다
삼강오륜 발근중의 군의신충 더욱장타
주천자 오등작을 삼천팔빅 닉외관원
뉘아니 충신이며 열사가 멋멋친뇨
의정부 삼당상은 주공소공 보필이며
이호예병 형공조은 팔원팔개 지국이라
복희씨의 팔괘체로 팔도감영 버려서라
긔린각 긔린조사 삼빅육십 지목이며
오헝문 장한군병 황석공의 진법이요
훌련영 도감표수 오천칠빅 이른두명
계갈무후 괄진도을 나랄이 괴련하며
삼산의 봉화소식 사방이 안연하다
선혜청 말이창은 소상국의 국양이며
호조의 집의서리 예수의 산법인가

광상강 천문괴수 용성의 조역이며
정왠의 형방승지 양퇴부의 문장이라
형조의 설당상과 금부의 관익금은
고요의 나문정계 직설의 볍을외와
전옥의 주부덜은 장셕지의 청필일네
십자가상 도라드니 종누가 거기로다
서측 동산철을 바리바리 실러다가
디풍긔 불러니니 만팔빅연 쇠북이라
이십팔숙 삼십삼천 조셕으로 개펴하니
하우씨의 구정인가 졔도도 거룩하다
염졔의 일중위시 빅물시정 버럿난듸
도불십유 하난풍속 갈천세계 실졀인가
용산삼지 모든비은 황졔헌원 지은비요
구리기 구버보니 실농씨의 유업이며
광충괴의 노리소리 강구의 동료로시
인정전 놉푼집의 오헌금 남풍시을
빅공이 상화하니 건곤일월 발가도다
장학원 풍악소리 궁상각치우 오음육율
소소구셩 말근곡조 봉학이 춤을춘다
한강수 지푼물의 용마하도 낫단말가
박석치 너머드니 틱학관이 거기로다
성균관 장한집과 명윤당 빗난집의
우리부자 주벽되야 안증사밍 비힝하고

335

그남은 칠십이헌 삼천무도 시위중의
아동방 졔디헌도 채예로 승무하니
장하고 거룩하다 우리조선 의관문물
소중화라 이론말삼 이제와 아난바라
티조디왕 셩덕으로 사빅여연 니러오며
일출이작 일입이식의 함포고복 하난빅셩
남혼여가 질거옴은 티평연월 그쑨이라
장하다 계명구폐 사경의 드러쏘다
임진왜풍 병자호란 중간지친 근심
헌원씨와 염졔로되 치우의 란을당코
탕무의 셩덕으로도 정벌이 잇셔시며
그남은 셔절구투 엇지다 기록하리
원술네라 원술네라 갑오연동지참 원술네라
여상고비 하난비회 심산궁곡 일반이라
하날갓튼 디왕디비 일월갓튼 자셩전하
티임의 덕이신가 선인황후 법을바다
수렴청정 하신후의 팔역이 완연하다
도광십칠연 신축연의 우리셩상 즉위하사
춘추방셩 십오셰에 한소졔의 총명이며
주셩왕 어린임군 팔빅연 기업이니
우리전하 어리시되 팔천셰나 바리나니
작연도 풍연이요 금연도 풍연이라
천무열풍 음우하고 희불양파 하것구나

336

가급인족 하련이와 국티민안 조흘시고
입아증민 빅셩덜아 어서가고 자조가자
돈화문의 걸인윤음 한무졔의 조셔신가
초목군싱 질거음도 이도쪼한 셩화로시
장안쳥루 소연덜아 협탄비응 하련이와
티평곡 격양가을 이니노러 드러보소
어졔쳥춘 오날빅발 녠들아니 모를쏘냐
창히일속 우리인싱 후회한들 어니하리
장디의 고혼계집 네꼿조타 자랑마라
서산의 지난히을 뉘라셔 금할소냐
동히의 흐른물걸 다시오기 어려워라
뒷동산의 지난꼿선 명연삼춘 다시피되
우리인싱 늘근후의 다시소연 어렵쏘다
낙양셩 심이외의 놉고난진 저무덤은
영웅호결 몃몃치며 졀디가인 뉘기뉘기
우락중분 미빅연의 소연힝낙 편시춘을
긔벽후 나린사적 역역히 드러보소
요순우탕 문무주공 공밍안증 정주부자
도덕이 관천하야 만고셩인 되얏셔라
요마한 후싱덜아 이를말삼 아니로시
그나문 고러영웅 낫낫치 시야르니
통일천하 진시황은 아방궁 사랑삼고
말이장셩 단장안의 억만셰나 빗계셔라

육국졔후 조공하고 삼천궁여 비겨셔라
삼신산 멀고먼듸 원하난비 불사약을
동남동여 오빅인이 소식조자 돈졀하며
사구펑듸 져문날의 여산청총 속졀업다
우산의 지는희난 졔경공의 눈물이라
분수의 추풍곡은 한무졔의 실품이라
불상타 용방비간 만고충신 이언만은
충신즉간 씰듸업셔 죽엄도 차목하다
장하다 빅이숙졔 쳔추고졀 일너시되
수양산 지푼골의 치미곡이 처량하다
강틔공 황셕공과 사마양겨 소빈오기
전필승 공필취의 용병이 여신하되
못쳣난이 엽나국을 한번죽엄 못면하고
면산의 봄이드니 긔자추의 무덤이며
삼강의 썽닌조수 오자셔의 정영이며
멱나수 지푼물의 굴삼여의 충혼이라
말잘하는 소진장의 천하을 횡힝하며
육국졔후 다친하되 영늬왕은 못달니야
셰우야 두건셩의 영혼이 울어잇고
밍상군의 게명구폐 신릉군의 졀부고명
전국시 호결이되 삼천식긱 헛터두고
황산셰우 지푼밤의 일부토가 가련하다
역발산 초픠왕은 천하장사 이언만은

338

시불이혜 추불세 팔천병 헛터두고
우미인 손을잡고 눈물노 하즉하며
오강풍낭 수운중의 칠십여전 가숩로다
운주유학 장자방과 동남풍 계갈공명
천문지리 중찰인의 만고조화 가젓시되
절통타 한번죽엄 조화로도 못면하고
사마천 한퇴지와 리티빅 두자미며
졔일문장 이언만은 장싱불사 못히잇고
독힝천리 관운장은 명진천하 하엿서라
거룩하다 명촉달조 천추름름 쑨이로다
장판영웅 장익덕은 편비의계 죽단말가
쇠만한 위왕조조 당돌하다 오왕손권
삼분천하 분분중의 이도쏘한 영웅이되
동작디 셕두셩의 영혼이 자쵸업고
부춘산 도라드니 엄자릉 가터업고
진처사 도련명은 집터만 비여잇고
왕사의 장한풍유 연자만 나라든다
곽분양 빅자천손 일시호강 쑨이라
도주의돈 석숭이난 부자중 웃씀이라
일싱일사 한정잇셔 갑시로도 못사니고
월셔시 우미인과 왕소군 양귀비난
선후천련 니려오며 경국지싁 가젓시되
월티화용 어린아자 진익중의 뭇처잇셔

339

추우엽 낙오동 영혼이 실피울고
팔빅연 핑조와 삼천갑자 동방식도
피일시 차일시라 죽어지면 긔만이오
안기싱 적송자는 동희상 신션이라
귀로만 드러잇졔 눈의로난 못보와라
한실틱종 사호션싱 상산이 멀엇셔라
천지도 긔벽하고 일월도 효명커던
하물며 우리인싱 천만련 장싱할야
춘화홍 추엽낙은 세월이 덧업난이
이러한 틱평셩세 아니놀고 무엇할리
조선삼빅 이십팔주 간곳마다 틱평하다
엇지타 우리거창 시운이 불힝하야
일경이 도탄되고 만민이 구갈하니
요순의 성덕으로도 사홍이 잇셔시며
제위왕의 명감으로도 아대부 잇단말가
일월이 박것만은 복분의 난조하고
춘양이 표덕인덜 음양이 미칠손냐
이직가 어인자며 저자가 어인자인고 本官姓名
거창이 펴창되고 직가가 망가하리라
제리난 간리되고 틱수가 원수로다
칙방이 취방하고 진사가 다사하다
어와셰상 상전임네 우리거창 폐단보소
직가라 닉려온후의 왼갓폐단 일어닉되

구중철리 멀고먼듸 이런민졍 모르시고
징청곽 놉흔집의 광풍찰속 우리순상
읍보만 준신하니 문불셔양 안일넌가
리로포 만여셕을 빅셩이 무삼죄로
수천셕 포음이되 미한긔 치지안고
두식곡물 이지안코 빅셩의계만 물려닉니
디젼통편 조목중의 이런법쪼 어드잇단말가
이천사빅 방쵀젼이 이도쪼한 이포여널
결복의 붓처다가 민간의 출증하니
왕셰가 소중커든 요망한 아젼포음
왕셰의 붓처다가 임으로 작간할가
호수도 빅셩이라 쪼다시 원통시계
아젼포음 수쇄하니 비단금은 페단이라
명연가고 우명연의 멋쳔연 페단이야
본읍지경 둘너보니 삼가헙쳔 안의지레
사읍중의 처하여셔 미연결복 상정할졔
타읍은 열한두양 민간의 출증하고
본읍은 열엿일곰양 연연이 가증하니
다왕민은 일반인듸 왕셰을 갓치하며
엇젓타 우리거창 두셕양식 가증하고
근리의 낙강셩쳔이 구산갓치 싸엿시되
절통타 이닉빅셩 지한짐도 못하더라
지결이 회답홈은 묘당처분 잇건만은

묘당처분 저지결을 중간투식 뉘하는야
가포중 낙싱포은 제일노 된가포라
낙싱포 한당변을 일힝의 페침하니
적으면 칠팔빅양이요 만하면 일이만양이라
모야무지 남모르거 칙방으로 드러가니
이가포 한당변의 몃몃집이 등산한야
그맘은 허다가포 수륙군병 더저두고
선무포 제변포는 이리보 노령보라
각식다른 저가포을 빅가지로 침착하니
집담사리 밧담사리 큰아기 자근아기
어셔가고 밧비가자 힉장청의 잡펴단다
전촌의 지는기는 관자보고 쏘리치고
뒷집의 우는아가 이픠왓다 우지마라
일신양력 원통중의 황구충정 가련하다
싱민가포 더저두고 빅골증포 어인일고
황산고총 노방가셰 네신세 불상토다
너주근지 멋히관디 가포돈이 어인일고
관문압페 저송사정은 죽기도 셥것만은
주근송장 다시파셔 빅골포양 처량하다
학정업시 치민하면 회곡힝위 거조하야
사오연 니려오며 탐학이 자심하다
기과천선 아니하고 무죄빅셩 죽계하네
학정도 하런이와 남살인명 어인일고

한유틱 정치광과 전부인 강일싱야
네의죄 무삼죄로 장하의 죽단말가
보름만의 죽은사람 한달만의 죽난빅셩
오륙인이 되얏시니 그적원이 어디미요
흉악하고 분한말을 쏘다시 드러보소
정유연 시월달의 적화면의 불이난네
우거양반 김일광으계 선무포가 당탄말가
김일광 나간후의 힉면면임 수쇄할계
양반닉정 돌입하야 청춘부여 쓰어닉니
이러한 예의방의 반상분명 중한중의
남여유별 지엄커든 상언픠담 하감으로
두발부예 하단말가 장하다 저부인이여
일언욕 당한후의 아니죽고 씰디업셔
빅일이 무광하고 청산이 욕열이라
삼신연분 이싱언약 뜬구름이 되얏서라
만리전정 이닉목심 일검하의 죽단말가
만경창파 물을지러 이닉분함 시치고저
남산록죽 수릴논들 네죄목을 다알손야
열여정문 고사하고 디살도 못시기니
천음우습 실픈밤의 영혼인들 아니울냐
금연사월 보름우박 그셜원이 아니런가
청상빅수 우난과부 그디신셰 처량하네
전싱연분 이싱언약 날발이고 어디갓요

남산의 지신밧슬 어느장부 가라주며
동헌의 이근술을 눌다리고 권할손냐
동지섯달 진진밤의 독숙공방 더욱셥다
엽엽희 우난자식 비고파라 설운사정
가장싱각 설운중의 죽은가장 가포난네
흉악하고 죽일놈아 너도쏘한 인류이어든
가포도 더저두고 치사전례 먼졔차자
필필고상 짜는비을 탈취하야 가단말가
절통타 우난소리 동헌더공 함계운다
불상타 저귀신아 가련하다 저귀신아
용천검 빗겨들고 익산압폐 전비서서
아적전역 긔폐문의 고각성 울어주니
공산편월 쏘각달과 빅양청사 썰기중의
절통타 우난소리 지가신면 온전할가


慶尙道居昌郡西一面竹田里鄭某辛丑八月日滯囚中作

# 17 한국가사문학관본D

한국가사문학관에 소장되어 있는 이본으로, 필사본 원문은 한국
가사문학관 홈페이지에 jpg 파일로 올라와 있다. 국한문 혼용 표기
법과 귀글체 2단 편집의 방식으로 기사되었다. 제목 밑에 "鄭子育"
이라는 기록이 덧붙여 있다. 대부분의 내용이 〈태평사〉 부분이고
〈거창가〉 부분은 30여구만 남아 있다.

〈居昌歌〉

鄭子育

어와世上 사람드라 이노러 드러보소
白頭山 一枝脉의 三角山이 싱기넛고
大健嶺 흐른물이 漢江水 되어서라
千年山 萬年水의 거록ᄒ다 우리王基
仁王山이 主山되고 貫額山이 案對로다
萬里坮 白虎되고 枉尋이 靑龍이라
無學의 地眼으로 鄭道傳의 裁穴이며
大明洪武 卄五年의 漢陽城의 卜地ᄒ니
二年의 成邑ᄒ고 三年의 成都로다
就之如日 ᄒ난중의 望之如雲 ᄒ엿쏘다
五丁力士 불너드려 許多宮闕 將成이며

景福宮 지은후의 仁政殿 지어닌니
應天上之 三光이오 備人間之 五福이라
百閣舍 지은후의 온갓市纏 布置ᄒ니
河圖洛瑞 바닥치로 여계저계 버러잇다
天山의 壁李花을 完山의 씨을바다
咸興의 옴겨짜가 漢陽의 북도두니
千枝萬葉 도든가지 金實玉實 믹자쏘다
珊瑚珊瑚 再珊瑚며 千歲千歲 千千歲라
箕子聖人 니신法을 黃猄村이 쏜을바다
君明臣忠 더옥장타 朱天子 五等爵을
三千八百 內外官員 뉘안이 忠臣이며
烈士가 몃몃친고 議政府 三堂上은
周公召公 補弼이요 吏戶禮 兵刑工은
六曹判書 차리로다 伏羲氏 八卦치로
八道監營 버려녹코 五營門 장ᄒ軍兵
黃石公의 陣法이며 訓鍊廳 都監砲手
五千七百 七十二名 諸葛武侯 八陣圖로
나나리 敎訓ᄒ지 軍器의 싸인器械
蚩尤잡든 餘物이며 南山의 烽火消息
四方이 安然ᄒ다 宣惠廳 萬里倉은
蕭相國의 局量이며 戶曹의 精備書吏
隷首의 算法이라 政院刑房 承旨들은
梁太傅의 文章이며 奎章閣의 모든學士

韓退之의 博識이며 監上官 天門敎授

龍成의 造曆이며 刑曺의 一堂上과

禁府의 三堂上과 戶曺의 남은경계

稷卨의 法을바다 殿獄의 주불들은

張釋之의 治平이라 十字街上 도라든니

鍾路가 여계로라 西蜀의 銅山鐵을

바리바리 시러들러 디풍계의 불니닌이

萬八百年 쇠붑피라 三十三天 二十八宿

朝夕으로 開閉ᄒ니 夏禹氏의 九鼎인가

制度도 거룩ᄒ다 炎帝의 日中爲市

百物市征 버럿난디 道不拾遺 ᄒ난風俗

葛天世之 時節인가 구리기 구어보니

神農氏之 遺業이며 廣沖橋 노리소리

康衢의 童謠로쇠 仁政殿 놉푼집의

五絃琴 南風詩의 百工이 相和ᄒ니

乾坤日月 발가서라 掌樂觀 風流솔리

宮商角徵 五音六律 蕭韶九成 말근曲調

鳳凰이 추물춘다 漢江水 집푼물리

龍馬河圖 난다말가 박석퇴 너머든니

太學舘이 여계로다 明倫堂 너런집과

大成殿 놉푼집의 우리夫子 主壁되야

顔曾孟思 配享ᄒ고 그남은 七十二人

三千弟子 侍衛中의 我東方 諸賢들도

347

차리로 升廡ㅎ니 장ㅎ고 거록ㅎ다

우리朝鮮 衣冠文物 小中華라 일안말삼

이지와 알로미ㄹ 太祖大王 聖德으로

四百餘年 나려오믜 日出作 日入息의

含哺鼓腹 ㅎ난빅성 男婚女娶 질거옴은

太平烟月 안이신가 장ㅎ다 鷄鳴狗吠

四方이 둘너쏘다 壬辰倭亂 丙子胡亂

中間의 지친근심 軒轅氏 靈智로도

蚩尤의 亂을當코 湯武의 聖德으로

征伐이 이러나니 그남은 鼠竊狗偸

다어이 기록할리 원슈로다 원슈로다

甲午年이 원슈로다 如喪考妣 ㅎ난悲懷

深山窮谷 一般이라 ㅎ날갓탄 大王大妣

日月갓튼 慈聖殿下 太姙의 德이신가

孟母님의 訓戒로다 垂簾聽政 ㅎ신후의

八域이 堰然ㅎ다 道光三七 辛丑年

우리聖主 卽位ㅎ사 春秋方盛 十五歲의

漢昭帝의 聰明이며 周成王의 어린님군

八百年 基業이라 우리殿下 어리시되

八千歲나 바리난니 昨年도 豊年이요

今年도 豊年이라 天無烈風 滛雨ㅎ고

海不揚波 三年이요 立我蒸民 빅성드라

엇서밧쎄 놀노가시 이러타시 太平聖世

안이놀고 무엇할리 洪化門의 걸인綸音
漢武帝의 詔書신가 長安青樓 少年들아
章臺의 고운기집 넷奼죠타 자랑마라
西山의 지난히을 뉘라서 금할손야
東海의 흐른무리 다시오기 어렵쏘다
開闢後 나린事蹟 歷歷키 드러보소
堯舜禹湯 文武周公 孔孟顔曾 朱夫子
道德이 貫天ᄒ사 萬古聖人 일너시니
么魔혼 後生들은 일을말삼 안이로쇠
統一天下 秦始皇은 阿房宮 사랑삼고
萬里長城 윈담안의 億萬歲나 비기실지
六國諸侯 朝賀밧고 三千宮女 侍衛ᄒ디
三神山 不死藥을 願ᄒ난이 굿쑌이라
童男童女 五百人 消息좃차 頓絶ᄒ다
沙丘平臺 저문날리 驪山茂陵 속절업다
牛山의 저문날은 齊景公의 눗물리요
汾水의 秋風曲은 漢武帝어 실험이라
불상ᄒ다 龍逢比干 桀紂의 暴虐으로
주금도 참혹ᄒ다 장ᄒ시고 伯夷叔齊
千秋名節 일너시되 首陽山 집푼골리
採薇曲이 凄凉ᄒ다 姜太公 黃石公과
司馬穰苴 孫臏吳起 戰必勝 功必取의
用兵이 如神ᄒ되 못첫난이 閻羅國을

혼번주금 못면ᄒ고 獨行千里 關雲長은
名振天下 ᄒ엿서라 長板橋 張翼德은
翩邸어계 죽닷말가 쉬만ᄒ다 魏王曺操
당돌ᄒ다 吳王孫權 三分天下 紛紛中의
이도쏘혼 英雄이라 銅雀坮 石頭城의
靈魂이 잣최업고 富春山 너머든이
嚴子陵이 간디업고 九州의 石崇이난
富者中 웃씀이되 갑실로도 못면ᄒ고
越西施 楚息人과 王昭君 楊貴妃난
先千年 後千年의 萬古絶色 아람담다
玉蓉花 고운娘子 塵埃中의 뭇치이셔
秋雨梧桐 葉落時의 魂魄조차 실피운다
八百年 彭祖壽와 三千甲子 東方朔도
彼一時 此一時라 죽어지면 긋쑌이라
혼졍잇난 우리人生 안이죽고 무윗ᄒ리
可笑로다 可笑로다 우리居昌 可笑로다
邑運이 不吉ᄒ야 一境이 塗炭되고
萬民이 俱渴이라 齊威王의 明鑑으로
阿大夫가 나단말가 日月이 발가시되
覆盆은 難照로다 陽春의 布德으로
陰挺의 밋칠손야 李在稼 어인지매
저직가 어인지야 居昌이 弊昌이오
在稼가 亡稼로다 冊房이 錢房이오

進士가 多事로다 吏奴逋 萬餘石을
四戔式 分給ᄒᆞ고 全石으로 물이닌니
大典通編 條目中의 이른法이 잇딴말가
三千四百 放債錢도 이도쏘ᄒᆞ 吏逋어딘
結役으로 冤徵ᄒᆞ니 赤花面 任掌輩가
公納收刷 ᄒᆞ올적의 士夫內庭 突入ᄒᆞ야
靑春婦女 쎠여닌니 白日이 無光ᄒᆞ고
靑山이 欲咽이라 압집의 우난의기
吏校왓다 우지말아 됫집의 진난기난
관치보고 쏘리친다 慶尙監司 巡道時의
擧行이 자록홀사 勅使行次 안이어딘
白布帳은 무삼일고 本邑元洞 히라로니
三百이라 三十洞의 三十洞은 遮日박고
三百洞은 贖을바다 합ᄒᆞᆫ돈이 오륙빅양
그房아전 살지거다 디차담 소챠담은
나라會勘 이것마안 五百里 奉化縣의
山芥沈茱 구희다가 進支床의 別饌ᄒᆞᆫ이
査頓八寸 안이어딘 內衙進支 무삼일고
倉庭의 還上쥴지 才人광디 불너더려
쥴을타고 지죠너며 허허좃타 윗난양은
천음우십 안이어딘 요뫼망녕 방사ᄒᆞ다
日落黃昏 저문날의 還上일코 우난百姓
열의일곱 쏘서이라 이사람의 힝실보소

우수운일 쏘잇쏘다 山菴堂 칫칫올나
노소긔싱 불너드려 흥물걱간 먼저흐니
家風인지 世風인지 씨난고지 어딕픠요

## 제5장
# 民歎歌

## 01 유일본

한국가사문학관에 소장되어 있는 유일본이다. 필사본 원문은 한국가사문학관 홈페이지에 jpg 파일로 올라와 있다. 가사문학 전문 계간지인『오늘의 가사』가사문학관 소식난에도 해제와 현대역이 실려 있다.[1] 국한문혼용체 표기법과 귀글체 2단 편집의 방식으로 기사되었다. 제목 밑에 '晉州'라고 기록되어 있고, 그 밑 하단 우측에 두세 글자로 보이는 것이 기록되어 있으나 무슨 글자인지 식별할 수가 없었다. 이 글자가 혹 작가를 기록한 것은 아닐까 한다. 여기서는 필사본의 행 구분 그대로를 옮겨 적었다.

그런데 가사의 서두 부분에만 한자 옆에 한글음이 부기되어 있

1  한국가사문학학술진흥위원회,『오늘의 가사문학』제11호, 담양군, 2016, 288~301쪽.

다. 그런데 부기된 한자의 한글음이 틀린 경우가 많다. 이 한글음은 이 텍스트를 원래 필사한 사람이 적었다기보다는 이 텍스트가 필사된 지 한참 뒤에 한자음을 잘 모르는 다른 사람이 따로 적어넣은 것 같다. 따라서 여기서는 한자에 부기된 한글음은 생략하고 옮겨 적었다.

〈民歎歌〉

晉州

世上 萬民덜아 불상한게 百姓일다
國家根本 百姓이니 以民爲天 그아닌가
聖神文武 우리임금 民之疾苦 근심하사
種種나린 綸音사연 마듸마듸 간측하사
還穀蕩減 ᄒᆞ옵시고 上納精奉 ᄒᆞ옵시니
扶杖往聽 父老덜은 특지나자 원이로다
守令方伯 닉시기난 治民하기 위홈이라
謝恩肅拜 하직헐제 七事講을 바드시니
守令方伯 하난사롬 奉命之臣 안일넌가
排朔秋奉 官頉所出 尸位素餐 못하리라
害民之心 업건마는 奸吏의게 너무속네
이런말을 드러보면 百姓苦楚 알거시오
治民之道 유억하면 善政碑가 안이설가

慢慢한게 百姓일다 極惡하다 奸吏덜아
蒙頉니며 未蒙頉을 딕정마감 표지로다
戸曹災減 몃萬結의 한무시나 百姓쥬나
本無陳處 査起條는 百姓의게 疊徵일세
査陳하라 廟堂公事 年復年來 蒙頉條라
每年作夫 結價닐제 年事豊凶 보건만난
田稅太同 餘事되고 人情雜費 첫저삼어
上京色吏 路資까지 넉넉한게 마련하여
時價보단 五六兩을 每結의서 더증하야
十一條 쵸지쵀 每名下의 입닉條난

元結의서 加結이고 各面書員 兒錄이라
木花動鈴 南草善物 年分聚斂 뉘안물고
이것저것 분수하면 구실한먹 정한금에
十四兩式 더무너니 그도그러 하거니와
虛名虛卜 出秩하야 當年치로 돈을밧고
酒餐床의 頉을치너 後年書員 쏘나오면
案表보고 卽頉하네 官家呈訴 하랴하고
外村百姓 邑內오면

食債酒債 白紙쌉이 구실몃짐 虛費하네
千辛萬苦 뫃체닉니 官家題辭 明案하다
査案移定 書員맷계 물에불탄 公事로다
軍丁으로 일너서난 隨闕充隊 國典이라
동닉마다 白骨徵布 各邑마다 邑保도계

爲國乎아 爲民호아 法外事롤 어이하리
還穀마련 본번의난 深謀遠慮 거로하다
紙上窓文 寒心호오 百姓덜만 쥬계너네
精棠穀을 감색하야 휘더러서 바든환자
分給時의 每石粟이 볘雜色이 三四斗라
倉卒놈의 휘키와 庫案의 分石秩과
發환하고 還入庫면 돈볏고 私作錢을
倉色놈의 쟝사질을 어늬官家 살필소야
이름조흔 莫重國穀 衙前놈들 취利條라
千石逋을 지거더면 國法의난 주기난니
衙前놈들 妙計보소 勢道宅의 請囑하고
朱黃쓰티 變通나네
부자형제 각명하의 만은포음 나나미고
죽은사롬 이름녜러 鬼錄條라 文書꿈에
저진포음 죽거이와 업든미한 쏘믈이녀
半祖半米 六斗米로 粗還한섬 불충한다
일곱돈의 還子한섬 臥還條로 出秧한다
京使作錢 營作錢 還穀充數 磨鍊하여
每石의서 一二斗식 都合민여 몃百石을
巡營甘結 나러온들 百姓이야 듯나보나
逋吏의게 물리기ᄂ 每石닷돈 常定이오
百姓들은 한섬의서 五六斗식 分排하여
作錢傳傳令 돌린後에 刑吏將校 열이엿다

356

팔잘나서 틴나노코 面主人놈 쥬란묘다
扷之囚之 星火가치 不留時刻 卽納한네
그도그러 ᄒ거이와
民斂할일 이사오면 아전놈들 橫財로다
新旧쇄마 도계錢과 宰相家宅 鬱 陟時에
二三百金 드는일을 三四千金 늘어노코
불상하다 百姓덜이 손톱발톱 자처지게
汗摘田土 익를석여 一年農事 지여닌니
官納하고 남지안네 父母兄弟 妻子식이
머슬먹고 살잔말고 目不識丁 愚氓들은
文書쏙을 모르나니 有識하온 守令들아
한난일이 무어시오 글러요티 살피시오
牌子傳令 세올어면 보도안코 手訣두녜
마르시오 마르시오 그러하고 百姓살가
驛南古道 晋州골은 七十一面 大邑이라
양수양볼 官房重地 사직지공 두참이라
四十年前 己卯年의 保國爲民 徐政丞이
민페거방 씨여니여 邑保도계 연풍하니
純宗大王 判下公事 ᄒ늘가튼 聖恩이라
九兩五錢 結이요 二兩五錢 軍錢이라
인정雜費 一倂하야 約錢으로 上納ᄒ니
堯舜禹湯 世上인가 살거고나 살거고나 百姓니 살거고나
거록하다 朝鮮天地 이런聖德 쏘인난가

357

亂臣賊子 만타한들 判下公事 고칠소냐

不幸하다 不幸하다 이近年을 當하여서

害民民賊 그뉘런고 세도方伯 守令奸吏로다

聖朝判下 忌揮업서 加結하여 결포하네

軍錢 千兩의서 移錢十兩 쏘어더서

用之無處 ○을하니 祛弊生弊 그아닌가

구실금을 더ㅂ드며 大同무면 어닌일고

漢陽城中 기리게신 聖君니나 고지듯제

至愚且愚 百姓들은 거뉘라서 소계블가

皮裡春秋 다잇나니 公論이야 업슬소야

義氣잇다 李晋豊이 一邑事을 擔當하야

結布名色 씌이랴고 呈邑呈營 比局가지

京鄕으로 단이면서 費盡心力 四年만의

結布色名 씌여시나 우리聖君 判下디로

못될쑨 안이오라 軍錢千兩 도로무니

소경의잠 자나마나 朝三暮四 公事로다

이리하나 저리하나 만만한게 百姓일다

百姓인들 몰을소야 ᄒᆞᄂ님아 ᄒᆞᄂ님아

죽을일이 쏘싱기네 裨將廳과 掾吏廳의

돈을들여 請囑하고 살롬사서 議送하야

大小民人 所願이라하니 可笑롭다 사롬덜아

이런말을 드러보소 兩班名色 하눈이가

軍布믈기 됴와하며 九兩五錢 어렵거든

加結하야 三十兩 어뉘百姓 됴타하야

自願하고 닉달를가 三十兩 적다하여

三十五兩 도두라네 어이하여 도두는고

祛弊生弊 한다하여 무슨祛弊 한다던고

三十餘件 이리하데 一邑百姓 다주거도

吏奴逋나 볏겨주소 아전吏老 경자수리

頹落함안 鄕校修理 百姓가둘 옥고치지

허다事業 한다하데 奸吏놈들 浮動하고

일하기는 됴커이와 주거가는 百姓이야

아조죽지 불상하다 고쳐주소 고쳐주소

晋州客舍 고쳐주소 天上의난 細雨와도

殿牌前의 大水지니 虛事로다 虛事로다 殿牌집도 虛事로다

壯洞金氏 書院이면 時刻인들 머믈소야

儒會한단 말은됴타 晋州一邑 鄕願인가

各下人의 수교로다 大小民人 며잇고나

다른선비 쓸디업서 別經綸 꿈여닉니

方何僧도 別有司라 掌議色掌 입명으로

議訟참에 안이갈가 등장가시 등장가시

儒會所의 등장가시 儒會所의 안니되니

營門으로 議訟가시 近來營門 쓸디업다

議訟가기 무엇할고 裨將먹일 돈이업다

比局인들 못할손가 比局의도 안이되면

上言이나 하여보시 그도저도 안이되면

죽을박가 할일업네 죽음터니 되거더면
아물하면 오직할가 이런일을 ᄒᆞ는놈들
우리몬저 겨보식
이노리를 돌려듯고 彼此間의 말들하소

## 저 자 약 력

▮고 순 희

부경대학교 국어국문학과 교수
한국고시가문화학회 부회장
한국고전여성문학회 회장(2014~2015)
저서 :『고전시 이야기 구성론』,『교양 한자 한문 익히기』,『만주망명
과 가사문학 연구』,『만주망명과 가사문학 자료』,『조선후기
가사문학 연구』,『고전 詩·歌·謠의 시학과 활용』

## 현실비판가사 자료 및 이본

| | |
|---|---|
| 초 판 인 쇄 | 2018년 02월 19일 |
| 초 판 발 행 | 2018년 02월 27일 |

| | |
|---|---|
| 저　　　자 | 고순희 |
| 발 행 인 | 윤석현 |
| 발 행 처 | 도서출판 박문사 |
| 책 임 편 집 | 박인려 |
| 등 록 번 호 | 제2009-11호 |

| | |
|---|---|
| 우 편 주 소 | 서울시 도봉구 우이천로 353 성주빌딩 3층 |
| 대 표 전 화 | 02) 992 / 3253 |
| 전　　　송 | 02) 991 / 1285 |
| 홈 페 이 지 | http://www.jnc.jncbms.co.kr |
| 전 자 우 편 | bakmunsa@daum.net |

ⓒ 고순희 2018 Printed in KOREA.

ISBN 979-11-87425-83-0　94810
　　　979-11-87425-81-6　(세트)　　　정가 26,000원